CHILDREN
OF THE
RUNE
WINTERER

1

전민희
장편
판타지

1

룬의아이들

윈터러

겨울의 검

CHILDREN
OF THE
RUNE
WINTERER

엘릭시르

**1
장**

BLEEDING

늦여름의 늪 011

눈의 갑옷, 겨울의 검 029

쫓김 052

다시 한번 잃어버린 068

**2
장**

PARTING

첫 저녁 식사 085

윈터러 106

쓰디쓴 가르침 124

용병단의 작은 소녀 152

긴 자장가 172

3

장

BLINDING

로즈니스 아가씨 209

삶의 갈림길 236

아노마라드 256

란즈미, 10세, 자폐아 276

호두 선생 294

겨울을 지새우는 자여,
그것은 아주 길고 긴,
끝나지 않는 겨울일지도 모른다.

서리와 눈보라를 이기고
바람과 눈물을 견뎌
마침내 찾아올 그 봄은

네 시체 위에 따뜻한 햇살이 되어 내릴지도 모른다.

그러니 마음을 푸른 칼날처럼 세워
천년의 겨울을 견디도록 대비하라.

반드시 살아남아야 한다.
반드시 살아남아야 한다.
반드시 살아남아야 한다.

1

장

BLEEDING

늦여름의 늪

"에메라 호수에는 아이들을 잡아가는 망령이 있어요."

들판의 끝에는 죽은 호수가 있었다. 썩은 수초가 마녀의 머릿단처럼 뒤엉켜 한낮의 태양빛조차 닿지 않는 그늘진 늪이었다. 그곳까지만 가지 않으면 어디든지 돌아다녀도 좋다고 유모는 말했다.

"그러니까 에메라 호수 쪽은 근방에도 가면 안 돼요. 밝은 대낮에도 안 되지요! 빨간 눈을 번쩍거리는 망령이 잡아먹을 아이는 없나 살펴보고 있단 말이에요."

금세 대꾸가 없으면 목소리가 커졌다.

"아이참, 듣고 계신 거예요, 도련님? 밤이 되면 저택에서도 보인답니다. 제가 도련님처럼 꼬마였을 때부터 폭풍이 몰아치는 날이면 늘 보았어요!"

진네만 가문의 어린 도련님 보리스는 유모가 하는 말을 반신반의했지만 일단 믿기로 했다. 폭풍이 몰아치는 밤마다 저택 밖으로 나가 어둠 속을 뚫어져라 봐도, 유모가 말한 빨간 눈은 한 번도 보지 못했지만 말이다. 그 이야기는 유모뿐 아니라 다른 사람들도, 특히 늙은 하인들일수록 사실이라고 했기 때문에 아예 거짓말로 치부하기에는 꺼림칙했다.

저택을 맴도는 어둠이 호수의 망령 같은 것뿐이라면 차라리 그런 이야기에 푹 빠져들어도 좋았을 것이다. 보리스는 올해 열두 살이었다. 어머니가 일찍 돌아가신 것만이 상처라면 상처일 뿐, 기억 속의 어린시절은 평화로웠다. 두고두고 악몽에 나타날 끔찍한 것을 본 적도 물론 없었다. 그러나 저택에는 실체가 뚜렷한 어둠이 떠돌았다. 그것은 연약한 아이를 짓누른다. 보리스는 그걸 모를 정도로 어리지도, 어리석지도 않았다.

"그런 건 네가 생각하지 않아도 되는 일이야, 꼬마 보리스."

머리를 쓰다듬어주는 형 예프넨의 손길을 느꼈을 때 보리스는 하늘을 올려다봤다. 하늘을 등진 형의 눈동자는 초상화 속 어머니의 드레스처럼 푸르렀다. 그러나 그걸 보는 보리스의 눈은 비를 머금은 하늘 같은 회청색이었다.

형제가 함께 나온 이곳은 진네만 가문의 영지인 룽고르드 들판이었다. 지평선이 풀빛으로 뒤덮이고 웃자란 니들그래스 needlegrass가 끝도 없이 펼쳐진 곳이다. 조개 반도를 둘러싼 카투나 산맥 밑은 기후가 서늘해 이런 초원이 많았다. 늦여름의 들판에 눕자 머리가 푹 파묻혔다. 풀벌레일까, 뭔가가 날아들어 코끝을 건드리고 있었다. 그러나 그것보다도, 오늘따라 유난히 환한 형의 미소가 더 마음에 걸렸다.

왜지, 이런 기분이 드는 것은. 그럴 필요는 없는데. 정말로.

아니, 형은 늘 밝았다. 수줍음 타는 소녀처럼 잘 웃지도 않는 동생의 손을 붙들고 어디든 다녔다. 어디를 가든 재미있고 우습고 밝은 것만 보여주려 애썼다. 어쩌다 동생이 소리 내어 웃음이라도 터뜨릴라 치면 자기가 더 기뻐서 나오는 웃음을 참지 못하는 형이었다. 훤칠하게 키도 크고 잘생긴 형, 근처 영지의 젊은이들 중 검술 솜씨도 가장 빼어나서 아버지의 자랑거리도 되는 형이다.

꼬마 보리스가 유일하게 믿고 따르는 사람, 예프넨 진네만.

"자, 약속한 대로 대련 연습이다!"

보리스는 고개를 끄덕이고 발딱 일어났다.

어깨를 덮을 만큼 자란 머리카락이 나풀거렸다. 예프넨은 동생의 머리를 흐트러뜨리는 것을 좋아했다. 손에 목검을 쥐여주면서 어느새 보리스의 머리꼭지를 까치집처럼 만들어놓았다. 보리스는 어린아이처럼 불만을 터뜨리는 대신 입술만 움직이며 씩 웃었다.

"휘어이, 휘이! 우리 동생 머리에 알을 낳으면 안 돼요!"

형이 있지도 않은 새들을 쫓는 시늉을 하자 보리스는 일부러 속아주려는 듯 뒤를 돌아보았다. 그 틈에 형의 목검이 보리스의 옆구리를 슬쩍 찔렀다. 동생이 돌아볼 즈음이면 이미 멀찍이 물러나 있었다. 건들건들, 장난스럽게 방어 자세를 잡고 있는 형은 여전히 미소 띤 얼굴이었다.

보리스는 문득 이상한 것을 느꼈다. 형이 내민 목검을 치려고 쫓아가다가 발을 헛디뎌 무릎을 찧고, 다쳤나 싶어 다가온 형을 잽싸게 밀쳐 누르고, 킬킬거리며 같이 풀밭을 구르면서도 내내 이상한 기분은 가시지 않았다. 언제부터일까, 보리스에겐 종종 이상한 직감이 찾아왔다. 직감이란 내킬 때 발휘되는 능력이 아니지만, 가끔은 아주 예민해져서 일종의 예지豫知로도 변했다.

보리스는 검의 기초도 모르는 어린애였고 예프넨은 몇 년이나 검술을 수련한 젊은이였으므로 사실 둘은 대련 상대가 되지 않았다. 다만 보리스가 목검 휘두르는 것을 좋아하니, 반사 신경을 길러준다는 구실로 함께 들판에서 뒹굴며 놀아주는 것이다. 아버지는 예프넨이 동생과 놀기보다 좀더 엄격하게 검 수련을 하길 바랐다. 하지만 이 선량한 젊은이는 제 검술이 향상되는 것보다 동생이 한바탕 깔깔대며 웃는 걸 더 좋아했다.

형제의 아버지, 율켄 진네만은 어린아이에 불과한 보리스에게 큰 관심이 없었다. 예프넨이 동생을 지극히 사랑하는 것도 아직 미숙하고 감정에 잘 휩쓸릴 나이라 그렇다고 여길 따름이었다. 율켄 진네만의 마음속에서 동생이란 조금도 사랑할 만한 존재가 아니었다. 강도처럼 등뒤로 다가와 목에 칼이나 들이대지 않으면 다행이랄까.

예프넨은 맏아들이다. 율켄에게는 유일하게 믿을 만한 존재였다. 신뢰만이 아니라 전폭적인 기대의 대상이기도 했다. 그런 만큼 그는 예프넨 역시 아버지인 자신의 말에 절대적으로 복종해야 한다고 생각했다. 다만 모든 것을 이해하기에는 예프넨도 아직 어리다. 조금 더 자라면 아버지가 뭘 기대하는지 알게 되겠지.

딱!

경쾌한 타격음이 들판을 울렸다. 오랜만에 둘의 목검이 제대로 부딪친 모양이다. 예프넨은 놀란 시늉을 하며 몇 발짝 물러났다. 동생이 적극적으로 치고 들어오기를 바라는 것이다. 이번엔 보리스도 발을 헛디디지 않고 빠르게 달려들었다. 형이 가르쳐준 대로 잡은 목검이 무거워 좀 흔들거리긴 했지만, 그만하면 괜찮은 자세였다. 왼쪽으로 휘둘러 어깨를 치려고 했다. 형은 맞아줄 듯하다가 슬쩍 비켰다.

보리스는 오기가 나서 더욱 바짝 다가들었다. 어느새 형이 말해줬던 사정거리를 넘었다. 형의 목검이 보리스의 목을 향해 똑바로 찔러 들어왔다. 피할 새도 없었다.

"아!"

예프넨은 깜짝 놀랐다. 그만큼 동생이 잘했기 때문일까, 순간적으로 몸에 익은 반격이 튀어나왔던 것이다. 목검이라고 해도 끝은 제법 날카로웠다. 보리스의 목에 붉은 자국이 생기더니 곧 피가 방울져 맺혔다.

"이런!"

목검을 내던진 예프넨이 다가와 놀란 동생의 뺨을 감쌌다. 한 손으로 등을 쓸어 다독이며 상처를 살펴보니 다행히 심한 것은 아니었다. 맺힌 핏방울이 굵어지다가 이윽고 목덜미를 타고 흘러내렸다. 예프넨은 소매로 핏방울을 훔치고 손수건을 꺼내 상처를 눌렀다. 동생의 맥박이 작은 새처럼 두근두근 뛰었다.

"놀랐지? 미안하다, 정말 미안해. 형이 실수했어. 다시는 그러지 않을게."

물론 보리스도 놀랐다. 조금 전, 형이 든 목검의 속도는 상대가 누구인지 깜빡 잊을 정도로 빨랐으니까. 누군가가 자신을 죽이려 한다는, 뜻밖의 공포가 스치고 지나갔다.

"……으응."

그때 두 형제를 부르는 목소리가 들려왔다. 저택 쪽에서 사람이 뛰어오고 있었다.

"예프넨 도련님! 보리스 도련님!"

보리스를 돌보는 하인이다. 예프넨은 안 그래도 돌아갈 작정이었는데 잘되었다고 생각하며 보리스의 손을 잡아끌었다. 그런데 달려오는 하인의 태도가 이상했다. 마치 이리로 오지 말라는 것처럼 손을 내젓고 있었다.

"무슨 일이야?"

하인은 이윽고 형제 앞에 이르렀다. 가쁜 숨을 몰아쉬는 얼굴이 파랬다.

"도련님들, 지금 저택에 가시면 안 됩니다! 큰일이 났습니다요!"

예프넨은 다그쳐 묻지 않고 하인이 설명할 때까지 기다렸다. 하인들의 호들갑을 익히 알고 있었으므로 크게 긴장한 얼굴도 아니었다. 그러나 보리스는 달랐다. 그는 오늘 아침부터 곧 무슨 일이 벌어지기라도 할 것처럼 예민해져 있었다.

"블라도 진네만…… 그 어른이 돌아왔습니다요!"

예프넨의 얼굴이 싸늘히 굳었다. 그는 동생이 놀랄까 싶어 손을 꽉 쥐어주었다. 그러나 자기 손이 차가워진 것은 깨닫지 못했다.

"그래, 그렇구나."

보리스는 하인의 말이 실감나지 않았다. 흐릿하던 예감이 갑자기 뚜렷해지는 순간마다 찾아오던 오한조차 깨닫지 못했다. 단지 천천히, 남의 일을 말하듯 되풀이했다.

"블라도 삼촌이…… 돌아왔다고?"

비를 품은 바람이 형제의 머리 위에서 날개를 퍼덕였다. 이윽고 젖은 깃털들이 떨어져 내렸다.

골든레트리버 한 마리가 문간에 엎드려 있다가 벌떡 일어나 으르렁거렸다. 덩치는 크지만 순해서 꼬마 보리스조차 편안히 기대어 장난쳐도 괜찮은 녀석인데 지금만은 달랐다. 개는 긴장하여 털을 곤두세우고 컹컹 짖어댔다.

"허, 저 녀석이! 오랜만이라고 사람도 몰라보는군. 멍청한 놈 같으니."

후리후리한 키에 팔이 유난히 긴 남자였다. 거무스름한 얼굴은 남방의 강한 태양볕에 그을린 것이겠지만, 흐린 창 앞에 서자 마치 실재하는 어둠에 물든 것처럼 보였다. 잔주름에 묻힌 노르스름한 눈동자가 악어가죽에 박힌 보석처럼 번쩍거렸다.

사내가 발길질이라도 할 듯 구두를 딱딱거리며 다시 소리쳤다.

"저리 가라! 저리 가!"

개는 여전히 맹렬하게 짖어댔지만 훈련이 잘되어 있었기에 주인의 명령 없이 사람을 물지는 않았다. 뚜벅뚜벅. 거실 안쪽에서 발걸음이 다가와 멈췄다. 악어 눈동자를 가진 사내가 입가에 깊은 주름을 만들며 웃었다.

"오랜만입니다, 율켄 형님."

"쉿! 조용히 해라, 말로리."

율켄 진네만은 먼저 개를 조용히 시켰다. 그리고 몇 년 만에 만나는 동생을 향해 냉랭한 시선을 보냈다.

흥……. 그는 미소 지었다. 그도 동생도 훌쩍 늙었다. 다른 사람들의 두 배로 맹렬히 살아오기라도 한 듯 일그러진 얼굴들을 하고 있었다.

"용케 살아 있구나, 블라도."

"어라, 불만스럽기라도 하신 겁니까?"

그건 의미 없는 대화였다. 전처럼 형제랍시고 억지로 예의를 지킬 필요도 없었다. 형제를 낳았던 부모는 재작년에 나란히 죽어 없어졌다. 조금만 더 일찍 죽어줬더라면 지난번에 만났을 때 저놈을 죽여 없앴을 텐데. 그렇게 되씹던 율켄은 동생도 똑같은 생각을 하고 있으리라는 생각에 새삼스럽게 경계심을 느꼈다.

"오 년 만인데, 자리 정도는 권해달란 말입니다."

"앉아라."

둘은 경계를 늦추지 않은 채로, 탁자를 사이에 두고 마주앉았다.

쿠르르……. 천둥이 울었지만 비는 아직 내리지 않았다.

율켄은 문득 예프넨이 집으로 돌아왔을까 생각했다. 하긴, 동생 녀석이 현관으로 걸어 들어왔을 때부터 하인들은 혼비백산했을 테고, 그중 한둘 정도는 아들들을 찾아 뛰어나갔을 것이다. 누누이 일러두었다시피 자신에게 문제가 생길 경우 집안의 수장은 예프넨이었다. 하인들과 병사들이 지금쯤 예프넨을 찾아내어 보호하며 명령을 기다리고 있을 것이다.

내 하나뿐인 동생 블라도 진네만. 네가 무슨 속셈으로 이 먼 죽을 자리까지 찾아왔느냐.

"형님, 뭐 마실 거라도 줘요. 한나절 말을 달렸더니 목이 말라서 죽겠네."

율켄이 천천히 말했다.

"그래, 흑맥주라도 마실 테냐?"

"하하, 오래 외지에서 지내다 보니 입맛이 바뀌어버려서. 난 그냥 진저에일이나 마실 테요."

진저에일처럼 알코올이 들지 않은 음료는 본래 블라도가 즐기던 것이 아니었다. 그러나 하녀에게 손짓하여 마실 것을 가져오도록 하는 율켄도 동생의 속셈을 모르지 않았다. 언제고 블라도가 결국 돌아오리라는 걸 율켄이 생각하지 않았을 리 없다. 그에 대비해서 블라도가 즐겨 마시는 음료에 독약을 타서 준비해두지 않았으리란 보장이 어디 있겠는가.

율켄의 왼쪽 입꼬리가 올라갔다. 머리가 희끗희끗해진 형제는 상대방이 자신과 비슷한 표정을 하고 있음을 알았다.

그래, 피가 닿은 건 분명하겠지. 하지만 십수 년을 대립해온 사이다. 타협의 여지 따위가 없음은 명백했다. 자신에게 쫓겨난 뒤로 다섯 해나 집을 떠나 있었던 동생이다. 이번엔 무슨 카드를 쥐었기에 제 발로 다시 나타난 것일까?

형제는 진저에일 잔을 각자 입술에 댔다. 그 모습조차 섬뜩할 정도로 닮아 있었다.

"용건을 물어야 되나?"

"뭐, 수고도 덜어드릴 겸 알아서 말씀드리죠."

블라도는 율켄의 거울상인 양 오른쪽 입꼬리를 올리며 말을 이었다.

"칸 선제후님을 아실 테지요? 형님도 론 소식에 영 귀 닫고 지내는 분이 아니란 건 아니까. 이번에 나는 그분 곁에서……."

흥, 하고 율켄이 코웃음을 쳤다.

"되잖은 소리나 하려거든 썩 가거라. 다른 둥지나 찾아봐."

블라도는 지금까지와 달리 웃지 않았다. 노란 눈이 번쩍거렸다.

"이 둥지는 형 혼자만의 것이 아니잖우? 롱고르드는 부모님이 우리 형제들에게 똑같이 물려준 영지란 걸 형 혼자만 잊은 것 같수."

발끈하자마자 젊은 시절의 말투가 튀어나오는 블라도를 율켄은 차갑게 노려보았다.

"그 권리를 네가 어떻게 차버렸는지 잊었단 말이냐? 억울하게 죽은 예니치카가 땅 밑에 누워서 오늘 네놈이 돌아오는 걸 지켜보고 있었을 거다."

블라도는 입술을 질근질근 씹으며 대꾸했다.

"그 계집애를 죽인 게 어째서 나란 말이우?"

순간 율켄은 목에서 뭔가 치미는 것을 느끼며 쾅 하고 잔을 내려놓았다. 갈색 물방울이 탁자에 흩뿌려졌다.

"네놈의 농간이 아니었으면, 어째서 그 애가 어려서부터 얘기만 들어도 벌벌 떨던 에메라 호수에 혼자서 갔겠느냐!"

"흥, 예니는 호수에서 돌아왔을 때만 해도 죽지 않았잖수! 미쳐 날뛰는 그 애를 치료도 제대로 안 해보고 죽이라고 한 건 형이 아니었수?"

"어디서 더러운 궤변을 지껄이는 게냐!"

좍, 잔에 남았던 에일이 블라도의 얼굴에서 흘러내렸다.

블라도는 뺨의 주름을 타고 떨어지는 물방울을 소매로 슥 닦았다. 일그러진 미소에서 나직한 목소리가 흘러나왔다.

"흥……. 좋아, 어디 잘해보슈. 형의 의견 따위 처음부터

22
—

들어볼 것도 아니었지. 진네만 핏줄들이 목에 칼이라도 들어오기 전에 정파 고집을 꺾는 일이 있었수? 하, 하, 우리 부모님도 제각기 다른 당파에 뛰어든 아들들 고집을 못 꺾었고, 예니도 신랑 될 사내 따라 불꽃모루파 명부에 결국 제 이름 써넣었더랬지."

블라도가 낮게 킬킬거리더니 계속해서 말했다.

"쟈닌느 고모님은 달랐소? 지금도 삼월의원파에서 앞장서 휘젓고 다니잖수? 하, 하, 하, 그래, 형님 아들들은 다를 것 같수? 그놈들도 조금 더 크면 형님이 신처럼 받드는 '카챠'를 버리고 전혀 엉뚱한, 예를 들면 진군파 같은 데 들어가겠다고 설칠지도 모른다는 거야! 전혀 무리가 아니지!"

율켄의 눈동자가 이글거렸다. 흐린 날씨 탓에 일찌감치 어두워진 거실에는 촛불도 하나 없었다.

"훗훗, 그렇게 세면 한 집안에 당파만 다섯 개야, 다섯 개! 아니, 부모님은 죽어버렸으니까 이젠 네 개라고 해야 하나?"

율켄은 더 대꾸하려 하지 않았다. 나지막하게 말했다.

"나가라."

"나가드리지."

블라도는 벌떡 일어섰다. 그러나 여전히 비웃음을 문 채 형을 가리킨 손가락을 빙글빙글 돌렸다.

"후회하게 될걸? 오늘 내가 형에게 마지막으로 화해를 청하러 왔었다는 걸 잊지 마시란 말요. 그래, 마지막 기회였다고. 형이 그놈의 '윈터바텀 킷Winterbottom Kit'을 내놓기만 했다면 난 과거를 모두 잊고 형을 그만 용서하려 했수. 어때, 한 번 더 생각해볼 테요?"

율켄이 씹어뱉듯 중얼거렸다.

"내 머리가 두 쪽 나기 전에 그게 네놈 손에 들어갈 일은 없을 거다."

"흥, 좋은 지적이군. 잘 알았수다."

블라도는 대답을 예상했는지 얼굴의 주름을 한층 드러내며 싱글거렸다. 그러더니 어두워진 율켄의 얼굴을 감상이라도 하려는 것처럼 눈을 가늘게 떴다.

"칸 선제후님이 이번 선거에서 통령 자리에 오르는 것은 장님이 봐도 뻔한 사실이우. 이제 그분을 따르지 않고 이 반도에서 발붙일 데가 있으리라 보우? 게다가 칸 선제후께서 가장 미워하는 '카챠'의 사람인 형한테 다른 탈출구가 있을까? 선거만 끝났다 하면 호랑이 앞의 고깃덩어리 신세란 것을 알아야지. 동생이 아량을 베풀 때 설득당한 척하는 편이 좋았을 텐데. 아니, 그건 역시 진네만 가문 사람으로서 할 만한 일이 아니려나?"

"나가라지 않았나!"

블라도의 말뜻은 율켄도 잘 알고 있었다. 새삼스러운 사실도 아니었다.

동생이 섬겨온 칸 선제후는 열다섯 명의 선제후 가운데 이미 절반의 지지를 약속받은 상태였다. 반대하는 쪽은 블라도가 '카챠'라는 모욕적인 별명으로 부른 카츠야 선제후를 비롯해 세 명에 불과했다. 나머지는 공식적인 지지를 표명하진 않았어도 대세를 따르는 분위기였다.

이미 진 선거다. 율켄도 알고 있었다. 그러나 진네만 가문에서, 아니 트라바체스 공화국에서 조금이라도 이름 있는 피를 이어받았다면, 생명처럼 중시하는 것이 정치적 신념 아니던가. 심지어 생명을 버리고라도 신념을 따르는 자가 많다는 것 또한 주지의 사실이다. 진네만 가문은 그 점에서 특별한 명성마저 갖고 있었다. 형제끼리 이토록 참혹하게 갈리게 된 것도 그 명성을 높이 산 선제후들의 유혹이 심했던 탓일지도 모른다.

그래, 언제부터였을까? 온 나라가 빵 조각도 넉넉히 못 먹는 주제에 신념이니 당파니 하는 것에 넋을 놓고 들썩거리게 된 것은. 트라바체스가 기묘한 제후 선출식 공화정을 도입한 후부터인가? 아니, 이건 실은 공화국도 아니다. 전 국민이 수백 개의 당파로 갈려 부모 자식 간에, 형제간에, 친구 간에 등을 돌리게 만든 악독한 변형 군주제에 지나지 않는다. 그렇더라도, 꺾을 수는 없었다.

예로부터 트라바체스에서 한번 섬기기로 한 주인을 버린다는 것은 영원한 불명예로 여겨졌다. 그렇다 보니 공화국 건설 당시 고작 여덟 곳이었던 당파가, 오늘날 수백 개로 갈리도록 투쟁과 암살로 얼룩진 볼썽사나운 싸움을 멈추지 못하는 것이다. 그걸 다 알면서도 율켄 역시 아버지와 어머니의 정파를 따를 수 없었고, 동생과 합칠 수 없었으며, 여동생의 약혼자를 끌어들일 수 없었다.

이런 식으로 당파가 갈려 집안이 파탄 지경에 이르는 것은 트라바체스에서 드문 일이 아니었다. 선제후들, 그리고 다음 선거에서 선제후가 되려는 의원들은 조금이라도 명망 있는 집안 출신이라면 무슨 수를 써서든 제 편으로 끌어들였다. 그런 뒤에 그자가 혈육을 몰아내고 집안을 차지하도록 공작하기만 하면 한 표가 생겨나는 것이다. 그 과정에서 형과 누이가 갈리고, 남편과 아내가 원수가 되며, 어머니와 아들이 등을 돌리는 것쯤은 그들이 알 바가 아니었다. 자기 당파가 정권을 쥐는 것, 트라바체스에서 인간으로 태어난 이상 그것 하나만이 목표일 뿐!

인사도 없이 걸어나가던 동생은 마지막 순간까지 이죽거렸다.

"오늘 내 말을 들었으면 둘째가 진네만 집안을 이을 일도 없었을 텐데, 안됐수다. 어디, 내가 빼앗아 갈 때까지 모조리 꼭 끌어안고 잘 버텨보슈."

쾅, 문이 닫혔다.

홀로 남은 율켄은 석상이 된 것처럼 꼼짝 않고 앉아 있었다. 그도 정쟁의 소용돌이 속에서 살아온 사내였다. 트라바체스에서 한 정파가 다른 정파를 말살하는 방식이라면 신물 나게 보아왔다. 화해를 청하러 왔다는 말은 입에 발린 개소리고 실은 선전포고를 하러 왔을 것이다.

윈터바텀 킷을 찾으러 왔다고? 어림없는 소리! 율켄이 그걸 순순히 내줄 리 없다는 것은 블라도가 더 잘 알고 있었다. 물론 블라도는 혼자 오지 않았을 것이다. 저택 밖에서는 군대가 습격 준비를 마친 채 기다리고 있을 테고, 지금도 자기 몸을 보호할 방책쯤은 갖추고 온 것이다. 대비는 했지만 소용없을 줄 알고 있었다. 비록 자신이 태어난 곳이지만 이제는 적진과 다름없는 저택에 무심하게 들어올 블라도가 아니었다. 녀석도 저 나이가 되도록 정치판에서 구를 대로 구르고, 피맛도 볼 만큼 봤을 테니까.

"튤크."

"예, 주인님."

거실 벽에 처진 커튼 속에서 목소리가 들렸다.

"항쟁抗爭이다."

"예, 준비하겠습니다."

커튼 뒤에 있던 사람의 자취가 스르르 지워졌다. 그 뒤에
는 밖으로 곧장 통하는 비밀 통로가 있었다. 율켄은 흩뿌려진
에일 방울과 나란히 놓인 잔 두 개를 내려다보다가 일어섰다.
높다란 창을 밀고 아래를 내려다보았다. 말에 올라타는 블라
도 곁에서 두 명의 종자가 저들의 말을 끌어내고 있는 것이
보였다. 이윽고 말에 올라타더니 박차를 가해 형제가 어린시
절을 함께 보낸 들판을 향해 달려갔다.

눈의 갑옷, 겨울의 검

예프넨은 서둘렀다. 하인이 맡겠다는 것을 마다하고 직접 동생을 안아 들고는 저택으로 내달렸다. 현관에 도착할 무렵 빗발이 거세어지기 시작했다.

"아버지는?"

"2층에 계십니다."

조금 전, 블라도 삼촌이 탄 말이 들판 너머로 사라지는 것을 보았다. 예프넨은 몸이 딱딱하게 굳어진 동생을 내려놓고 다시 물었다.

"튤크 집사는 내려왔나?"

"예, 벌써 연병장으로 나갔습니다."

예프넨은 고개를 끄덕였다.

"그렇다면 가볼 필요는 없겠지. 보리스, 방으로 가자."

흙 묻은 신발을 갈아 신을 틈도 없었다. 말끔하게 닦아놓은 마루와 융단에 풀씨와 진흙이 뭉개졌다. 가로막는 문들을 거칠게 열어젖히며 달려갔다. 침실에 이르자 예프녠은 홱 돌아서서 문을 닫고 단단히 잠갔다.

보리스를 침대에 앉힌 예프녠은 곧장 장롱을 열었다. 잘 접어놓은 옷들을 마구 꺼내 바닥에 내던졌다. 강철 경첩이 붙은 작은 상자가 발견되자 주머니에서 열쇠를 뽑아 돌렸다. 뚜껑이 열리고 나온 것은 손가락 두 개만큼 굵고 시커먼 열쇠였다.

"보리스, 네 방에 가서 아버지가 주신 브리간딘 갑옷을 꺼내 입어라. 검과 장화를 가져오는 것도 잊지 말고. 알지? 어떻게 해야 하는지."

동생의 눈동자가 어지럽게 흩어진 옷가지들을 훑는 것을 느꼈지만 무어라 더 해줄 말이 없었다. 보리스는 일어나 예프녠의 방과 이어진 자기 방으로 갔다.

보리스가 곧이어 따라온 유모의 도움을 받아 무장을 마칠 즈음, 예프녠의 급한 손길도 할 일을 해내고 있었다. 묵직한 장롱을 밀어내고 뒷벽에 붙인 위장용 나무판을 뜯어냈다. 그 안쪽에 장치된 철 금고의 열쇠 구멍을 손가락으로 더듬어 찾았다. 굵은 열쇠를 꽂아 힘껏 돌리자 덜컹, 소리를 내며 잠금

쇠가 열렸다.

보리스가 돌아왔을 때, 난장판이 된 형의 침대 위에는 두 개의 신성한 물건이 놓여 있었다.

형제는 잠시 침묵했다. 보리스가 입을 열었다.

"스노우가드Snowguard……."

갑옷의 은백색 사슬은 눈 결정을 엮은 듯 눈부셨다. 가까이에서 들여다볼수록 황홀한 짜임이었다. 보리스는 그 위에 손을 얹었다. 차갑다가…… 따뜻해진다. 정말이었다. 열을 빨아들였다가 소멸시켜버린다는 신비로운 힘은 스노우가드의 마력 가운데 가장 널리 알려진 특징이었다. 그래서 어떤 뜨거운 불로도 녹일 수 없는 눈의 갑옷이라고 했다. 예프넨과 보리스의 증조부가 손에 넣은 가문의 보물이다.

예프넨이 말을 이었다.

"그리고 윈터러Winterer."

'겨울을 지새우는 자'라는 이름 그대로, 냉기로만 제련된다는 기이한 금속이 한줄기 섬광처럼 벼려져 침묵하고 있었다. 검이다. 날씬한 자태만큼이나 귀족적인 싸늘함을 지닌 하얀 검이다. 무늬 없는 백색 칼집에 꽂힌 자루는 두 손을 넓혀 쥘 만큼 길었다. 한 손으로도 두 손으로도 쓸 수 있는 바스타드 검이다.

스노우가드와 윈터러, 둘을 합쳐서 윈터바텀 킷이라고 불렀다.

　과거 수많은 기사며 용병들이 옳지 못한 피를 뿌리고라도 손에 넣으려 다투었던 역사를 품은 무구다. 검을 쥐는 자라면 풍문으로라도 전해 듣고 동경한다는 마력의 무구, 명성 자자한 무구였다.

　보리스의 증조부는 들리는 말로 스노우가드를 손에 넣기 위해 아흔아홉의 적을 살해했다고 했다. 당시 스노우가드의 주인은 타국의 영주였다고 하니 그를 호위하는 군사가 그보다 많으면 많았지 적지는 않았을 것이다. 그후 그의 아들이 다시 윈터러를 손에 넣기까지 서른 해가 걸렸다. 그 역시 아버지보다 적게 죽이지는 않았다.

　한번 손에 넣었다고 끝이 날 리 없었다. 윈터바텀 킷이 한 주인의 손에서 완성되었다는 이야기는 한층 열렬한 동경을 불러일으켰다. 그즈음부터 윈터바텀 킷을 손에 넣으면 누구보다도 강해질 수 있다는 소문도 퍼지기 시작했다. 조금 지나자 소문은 '윈터바텀 킷을 손에 넣어야만 최고의 검사'라는 식으로 바뀌었다. 그런 상황에서, 어렵사리 손에 넣은 보물을 집요한 도전자들로부터 지켜낸 비결은 단 하나, 모든 도전을 거절하는 것이었다. 윈터바텀 킷으로 무장하고 나와 정정당당히 겨루고 보물은 이긴 자의 전리품으로 하자는 요구들에 보리스의 할아버지는 코웃음도 치지 않았다. 몰래 숨어든 도둑들은 대기하고 있던 사병들에게 잡혀 목이 잘렸다.

당시만 해도 진네만 가문은 트라바체스에서 몇 손가락 안에 꼽히는 당당한 가문이었다. 그러니 일대일 결투가 아니고서 윈터바텀 킷을 빼앗아 갈 방법은 없었다. 또한 달리 말하면 아무리 좋다고 해봤자 일개 무구일 뿐이다. 정치 파벌로 그물처럼 엮인 집안 간의 유대를 중시하는 큰 가문들은 검 한 자루, 갑옷 한 벌 따위를 뺏자고 상대 가문을 말살해야만 끝이 나는 소위 '항쟁'을 벌일 정도로 어리석지 않았다.

그렇게 수십 년이 흐르자 소문도 사그라졌다.

보리스의 할아버지는 그토록 힘들여 얻은 윈터바텀 킷을 한 번도 몸에 걸치고 밖에 나서지 않았다. 탐욕스러운 자들의 욕망이 불붙을 여지를 원천 봉쇄했던 것이다. 최근에는 '이미 도둑맞은 지 오래라더라'는 의견이 지배적일 정도로 그 전략은 성공적이었다. 그러나 윈터바텀 킷은 여전히 이렇게 진네만 저택에 존재하고 있었다. 전통대로 두 아들들 손에.

보리스의 할아버지는 윈터바텀 킷을 놓고 아들들이 싸우기를 원치 않았다. 그래서 하나씩 나누어주고 서로 협력하라고 유언했다. 그러나 블라도는 형인 율켄에게 내쫓겼고, 당연히 소유권도 빼앗겼다. 이제 그것을 되찾으려는 마음에 추호도 망설임이 있을 리 없었다.

율켄 역시 두 아들을 두었다. 그러나 그는 죽은 아버지와 생각이 달랐다. 윈터바텀 킷은 합쳐졌을 때 더 강력한 힘을 발휘한다. 나누는 것은 아무 이점도 없지 않은가. 당연히 가문을 이을 큰아들에게 둘 다 물려줄 것이다. 열두 살인 보리스보다 예프넨은 여덟 살이나 많았다. 그 정도 나이 차이면 동생이 감히 거역하지 못하게 할 수 있을 것이라고 율켄은 생각했다.

그러나 예프넨의 생각은 또 달랐다.

"보리스, 검을 잠시 빌릴게."

겨울의 검 윈터러는 정체 모를 재질 때문인지 검의 크기에 비해 꽤 가벼웠다. 그렇더라도 열두 살 어린아이가 휘두르기엔 벅찼다.

보리스는 가만히 형을 올려다보았다.

율켄이 윈터바텀 킷을 예프넨에게 넘겨준 것은 올해 초, 예프넨이 스무 살 되던 때였다. 그날 밤 예프넨은 자기 방으로 보리스를 불렀다. 그러더니 두 가지 물건을 보여주며 어느 쪽이 좋아 보이느냐고 물었다. 보리스는 별생각 없이 무거운 갑옷보다는 검이 멋진 것 같다고 답했다. 그러자 예프넨은 네가 검을 휘두를 수 있는 나이가 되면 그걸 네게 주겠다고 했다. 깜짝 놀라는 보리스에게 부드럽게 웃으면서, 아무것도 아니라는 듯이.

보리스는 자신이 그 말을 믿었을까 생각해보았다. 그후로도 형은 몇 번인가 기회가 닿을 때면 "윈터러는 네 거다"라고 말해주었다. 언제부터인가 보리스도 그렇다고 생각했던 것 같다. 그리고 오늘 같은 날, 형은 다시 한번 그렇게 말하고 있었다. 문득 보리스는 여전히 그 이름 높은 검을 자신의 것으로 생각해오지 않았다는 것을 깨달았다.

보리스는 항쟁이 무엇인지 모르는 나이가 아니었다. 트라바체스 공화국에서 가문 간 항쟁으로 벌어진 일은 제삼자가 책임을 묻지 않는 것이 불문율이다. 오늘밤 몇 명이 죽든, 이 자리에 있는 사람들 외에 울어줄 사람은 없었다. 자신은 아직 전력조차 못 되는 어린아이다. 그러니 형이 검을 쥐는 것이 바람직할 것이다. 그가 가장 사랑하는 가족인 형이.

보리스는 고개를 저었다.

"형 거야."

"아냐, 이번 항쟁이 끝나면 반드시 돌려줄게. 네가 허락하지 않으면 빌리지도 않을 거야."

"돌려줄 필요 없어. 형 거야."

"보리스."

예프넨은 윈터러의 칼집을 잡고는 자루를 보리스에게 내밀었다. 약간 망설이다가 자루를 잡자 형은 손을 놓았다. 휘청, 팔이 아래로 떨어지며 검이 바닥에 부딪혀 요란한 소리를 울렸다.

눈의 갑옷, 겨울의 검

"들어봐."

힘껏 들어올리려 했지만 한 손으로 지탱하는 것은 무리였다. 두 손으로 움켜쥐고서야 간신히 검 끝이 허공을 가리켰다. 그러나 팔뚝이 부들부들 떨리고 검 끝이 불안정하게 작은 원들을 그렸다. 더이상 못 견디겠다고 생각했을 때, 형의 손이 칼집 끝을 받쳐들었다. 팔에서 힘이 빠지자 어깨가 축 늘어졌다.

"거봐, 너도 들 수 있잖아."

"이런 걸로는⋯⋯."

그러나 예프녠은 동생이 더 말하도록 내버려두지 않았다. 허리를 굽히고 얼굴을 가까이 대더니 속삭였다.

"더 잘하게 될 거야. 멋지게 해내게 될걸. 너는 전사니까, 이름 그대로 전사니까."

보리스라는 이름은 '전사'라는 뜻을 갖고 있다. 하지만 그런 것보다는 형의 따뜻한 입김이 기분 좋다고 생각했다⋯⋯. 그때, 다시 한번 이상한 기분이 목덜미를 서늘하게 했다.

자신은 정말로 저 윈터러를 갖게 될 것이다.

결코 원치 않는 방식으로.

괴괴한 침묵이 저택에 감돌았다. 아버지가 거느린 이백여 명의 사병이 저택의 앞뒤를 삼엄하게 지켰다. 전성기에는 천여 명도 넘었다는 사병이 지금은 이토록 줄어들었다. 진네만 가문의 전성기란 윈터러를 가져온 보리스의 할아버지 시절을 뜻했다.

보리스와 예프넨은 2층에서, 뒤뜰로 곧장 이어지는 계단 앞에 서 있었다. 그들이 싸움의 전면에 나설 필요는 없었다. 병사들의 사기는 어차피 아버지의 존재로 결정되니까. 반면 어린 보리스라고 해서 아예 숨어버릴 수는 없었다. 그 역시 진네만 가문의 핏줄이기 때문이다.

창밖 뜰에 병사들의 뒷모습이 검은 말뚝처럼 일정한 거리를 두고 박혀 있었다. 그들은 2진이다. 1진은 저택에서 보이지 않는 곳까지 나가 있었다.

진네만 저택의 구조는 여러 번 고쳤는데도 방어적인 항쟁을 하기에는 적당치 않았다. 아니, 적이 저택에 들어오는 순간 그 항쟁은 졌다고 봐야 했다. 저택에 들어온 적은 가재도구에서 진귀한 골동품에 이르기까지 손닿는 물건마다 남김없이 부수고 약탈해버렸다. 전투의 승패를 떠나 저택이 침탈당했다는 것은 씻기 힘든 수모였다. 천운으로 승패가 갈리지 않았더라도 저택 침탈을 당한 집안은 진 것이나 다름없는 꼴이었다.

이러한 항쟁은 한 해에도 몇 번이나 일어났다. 이름 있는 가문이 연루되었을 때는 이야깃거리라도 되지만, 보통은 집안끼리의 일로 묻혀버렸다. 그러나 항쟁에서 진 가문은 어린 아이까지 몰살당하는 경우가 다반사였다.

그럼에도 불구하고 불화가 있는 가문들은 꾸준히 이 방식을 택했다. 진네만 가문처럼 쫓겨난 형제자매가 항쟁을 걸어오는 경우도 드물지 않았다. 정견이 달라 집을 나가는 형제란 트라바체스에서 야반도주하는 남녀만큼이나 흔했다.

예프넨의 시선은 창문 틈에 박혀 있었다. 보리스는 계단 쪽을 돌아보았다. 아무 소리도 들리지 않았다. 하지만 계단 아래에는 십여 명의 병사가 지키고 있을 것이다. 적어도 진네만 가문의 두 형제보다 먼저 죽기 위해서.

"보리스, 저길 봐."

불쑥 들려온 형의 목소리에 보리스도 창문턱으로 다가들었다. 붉게 흐린 하늘과 보랏빛 구름이 뒤엉킨 들판 머리에 새로운 광채가 가세했다. 횃불이었다.

"시작이다."

늑골 아래를 쿡 찔린 듯한 충격이 올라왔다. 보리스는 잠깐 숨을 멈췄다가 입을 꾹 다물었다.

소리가 먼저 번져왔다.

우우, 와아…….

뜻을 알 수 없는 뭉개진 목소리들이다. 어두워서 아무것도 보이지 않는다고 생각했는데 어느새 온 저택이 타오르는 횃불로 휩싸여 있었다. 얼마나 될까. 오백? 천?

예프넨은 입술을 깨물며 아버지가 마지막으로 한 말을 되새겨보았다.

'사태가 불리하거든 너는 윈터바텀 킷을 가지고 저택을 빠져나가라. 미리 일러둔 그 방향으로.'

아버지는 보리스 이야기를 하지 않았다. 어떻게 되든 상관없다는 것일까? 하지만 예프넨에게는 보리스가 우선이었다. 혼자라면 어둠을 뚫고 달아날 자신은 있었다. 그러나 첫째로 아버지를 두고 가야 한다는 고통, 둘째로 동생을 안전하게 데려가야 한다는 책임감이 발목을 잡았다. 동시에 여하한 이유로든, 윈터바텀 킷을 삼촌에게 빼앗겨서는 안 된다.

또래보다 유능한 젊은이라고 해도 예프넨은 스무 살, 그만한 짐을 한꺼번에 짊어지는 것은 벅찼다. 그러나 그렇게 길러진 탓일까, 그는 자신이 짊어진 짐이 부당하다고 느끼지 않았다. 단지 아직 그만한 능력을 못 갖춘 스스로를 자책할 뿐이었다. 오늘 이 자리에서 피를 뿌리게 될 병사들의 운명도 떠올랐다. 그가 아버지의 뒤를 이어 가주家主가 되었더라면 당연히 돌보아야 했을 가문의 사병들이었다. 각 가문의 사병이란 일시에 모을 수 있는 것이 아니었다. 그들 대부분은 어린시절부터 아버지의 보살핌을 받았고, 진네만 가문에 충성을 맹세하며 자라왔다. 그러나 그들이 존재하는 이유는 다름 아닌 항쟁이었다. 바로 이 항쟁을 위해 평소 농민들의 몇 배로 대우받으며 편안한 생활을 해온 것이다. 그들의 임무도 오늘이면 끝난다.

횃불은 동생의 얼굴에도 어른거렸다. 예프넨은 검을 꽉 쥐며 저들을 하나라도 더 벨 일을 생각했다. 삼촌의 모습은 금방 눈에 띄지 않았다. 다행히 일찌감치 삼촌과 마주쳐 벨 수 있다면 일은 수월해지리라. 그런 생각을 하며 예프넨은 쓴 미소를 삼켰다.

그때 보리스는 창문 곁에 걸린 그림을 바라보고 있었다. 흰 드레스를 입고 처연한 미소를 머금은 여인이었다. 그녀는 형제의 어머니가 아니었다. 그림 속의 눈동자가 자신을 바라보고 있었다. 뭔가 말하고 싶은 것처럼.

"오늘, 진네만 가문의 주인은 바뀐다! 들었느냐! 오늘 가문의 주인은 바뀌었다!"

목소리 큰 자 여럿이 입을 맞춰 외치는 소리가 들려왔다. 율켄이 살아오며 여러 방식으로 겪은 항쟁도 십여 번 이상이었다. 저런 수순이라면 알 만큼 알고 있었다. 그럼에도 불구하고 저들의 입에서 자신의 이름을 듣는 기분은 상상보다 썼다.

"무기를 버리고 투항하는 자는 죄를 묻지 않는다! 새 주인에게 봉사하여 다시 진네만 가문을 일으킬 자는 앞으로 나오너라!"

저런 회유에 마음 흔들릴 자들이라면 기울어진 지 수년째인 진네만 가문을 일찌감치 떠났을 거다……라고 중얼거린 율켄은 몸을 일으켰다. 저들의 헛소리를 끝까지 들어줄 필요는 없다. 피를 뿌릴 때가 왔다.

갈 테냐?

한 걸음 나선 그의 입에서 벽력같은 고함이 터졌다.

"나서라! 감히 롱고르드를 침범한 자여! 진네만 가문의 미래를 서푼 입으로 논하는 자여, 빛 아래로 나오라!"

횃불로 둘러싸인 앞마당이 저물녘처럼 불그레했다. 율켄은 정면 2층의 테라스에 서서 아래를 굽어봤다. 다가온 적들의 석궁이 닿을 수도 있는 위치였다. 그러나 당당한 모습을 보이지 않으면 병사들이 움츠러든다.

"율켄 진네만이다! 테라스 위다!"

병사들이 횃불을 가져와 높이 들었다. 붉게 타오르는 얼굴로 아래를 내려다보며 율켄은 생각했다. 1진은 어찌되었을까? 괴멸당한 것일까? 길이 엇갈렸나?

적이 만든 횃불의 띠가 곡선을 이루며 일렁거렸다. 눈속임이 섞였다 해도 오백은 넘을 규모였다. 율켄이 다시 외쳤다.

"불을 올려라!"

저택 전면에 포진한 병사들의 발밑으로 흰 불꽃이 일어나

횃불의 띠와 대치했다. 흰 불꽃은 저택에 마법의 힘이 있음을 과시하는 것이고, 동시에 병사들의 사기와 체력을 끌어올리는 효과도 있었다. 집사 튤크가 해내는 일이었다.

"졸렬한 자야, 나오지 못하는 것이냐? 너희 오합지졸에 수백 년 건재한 진네만 가문이 쓰러질까 보냐!"

그때, 대답 대신 거대한 뱀이 시잇거리는 굉음이 울려 퍼졌다. 병사들, 저택 안의 사람들, 테라스에 선 율켄에 이르기까지 모든 사람들이 부지불식간에 하늘을 올려다보았다. 붉은 보랏빛 대기가 일그러지며 흰 불빛이 언뜻 내비치는 순간이었다.

가장 먼저 사태를 알아챈 사람은 율켄이었다.

"나가라! 모두 저택 밖으로 나가라! 2진은 자리를 지켜라!"

비명에 가까운 함성과 함께 저택의 모든 문이 하인과 병사들을 토해놓기 시작했다. 그러나 율켄 자신은 탈출하는 대신 안으로 뛰어 들어갔다. 그가 생각하는 것은 한 가지밖에 없었다.

율켄과 비슷한 순간, 사태의 위급함을 파악한 사람이 있었다. 예프넨은 동생을 끌어안고 계단으로 뛰어 내려가다가 달려온 아버지와 마주쳤다. 아버지의 얼굴이 창백하게 일그러져 있었다.

"예프넨! 어서……."

그때 율켄은 예프녠이 보리스를 껴안고 있는 것을 보았다. 그는 당장 보리스를 빼앗았다. 상황을 몰라 아연실색하는 두 아들을 향해 율켄이 사납게 소리쳤다.

"혼자 가거라! 보리스는 내 곁에 두겠다!"

"하지만……."

율켄의 노성이 터져 나왔다.

"어린아이를 데리고 어떻게 여길 빠져나가겠다는 거냐! 네가 지금 어떤 것을 지키고 있는지 모른단 말이냐! 어서 가라!"

예프녠이 감히 반대를 말할 틈도 없었다. 아버지는 보리스를 옆구리에 끼고 어두운 복도 너머로 사라져버렸다.

그때, 다시 저택의 벽이 진동했다. 쿠르르르르……

입술을 깨물었지만 어쩔 수가 없었다. 그는 아버지에게 복종해온 아들이었다. 허리에 찬 윈터러를 꼭 쥔 채 예프녠은 한 걸음에 세 단씩 계단을 뛰어 내려갔다.

"더러운 놈……."

율켄은 2층에 포진했던 병사들을 이끌고 저택 뒤쪽으로 빠져 나왔다. 울타리 너머에서 돌아선 그는 하늘에서 튀어나온 거대한 괴물의 머리가 저택 지붕을 덮치는 것을 바라보았다.

만년설 덮인 산이 솟아나기라도 한 것처럼, 새하얀 대가리 주위로 성근 눈발이 비쳤다. 보이는 거라고는 머리와 목, 그리고 갈고리 같은 발톱이 줄줄이 돋아난 한쪽 발뿐이었다. 몸의 나머지는 자줏빛으로 맥동하는 구름에 가려져 있었다. 섬뜩한 청록색 눈동자가 번들거리며 목표물을 주시했다. 뱀처럼 생긴 머리통은 부분적으로 반투명했다. 몸 전체가 소환되지 못한 탓이리라.

병사들이 두려움에 떨며 웅성거리는 소리가 율켄의 귓가를 자극했다. 틀림없었다. 트라바체스에서 단 세 명의 마법사만이 소환할 수 있다는 얼음 이계의 소환수 크리갈이다. 말로만 들었을 뿐 실제 모습을 보는 것은 처음이었다.

칸 선제후를 섬기는 대마법사 종그날의 작품이리라. 그가 이곳까지 왔을 줄이야. 그 정도로 동생의 입지가 확고했단 말인가? 아니면 이 저물어가는 가문에 특별한 가치라도 있어서?

뱀처럼 생긴 머리가 입을 쩍 벌리더니 동쪽 지붕을 물어뜯었다. 우지끈, 서까래가 무너져 내리고 기둥이 부러지는 소리가 생생하게 들렸다. 오랫동안 지키며 가꾸어온 저택은 곧 만신창이가 되리라. 그러나 그것은 문제조차 아니었다. 부서진 집은 고치면 되지만 크리갈은 이빨에서 맹독성의 액체를 쏟아낸다. 독액이 집을 적시면 안에 있던 사람이 몰살당하는 것은 물론이고 이후 정화하려 해도 몇 달로는 어림없었다. 그대로 둔다면 수년간 발을 들일 수 없는 폐가가 되어버린다.

율켄이 도저히 받아들일 수 없는 점이 그것이었다. 형의 군대를 저택에서 끌어낼 전략이 필요했다 한들, 블라도에게도 어린시절의 추억이 깃든 저택인데 그런 곳을 더럽히면서 망설임조차 없다니.

으득…….

저절로 이가 갈렸다.

"저놈을 용서하면 내, 진네만 가문 사람이 아니다."

율켄이 뱉는 소리를 들은 보리스가 아버지를 올려다보았다. 크리갈의 거대한 머리가 지붕을 씹어 부수는 것을 보고도 보리스의 가슴은 이상할 정도로 싸늘했다.

2층에는 어머니의 방이 있었다. 형은 가끔 어머니가 그립다고 말했지만 보리스에게는 기억조차 없었다. 생전 어머니가 쓰던 모습이 그대로 유지된 그 방에 들어갈 때면 형은 어머니의 냄새가 나는 것 같다고 말하곤 했다. 하지만 보리스는 아무 냄새도 맡을 수 없었다. 그에게 어머니는 초상화 속의 푸른 드레스와 창백한 얼굴일 뿐이고, 방에서는 하녀들이 꽂아놓은 말린 갈대나 들꽃의 냄새밖에 안 났다.

형이 저 모습을 본디먼 슬퍼하겠지. 형과 떨어진 뒤로 보리스는 한층 더 불안했다. 왜 아버지는 형과 자신을 떼어놓았을까? 어린아이를 데리고 도망치는 건 무리라고 했지. 역시 형의 짐이 되지 말았어야 했는데. 아버지는 별 도움이 되지 않는 어린 아들보다 가문을 이어 갈 큰아들, 그리고 가문의 보물이 중요한 거다. 어린아이는 항쟁에서 살아남아도 가문의 이름을 지키지 못하니까.

보리스의 불안감은 자신이 아니라 형을 향했다. 오늘 내내 형에게 무슨 일이 벌어질 것만 같은 기분이 떨쳐지지 않았다.

율켄은 보리스는 아랑곳 않고 집사, 아니 마법사 튤크에게 명령했다.

"1진과 2진의 상태를 점검해봐라. 얼마나 남아 있는지."

튤크는 말없이 긴소매를 한 번 휘둘러 허공에 영상을 열었다. 저택을 둘러싼 들판에서는 흰 불길과 붉은 불꽃이 엇갈려 타올랐다. 남은 병사 몇이 사투를 벌이고 있었다. 전세가 불리한 것은 누가 보아도 자명했다. 전면전을 벌일 만한 전력은 이제 없었다.

율켄은 잠시 침묵하다가 입을 열었다.

"저택 양쪽 입구를 친다. 남은 병사들을 둘로 나눠라. 모두 풀이 길게 자란 쪽으로 다가가 몸을 숨기고 명령이 떨어질 때까지 기다리라고 해라."

보리스는 깜짝 놀랐다.

"아버지, 저 괴물이 있는데 어떻게⋯⋯."

율켄이 냉랭하게 내뱉었다.

"저놈의 몸 절반은 이계에 남아 있으니 이쪽 세계에 살아 있는 자들은 건드리지 못해."

율켄은 튤크를 향해 보리스에게 들리지 않는 몇 마디를 속삭였다. 튤크는 고개를 끄덕이며 두어 마디 답했다. 이윽고 마법사는 미리 약속해둔 마법의 휘파람을 불어 어둠 속에서 병사들을 모으기 시작했다.

잠깐의 시간밖에 걸리지 않았다. 보리스는 율켄의 손에 이끌려 저택의 동쪽을 칠 병사들과 함께 풀숲 아래에 엎드려 있었다. 반대쪽 병사들을 이끌고 있는 튤크가 마법으로 신호를 보낼 것이다.

"보리스, 넌 천천히 따라오다가 뒤로 빠져서……."

입을 뗀 아버지는 잠시 머뭇거렸다. 그러나 곧 말을 이었다.

"싸움이 시작될 즈음 돌아서서 곧장 들판으로 달려가라. 도망치는 거다. 알겠지?"

보리스는 눈을 크게 떴다가 마음을 가라앉혔다. 싸움에 도움이 될 리야 없지만 혼자 적진을 뚫고 도망칠 수 있을 것 같지도 않았다. 그렇다면 역시 형을 번거롭게 하지 말고 조용히 잡혀 죽으라는 것일까?

"어느 쪽으로요?"

"에메라 호수."

"거긴……."

이번에는 보리스도 놀란 가슴을 쉽게 진정시킬 수가 없었다. 그곳에는 붉은 눈의 망령이 있지 않은가!

보리스의 마음을 눈치챈 것처럼 아버지가 말을 이었다.

"망령 따위는 없어. 늙은 하인들의 말을 곧이곧대로 믿어서야 어떻게 진네만 가문의 사내랄 수 있겠느냐? 오히려 소문 덕택에 그쪽으로 달아났다고는 아무도 생각하지 못할 게다. 호수 근처에 숨어 있으면 싸움을 끝내고 아버지가 데리러 가마. 그렇지, 검은 둥치를 가진 나무가 세 그루 서 있는 곳에서 기다려라. 알겠느냐?"

보리스는 제대로 대답할 틈이 없었다. 마침 튤크가 율켄의 귓가에 마법의 속삭임을 보내왔던 것이다. 가벼운 째깍거림 같은 신호였다.

율켄은 손을 올렸다.

"가라!"

벌떡 일어난 율켄은 아들을 돌아보지도 않고 달리기 시작했다.

"아버지!"

마지막이었을까. 아버지의 그림자는 어둠 속에 묻혀버렸다.

이계의 생물체가 굽어보는 가운데 같은 성을 가진 형제의 병사들이 뒤엉켰다. 흰 불꽃, 붉은 불꽃이 부딪치며 타올랐다.

블라도 진네만은 칸 선제후가 하사한 흑날의 세이버 saber

하그룬을 뽑아 들고 연신 닥쳐드는 병사들을 요리했다. 등뒤는 호위병들이 든든히 지켜주었다. 오직 앞만 보면 되었다. 어깻죽지를 꿰뚫었던 검이 곧장 다른 자의 이마를 찢고 목을 찔렀다. 다시 한 바퀴 휘두르자 상대의 손목이 잘려나갔다. 블라도는 저택을 떠나기 전에 자신의 검 솜씨가 형만 못했다는 것을 알고 있었다. 그러나 지금도 그렇다는 보장은 없다고 생각했다.

블라도는 먼발치에서 형을 찾으려 했다. 갑작스레 맞닥뜨리고 싶지는 않았다. 일단 싸우는 것을 보다가 기회를 보아 기습할 작정이었다. 죄책감 같은 것은 없었다. 형이야말로 음모를 꾸며 동생에게 모든 죄를 덮어씌우고 내쫓은 장본인 아닌가. 조금 늦긴 했어도 보답을 받기에 모자란 행동은 아니리라. 어쨌든 형은 자신보다 늙었다. 얼마나 잘 휘둘러댈지 솜씨를 좀 보자꾸나!

"율켄 진네만이다! 율켄 진네만이 여기 있다!"

병사들에게 형을 발견하면 외치라고 일러두었다. 저택 동쪽에서 웅성대던 소리가 이곳까지 퍼져왔다. 블라도의 주름진 입가에 미소가 흘렀다. 흑날의 하그룬이 은백의 윈터러로 바뀔 날도 멀지 않았다.

율켄은 블라도와 반대였다. 그는 기를 쓰고 동생과 맞닥뜨리려 했다. 마흔을 넘겼는데도 그의 검은 아직 매서워서 많은 병사들이 압도당해 달아났다. 동생이 이 손에 걸린다면…… 놈의 목을 꿰뚫기 전에는 만족하지 못할 것이다. 죄 많은 동생을 끝장내어주리라.

그의 바람은 곧 현실로 다가왔다. 예상했던 것처럼 정정당당한 대결은 아니었다. 조금 전부터 갑자기 그의 앞에 많은 병사가 몰려든다 싶었다. 이를 악물고 급소를 후려쳐나갔다. 적은 줄어들 듯하다가도 끊임없이 가세해왔다.

율켄은 뭔가 이상하다고 느꼈다. 답은 금방 왔다.

"오후에 뵙고 다시 뵙수, 형님."

옆구리에 번지는 뜨끈한 기운을 깨달은 것은 그다음이었다. 그만큼 동생의 목소리에 반색을 했던 것이다.

"너! 네 이놈 블라도 진네만!"

푸욱!

다시 한번 차고 날카로운 것이 가슴 아래쪽을 쑤시고 들어왔다. 목구멍에서 뭔가가 솟구쳤다. 다급한 목소리가 귓가를 울렸다.

"주인어른!"

흥……. 블라도는 비웃으며 돌아섰다. 집사 노릇을 하는 마법사인 튤크는 실력이 상당했지만 공격적인 마법은 아무것도 없었다. 놈쯤은 조금도 겁나지 않았다.

"같이 죽여주지!"

그 순간, 허공에 번개가 번뜩였다. 날씨 탓이었지만, 블라도는 놀라 멈칫했다. 이놈이 모르는 사이에 전격電擊 마법도 익혀놓았나?

튤크는 하늘이 내려준 기회를 놓치지 않았다. 블라도는 눈앞에 시커먼 안개가 몰려드는 것을 보았다. 안 되지. 블라도는 펄쩍 물러나며 자신의 마법사를 마음속으로 불렀다.

바로 등뒤에 있었다. 블라도가 데려온 칸 선제후의 마법사가 팔을 벌려 날개 형상의 수인手印을 맺자, 돌풍이 몰아쳐 안개를 날려보냈다.

그러나 블라도는 낭패한 심정으로 방금 전까지 형이 서 있던 곳을 노려보았다. 둘 다 사라져버렸던 것이다.

쫓김

보리스는 혼자서 수풀을 헤치고 나아갔다. 그의 두려움은 두 가지였다. 하나는 보지 않아도 소리로 느껴지는 저택의 참상, 또 하나는 가까워지는 에메라 호수였다. 소리는 점차 멀어졌고, 침묵은 차츰 다가왔다.

보리스는 문득 멈추어 섰다. 망설이다가 다시 걸었다. 그러나 또다시 멈췄다. 뭔가가 그의 뒤꿈치를 잡아당기고 있었다. 그는 한참 머뭇대다가 다시 느리게 걸었다.

어둠이 깔렸다. 앞뒤를 가릴 수 없도록 캄캄해졌다. 더이상 견디기 힘들어진 보리스는 또다시 멈췄다. 그리고 조금씩 방향을 바꾸어 호수를 우회하기 시작했다.

물소리가 들려왔다. 어쩌면 착각이었을 것이다. 호수로 흘러드는 시내가 있는지 없는지 보리스는 몰랐다. 차라리 비가 내리려 한다고 믿을 참이었다. 보이지 않는 어둠 속에 호수가 웅크리고 있다는 생각만은 절대로 하고 싶지 않았다.

곧 주위는 고요해졌다. 보리스는 놀랍게도 달빛에만 의지해서 아버지가 말한 세 그루 나무를 찾아내었다. 그토록 무서워하던 호수에서 고작 수십 걸음 떨어진 곳이었지만 보리스는 알지 못했다. 나무는 꽤 커서 등뒤를 잘 가려줄 것 같았다. 소년은 소매로 식은땀을 닦으며 그 자리에 주저앉았다. 달빛을 등지자 그림자가 앞으로 축 늘어졌다. 몸이 무거웠다. 간단한 무장이라 해도 열두 살 소년에게는 역시 부담스러웠다.

아버지는…… 죽지만 않는다면 보리스를 찾으러 올 것이다. 깊은 애정을 보여준 일은 없어도 아버지의 책임감만은 보리스도 믿었다. 그렇지만 만일 아버지가 죽는다면? 그러면 보리스가 여기에 있다는 걸 누가 알고 찾아줄까?

보리스는 고개를 젓다가 다시 오한을 느꼈다. 진짜 문제는 그것이 아니었다. 아버지가 죽는다면, 그가 돌아갈 진네만 가문은 없어지는 것이다. 보리스는 아주 어렸을 때 삼촌 손에 죽을 뻔한 일이 있었다. 보호하는 아버지조차 없다면 삼촌은 한층 집요하게 조카들을 없애려 할 것이다. 형도…….

그때였다.

어둠보다 짙은 그림자가 등뒤에서 벌떡 일어나는 것을 본 보리스는 비명을 지를 목구멍조차 얼어붙었다. 뒤를 돌아볼 엄두가 나지 않았다. 눈만 부릅뜬 채 자신의 그림자를 뒤덮어 가는, 훨씬 큰 그림자를 보았다.

쓰으으…… 쓰릅…… 쏩.

거대한 곤충이 날개를 비비는 듯한 소리가 나다가 뚝 멎었다. 뒤이어, 보리스는 어떤 손아귀가 자신의 몸을 잡아채어 번쩍 들어올리는 것을 느꼈다. 그제야 목이 트이며 비명이 터져 나왔다.

"아아악!"

소년의 몸은 지상에서 세 걸음 정도 뛰어오른 위치에 멈췄다. 보리스의 시선이 바닥을 더듬었다. 알아보기 힘든 덩어리 같던 그림자 위로 길쭉한 칼날 같은 것이 솟아났다. 하나가 아니었다. 둘, 셋, 넷……. 팔일까? 더듬이? 아니면 촉수? 팔다리는 자유로웠지만 그는 깨닫지 못했다. 꼼짝도 못했다. 당장 갈기갈기 찢겨질지도 모르는데도 몸은 굳고 판단은 멈춰 버렸다. 그리고…….

푸욱!

푸르스름한 광선이 번쩍였다. 동시에 머리 위로 역겨운 냄새가 나는 물이 흠뻑 쏟아졌다. 발밑까지 흘러 뚝뚝 떨어졌다. 움켜쥔 손아귀가 약해지더니 들렸던 몸이 자유로워졌다. 동시에 바닥으로 떨어졌다. 그냥 처박혔다면 발목이라도 접

질렸을 것이다. 그러나 형과 언덕을 구르며 무심결에 여러 자세를 익혀온 보리스는 재빨리 무릎을 굽히며 한 바퀴 굴렀다.

일어나 뒤를 돌아보자 물 빠진 가죽 주머니처럼 널브러진 기묘한 시체가 보였다. 자신의 몸을 적신 것과 같은 액체가 사방에 눅진거렸다. 시체 뒤에 빛나는 검을 든 사람이 서 있었다. 불길과 어둠 속에서 푸른 광채를 뿜는 검은 다름 아닌 윈터러였다.

"보리스! 너 어째서 여기 있는 거야!"

예프넨은 울화가 치밀어 소리를 질렀다. 땀이 물처럼 흘러 연신 손등으로 닦아냈다. 그는 곧 동생을 끌어당겨 껴안았다. 이만큼이나 땀이 흐른 것은 긴장 때문이었다. 예프넨은 또래들에 비해 실력이 출중했지만 실전 경험은 많지 않았다. 동생처럼 보이는 소년을 움켜쥔 괴물에게 달려드는 잠깐 동안, 그렇게 많은 땀이 흘렀던 것이다.

몸을 뗀 형제는 이제 둘의 몸으로 번진 기분 나쁜 액체를 보며 한 번 더 몸서리쳤다. 보리스가 입을 열었다.

"아, 아버지가 여, 여기……."

"아버지가 이리로 가라고 했다고?"

예프넨은 바로 알아들었다. 그러나 이해할 수가 없었다. 아버지가 보리스를 이리로 보낸 것은 자신이 여기로 온 것과 같은 이유일 것이다. 즉, 아무리 삼촌이라고 해도 그들이 에메라 호수로 달아났을 거라고는 생각지 못하리란 점 말이다.

에메라 호수는 예로부터 불길한 곳이었지만, 고모가 죽은 뒤로는 아예 입 밖에도 내서는 안 될 금기의 장소가 되었다. 그리고 이곳에는 소문만이 아니라 진짜로 괴물이 있었다. 방금 본 놈이 처음이 아니었다. 예프녠은 오래전에 호수 근방을 혼자 돌아다니며 고모를 죽였다는 괴물의 정체를 직접 보려 한 일이 있었다. 그때 알았다. 방금 죽인 이런 괴물이 근방에 흔하다는 것을. 그리고 그것뿐이 아니라는 것을.

"형은 왜 여기 있어?"

보리스는 아버지가 형에게 마지막으로 외쳤던 말을 떠올렸다. 분명 멀리 달아나라고 하지 않았던가?

예프녠은 동생의 머리카락에 묻은 액체를 닦아주면서 대답을 지체했다. 이윽고 낮은 목소리가 들렸다.

"아버지를 기다리는 거야."

"뭐라고?"

예프녠은 보리스의 얼굴을 보더니 이번에는 분명하게 말했다.

"아버지를 기다려. 난 아버지와 생각이 달라. 내게는 보물보다 아버지와 너, 그리고 우리 가문을 지켜온 사람들이 더 중요해."

"그렇지만 아버지는 윈터바텀 킷을 지키는 것이 형의 임무라고 하지 않았어? 그건 할아버지께서…….”

“그래, 할아버지께서 목숨을 걸고 얻었고, 명예를 버려가며 지켜냈지. 하지만…….”

“하지만?”

예프넨의 머릿속에는 복잡한 생각이 오갔지만 어린 동생에게는 간단명료하게 말했다.

“보물은 이런 때 쓰라고 있는 것 아닌가?”

쓰지 못한다면 애써 지킬 필요도 없다. 긴 세월을 놓고 본다면 진네만 가문의 이름이 윈터바팀 킷의 명성보다 오래가지 못할 것은 자명하리라. 예프넨은 보물의 수많은 주인 중한 명이 되는 것보다 자신이 속한 가문의 일원으로 행동하는 것이 옳다고 생각했다. 진네만 가문이 없어지고 나면 보물이 어디로 가든 무슨 상관인가? 누구도 영원히 보물을 지닐 순없다. 보물보다 오래 살 사람은 아무도 없으니까.

“그럼 아버지가 계신 곳으로 돌아갈 거야?”

예프넨은 고개를 저었다.

“아니, 지금은 아냐.”

“그러면?”

예프넨은 복잡한 상황을 동생이 알아듣게 설명할 방법이 떠오르지 않았다. 그는 어스름 속에 잠긴 호수를 곁눈질하며 동생을 바닥에 앉혔다.

"싸움이 끝날 때까지 기다려야 해."

보리스가 동그란 눈동자를 치떴다.

"아버지께서 그동안 돌아가실지도 모르는데?"

"아버진 안 돌아가셔."

몸이 젖어서 밤바람이 다소 찼다. 두 형제는 몸에 붙은 액체가 점차 말라붙어가는 것을 기분 나쁘게 바라보았다.

"보리스, 지금 우리 집안은 탐욕스러운 삼촌 한 사람만 상대하고 있는 것이 아냐. 삼촌의 뒤에는 칸 선제후가 있지. 그가 블라도 삼촌에게 천 명이나 되는 군대를 빌려줬어. 그 정도는 오랜 충성의 대가라고만 보기는 어려워. 진네만 가문이 기울긴 했어도 아직 몇백의 병사로 처치할 상대는 아니란 걸 그들도 알겠지. 그러면 결론은 뭘까? 뻔하지. 모종의 뒷거래가 있는 거야. 내용도 어렵지 않게 짐작할 수 있지."

보리스는 형이 걸친 은백색 갑옷을 바라보았다.

"스노우가드랑 윈터러?"

"그리고 삼촌이 차지할 진네만 가문의 충성과 협력이겠지. 아버지가 없어져야 하는 건 당연한 전제고."

"그런데?"

보리스는 들을수록 아버지가 위험하다고 생각되었다. 그런데 어째서 형은 그렇지 않다는 것일까?

예프넨은 가라앉은 눈동자로 동생을 바라보았다.

"이런 사실을 나보다 훨씬 잘 알고 계실 아버지야. 정면 대결이 승산 없다는 것도. 나와 너를 이렇게 빠져나가게 하신 것만 봐도 알 수 있잖아. 아버지가 승산 없는 싸움에 목숨을 바치실 분으로 보이니? 아니야. 아버진 너를 여기로 보냈어. 그러니 아버지도 이리로 오셔."

아버지는 충성을 바치는 사병들을 모조리 희생시켜서라도 실리를 택하실 분이다. 그건 틀림없었다. 그러나 여전히 이해가 가지 않는 점이 있었다.

"하지만 형은 내가 여기 와 있을 줄 몰랐잖아?"

예프녠이 가장 설명하기 어려운 부분이었다. 아버지와 자신의 머릿속에 삼촌의 군대로부터 안전한 곳은 여기뿐이라는 생각이 똑같이 떠올랐음은 분명했다. 그랬기에 자신도 여기에서 아버지를 기다리려 했던 것이다. 그러나 삼촌은 오지 않을지 몰라도 사실 호수가 얼마나 위험한 곳인가? 어린아이를 혼자 보낸 것은 이해하기 힘들었다. 아버지는 이리로 도망쳐 왔을 때 보리스가 기다리고 있어도 그만, 운 없이 목숨을 잃었다 해도 그것으로 그만, 정말 그런 생각이었을까?

예프녠은 이윽고 어색한 웃음을 지으며 말했다.

"왜 내가 몰랐겠니. 네가 위험하면 내가 느낄 수 있다고 전에 말했잖아."

형은 아까 분명 "너 어째서 여기 있는 거야!"라고 외쳤다.

그러나 보리스는 더 캐묻지 않았다. 자신의 존재 가치를 이해한다는 것처럼.

이야기를 하다 보니 충격도 어느 정도 가라앉았다. 눈이 점차 어둠에 익숙해졌지만 그들은 바로 곁을 지나치는 사람도 알아채지 못할 정도로 조용히, 어둠 속에 있었다. 달빛이 커다란 알이 깨진 듯한 괴물의 시체를 비추자 보리스는 부르르 떨며 물었다.

"형, 저건 뭐였어? 저게 에메라 호수의 망령이야? 그걸 형이 해치운 거야?"

"아니."

"그럼 또 뭔가 있는 거야?"

"그래."

검을 바닥에 짚고 있던 예프녠은 보리스가 눈치채지 못할 정도로 약간 떨었다. 실력과 운이 언제나 겹쳐주리라는 보장은 없었다. 어떤 일이 일어나도 그는 동생을 지키겠지만……

마른 입술을 핥으며, 예프녠은 아버지가 어서 오기만을 기다렸다.

그래야만 여길 떠날 수 있을 테니까.

'붉은 눈의 망령'을 보지 않아도 될 테니까.

"놓쳤나!"

저택을 둘러쌌던 혼란은 수습되는 중이었다. 율켄 진네만이 원치 않은 방향으로. 지휘관을 잃은 사병들은 침입자의 군대에 쓰러져갔다. 남은 숫자는 백 명도 되지 않았다. 완강하게 저항하는 것은 그중 절반에 불과했다.

"찾지 못했단 말이냐!"

블라도 진네만은 형을 눈앞에서 놓치자마자 마법사 종그날을 불러 미리 영지의 경계에 대기시켜두었던 척후병들에게 신호를 보내도록 했다.

종그날은 비록 칸 선제후의 명에 따라 이 항쟁에 참가했지만 실제로는 블라도를 그리 좋아하지 않았다. 아니, 싫어하지도 않았다. 정확히 말해 종그날은 자신이 블라도의 지시를 받을 입장이라고 생각하지 않았다. 칸 선제후의 마법사들을 총괄하는 지위를 가진 자신인 것이다. 그러나 주인의 명을 거스를 수는 없었다. 현재는 블라도를 도우라는 것이 주인의 명이었다.

신호를 받은 척후들은 신속하게 움직여 외부 영지로 빠져나가는 길목을 차난했다. 그후 싱딩힌 시간이 흘렀는데도 율켄 진네만과 마법사 튤크의 모습을 발견했다는 자는 없었다. 기껏해야 순간 이동이었을 텐데, 멀리 갔을 리가 없다. 허공에 뿌려두면 마법이 깃든 물체를 감지하는 '힌덴의 가루'를 몇 주머니나 가지고 있는 척후들이니 투명화 따위의 마법으로 몸을 숨겼다 해도 웬만해서는 놓치지 않았을 것이다.

블라도도 화가 났지만 종그날도 기분이 나빴다. 그렇지 않아도 한 수 낮은 인간에게 지휘를 받고 있는데 심지어 그자에게 쓸모없다는 평가를 듣게 되어서야 더더욱 체면이 구겨진다. 블라도가 척후들의 보고를 듣고 일그러진 얼굴로 돌아보자 종그날은 속에서 뭔가가 치밀어 올라 불쑥 말했다.

"내게 맡겨. '퀴레의 여든 개의 눈동자'를 써줄 테니까."

종그날은 '너 따위를 위해 이렇게 강력한 주문을 써주니 감지덕지한 줄 알라'는 어조로 말했고 블라도도 알아들었다. 블라도는 발끈하는 대신 씨익 웃었다.

"부탁드리죠."

단순한 마법들은 연원도 오랜 까닭에 기능 위주의 이름들이 붙어 있지만, 개량된 강력한 마법들에는 창시자의 이름이 붙는 경우가 많았다. 다그네스 퀴레는 시야를 넓혀 먼 곳, 또는 가려진 곳을 꿰뚫어 보는 마법에 일생을 바친 자였다. '여든 개의 눈동자'는 퀴레가 창안한 주문 가운데 두 번째로 강력한 것이었다. 반경 반나절 거리 안이라면 짚더미에 떨어진 바늘 한 개마저 찾아내는, 두려울 정도의 정확도를 자랑하는 마법이다.

종그날이 마법을 준비하는 동안 블라도와 병사들은 율켄의 잔병들을 끝장냈다. 죽거나, 달아나거나, 숨어버린 자들 외에는 한 명도 남지 않을 때까지.

달빛 먹인 석필로 그리는 마력의 원과 룬^{Rune} 들이 모두 완성되었다. 원의 범위는 반경 세 걸음에 달했다. 그 안에 수십 개의 겹쳐진 원과 룬, 주문 들이 빼곡히 들어찼다. 종그날은 원 중심에 그린 삼각형에 책상다리를 하고 앉아 천천히 수인을 맺어나가기 시작했다. 병사들은 방해가 되지 않도록 비켜섰지만, 대마법사가 이 정도로 복잡한 마법을 쓰는 광경을 보기란 쉽지 않다 보니 호기심 어린 눈동자가 쏠려 있었다.

하나, 허공에 수평으로 원을 그린 손가락이 지면을 찍는다.

둘, 입으로 세 가지의 짧은 단어를 외우며 손바닥을 마주 댄다.

셋, 겹쳐진 손을 천천히 올리다가 뗀다.

한 가지 수인이 맺어질 때마다 석필로 그린 룬이 불꽃을 튀기기 시작했다. 이윽고 수십 개의 룬이 타오르며 마력의 원 안이 환해졌다.

종그날의 감은 눈꺼풀에 노르스름한 빛이 어렸다. 마지막으로 두 손으로 눈을 가렸다가 펼치는 수인을 맺자, 그를 중심으로 빛의 고리가 떠올랐다가 눈 깜짝할 사이에 확장되어 퍼져나갔다. 그것은 원을 넘고 병사들이 선 곳을 지나 들판 너머로 뻗어나가더니 사라졌다.

번쩍이는 빛이 밀려온다고 생각했다. 빨랐다. 무언가 느끼려는 순간 사라져버렸다. 예프녠과 보리스는 그게 무엇인지 짐작도 하지 못했다. 그러나 이어 벌어진 일은 달랐다. 눈앞의 허공이 물처럼 흔들리더니 사람의 모습을 토해놓았다. 거울에서 걸어나오기라도 하는 모습이었다. 두 사람이었다.

예프녠이 외쳤다.

"아버지!"

조금 달라진 어조로 다시 외쳤다.

"어떻게…… 된 겁니까!"

율켄은 의식을 유지하고 있었지만 몸은 가누지 못했다. 튤크가 몇 번이나 회복 마법을 사용했지만 큰 도움이 되지 않았다. 블라도가 율켄을 찌른 흑날의 검 하그룬은 상처의 회복을 저지하는 강력한 마법 독을 가지고 있었다. 그것이야말로 크게 날카롭지 않은 검인 하그룬이 명검 대열에 끼는 이유이기도 했다.

튤크는 가문의 마법사이자 평소에는 집사였지만 아들들과 대화를 나눈 일이 별로 없었다. 그는 모든 일을 주인인 율켄하고만 상의했다. 그렇다 보니 과묵하다 못해 음험한 인상마저 주는 자였다. 튤크는 가문의 장남인 예프녠에게 목례로 예를 표한 뒤 낮게 말했다.

"상처를 입으셨습니다."

"회복 마법은 쓴 건가요?"

예프넨이 이해하지 못하는 것도 당연했다. 튤크는 파괴적인 마법은 배우지 않았지만 회복 등의 마법에는 단연 발군인 인물이었다.

튤크는 무표정하게 고개를 저었다.

"소용없습니다."

그때 보리스가 아버지에게 다가갔다. 튤크의 어깨에 기댄 율켄은 한마디도 않고 두 아들을 번갈아 보았다. 그리고 얼굴이 굳어졌다.

튤크가 대신 말했다.

"예프넨 님께서는 어째서 먼저 떠나지 않으셨습니까?"

"……."

예프넨은 입술을 깨물 뿐 대답하지 않았다. 아버지에게 말해보았자 통할 리 없다는 것을 누구보다 잘 알고 있어서였다. 튤크는 다시 율켄의 얼굴을 보더니 그가 하고픈 질문을 읽은 것처럼 말을 이었다.

"이곳에 있는 동안 이상한 일은 없었습니까?"

"이상한 괴물에게 습격당했어요. 하지만 형이 죽였어요. 저 윈터러로."

대답한 것은 보리스였다. 그는 형이 책망받고 있는 것을 알고 급히 형이 잘한 일을 말하려 했다.

"형이 아니었으면 저는 살아남지 못했을 거예요."

튤크는 형제의 뒤쪽에 있는 가죽 주머니 조각 같은 시체와 점액을 쳐다봤다. 그러나 별 관심이 없는 기색이었다.

"그것 말고 다른 일은 없었습니까? 마법이라든가……."

예프넨이 말했다.

"방금 전에 밝은 빛이 저택 쪽에서 오는 것 같더니 순식간에 사라졌습니다."

예프넨은 자신이 한 이야기가 어느 정도의 중요성을 가지는지 몰랐다. 그러나 표정 변화가 거의 없는 튤크의 얼굴이 창백해지는 것을 보자 당황해서 급히 물었다.

"그게 뭡니까? 끔찍한 것인가요?"

무의식중에 예프넨은 보리스의 손을 끌어당겨 잡았다. 튤크는 고개를 돌려 율켄을 향해 말했다.

"주인님, 짐작건대 '퀴레의 눈동자' 가운데 어떤 것이 발동된 것 같습니다. 종그날이라면 '여든 개의 눈동자'까지는 쓸 수 있을 것입니다. 도련님들이 번쩍이는 빛을 보셨다고 했으니 도련님들의 위치는 이미 발각됐습니다. 다만 주인님과 저는 이동중이었으므로 어떤 위치로 읽혔을지 불확실합니다."

이번에는 보리스도 알아들었다. 예프넨이 입술을 깨물며 물었다.

"그러면 이제 어떻게 해야 합니까?"

튤크는 대답 대신 율켄을 바닥에 눕히더니 다시 한차례 회복 마법을 썼다. 단지 두 개의 룬을 입속으로 외웠을 뿐 다른 복잡한 과정은 필요로 하지 않았다. 이윽고 율켄의 호흡이 다소 부드러워졌다.

튤크의 대답이 들려왔을 때 보리스는 젖은 대기 속의 물방울을 보기라도 하려는 것처럼 눈을 크게 뜨고 있었다.

"행운을 빌어야겠지요."

예프녠은 그 말의 의미를 알았다. 즉, 희망이 없다는 것을 말이다.

다시 한번 잃어버린

역시 형은 바보가 아니었다.

그렇게 생각하며 일그러뜨린 입이 어느새 미소로 변했다. 블라도는 자신이 형을 잘 안다고 생각했지만 예상 못 한 점도 많았다는 것을 인정했다.

뜻밖이랄지, 형은 기울어가는 진네만 가문을 굳건히 지킬 정도로 강했다. 집안이 기운 것은 따르기로 한 상위 가문, 즉 카츠야 선제후가 몰락해감으로써 저절로 초래됐을 뿐 형 율켄의 잘못은 아니었다. 그런 식으로 기울어진 집안은 섬기던 상위 가문이 부활하지 않는 한 결코 돌이킬 수 없는 길을 가야만 한다.

형이 강하다는 것은, 그런 상황에서도 상위 가문을 바꾸지 않았음을 의미했다. 섬기던 자를 배신하고 다른 가문에 붙는 것이 어느 정도로 천한 일인가는 자신의 처지만 보아도 알고도 남았다. 한때 섬기던 선제후를 배신하고 들어왔기 때문에, 지금처럼 칸 선제후의 신임을 얻기까지 얼마나 많은 모욕을 견디고 지저분한 거래를 트지 않으면 안 되었던가. 돌이켜 생각해보면 차라리 섬기던 가문과 함께 조용히 몰락해가는 편이 낫지 않았나 싶을 정도로 고통스러운 세월이었다.

그러나 지금 진네만 가문처럼 서서히 기울어가는 동안, '한번 뜻을 준 상대'를 바꾸어 되살아나고 싶은 충동은 얼마나 강한 것인가. 영혼을 팔아서라도, 그 길을 되짚어 돌릴 수만 있다면.

그러나 형은 견디었다. 변치 않고.

그러니 형을 얕보아서는 안 된다.

"에메라 호수라……."

수백의 병사와 함께 말을 달리던 블라도의 입안에서 나지막이 맴돌다가 떨어진 단어였다. 잊고 있었던 선뜩한 어감이었다. 입술에 오한이 일어났다가 사그라졌다.

그곳은 롱고르드 사람들의 오랜 공포였다. 또한 형제에게는 금기의 장소였다. 예쁘고 상냥하던 예니치카가 붉어진 눈으로 미쳐 날뛰며 짐승처럼 옷을 찢어발기던 모습이 새삼스레 눈에 선했다.

블라도는 무심코 몸을 떨었다. 그럴 필요는 없는데, 정말로. 누이는 아름답던 시절에 죽어버렸다. 늙어가는 자신은 이제 살금살금 다가가 누이의 눈을 가리던, 못생기고 약해빠진 데다 치기만 가득하던 작은오빠가 아니었다.

예니치카는 어려서부터 작은 일로도 자주 반목했던 형제가 유일하게 함께 아꼈던 사람이었다. 갈대꽃과 새의 깃털을 사랑하던 금빛 눈의 어린아이, 찾아 헤매는 두 오빠를 골려주려고 장롱 속에 숨었다가 잠들어버렸던 개구쟁이, 초록색 사과처럼 풋풋하게 자랐던 누이.

그래서 형제는 서로를 용서할 수 없었다. 작은오빠의 꾐에 빠져 에메라 호수에서 약혼자를 찾아 헤맸고, 큰오빠의 손에 결국 죽었다. 피어보지도 못한 꽃이, 그렇게 좋아하던 아기도 낳아보지 못하고서.

'그건 당신 탓이다.'

누이동생이 돌아온다면 누구를 더 탓할 것인가.

"다 왔습니다!"

블라도는 손을 들어 병사들을 멈췄다. 달려온 방향을 등진 채 반원형으로 진을 쳤다. 병사들이 수풀 속을 수색하기 시작했다. 활을 든 병사들은 화살을 메긴 채 대기했다.

형을 죽일 테다. 누구를 위해서였든. 어느새 그가 지금껏 수모를 견디며 살아온 이유가 되어버린, 그 형을 죽일 것이다.

"이쪽입니다! 발자국이 있습니다!"

에메라 호수 주변은 오래전부터 늪으로 변해서 곳곳이 진창이었다. 보통 사람이라면 발자국이 남지 않을 리 없지만 형이 이곳에 있다면 튤크도 있을 테고, 그가 발자국이 남게 내버려두진 않았겠지. 블라도는 마음속으로 이곳에는 두 조카밖에 없는 것 같다고 단정했다.

"원을 좁혀서 수색해라!"

예프넨과 보리스는 아내도 자식도 없는 블라도의 둘뿐인 조카들이었다. 만일 둘 중에 하나라도 여자아이였다면, 그리고 조금이라도 예니치카를 닮았더라면 혹시 마음이 흔들렸을지도 모르겠다고 블라도는 생각했다. 그러나 조카들은 예니를 닮지 않았다. 두 소년에게는 예니가 가졌던 금빛이라고는 없었다. 머리털에도, 눈동자에도.

그 애들에게는 아무 동정심도 없다……. 블라도의 누런 눈동자를 둘러싼 자디잔 주름들이 감정의 동요를 드러내듯 꿈틀거렸다. 그 애들이 질러대는 비명에 귀를 막고 달아나도록 해주지. 그 애들을 죽여서 형이 내 앞으로 뛰쳐나오도록 하고 말겠다!

호수 남쪽은 넓은 진창이어서 병사들은 북, 동, 서로만 포위를 좁혀 들어갔다. 이윽고 에메라 호수가 보이기 시작했다. 죽은 나무들이 검게, 또는 희게 얽혀 이미 사라진 생명을 가장하고 있었다. 많은 것들이 죽어가고 죽어갈 호수에는 유백색 기름이 떠서 번들거리고…….

그건 기억 속의 호수였다. 이제 다가갈 곳을 정확히 보기 위해서, 다시는 돌아오지 않을 이곳을 완벽히 봐두기 위해서 블라도는 마법사에게 빛을 요구했다.

파앗!

대낮 같은 광채가 호수가 뱉어낸 불덩이처럼 솟았다. 사방 마흔 걸음 안팎으로 풀숲을 나는 날벌레들조차 볼 수 있을 정도였다. 수백 개의 눈동자가 움직이는 무엇인가를 찾아내려고 달려들었다.

"가장 먼저 찾아내어 외치는 자에게 1000엘소의 상금을 내리겠다!"

첫 외침이 들려오기까지 긴 시간은 걸리지 않았다. 다만 블라도가 기대한 것과는 약간 다른 소리였다. 그리고 한 명의 목소리도 아니었다.

다시 한번 비명들이 허공을 찢었다.

"자, 지금입니다. 가십시오."

튤크의 목소리는 떨리지도 격앙되지도 않았다. 늦었으니 그만 침대에 들어가 자라고 하는 것처럼 담담했다. 예프녠은 턱을 약간 떨면서 튤크를 바라보았다. 끝내 그에게 익숙해질 수는 없었다. 이제는 더 노력해볼 시간도 없으리라. 다음 순간, 그들에게 절체절명의 의미를 갖는 빛이 주위를 휘황하게 비쳤다.

"행운을."

"난 가지 않아요."

튤크의 무표정한 얼굴에 약간 변화가 일었다. 그는 왜냐고 묻지도 않고 고개를 가로저었다.

"가십시오. 아버님의 뜻을 아신다면."

"아버지에게 아버지의 뜻이 있다면 내게는 내 뜻이 있습니다. 내게는 한낱 무구 따위보다 아버지의 존재가 훨씬 소중하다는 거죠."

율켄의 고개가 미세하게 움직였다. 시선이 아들을 향했다. 그들은 서로를 쏘아보았다.

"……."

말하지 않는 아버지를 향해 예프넨이 말했다.

"뭐라 하셔도 제 뜻은 변치 않습니다."

튤크는 여전히 주인의 눈빛만으로도 하고 싶은 말을 알아들었다. 그가 나지막이 말했다.

"희망 없는 것에 '뜻'을 걸지 마십시오."

"아버지는 희망 없는 곳에 뜻을 걸지 않으셨던가요? 카츠야 선제후 말입니다."

다시 한번 잃어버린

예프넨은 튤크가 통역하는 사람에 불과한 양 아버지를 똑바로 보았다.

"진네만 가문은 희망이 없다고 해서 한번 결정한 '뜻'을 꺾는 자식을 낳는 곳이 아니잖습니까? 훌륭한 무구란, 최악의 순간에 함께하기 위해 그토록 귀하게 지켜지는 것이 아닌가요?"

율켄은 대답이 없었다. 보리스는 아버지의 불길 같은 눈을, 그리고 형의 단호한 눈동자를 보았다. 자신은 거기에 끼어들 수 없는 어린아이였다. 그러나 그도 어렴풋하게는 이해하고 있었다.

예프넨은 아버지에게서 눈을 떼지 않은 채 보리스를 불렀다.

"보리스."

보리스는 한 걸음 다가갔다. 형의 손이 다가와 손목을 쥐었다.

"너도 알겠지?"

"난……."

보리스는 자신도 뜻을 꺾지 않는 진네만 가문의 자식이라고 말하고 싶었다. 형이 아버지를 생각하는 만큼이나 그도 형을 중요하게 생각한다는 말도 하고 싶었다. 형과 아버지가 없는 세상에서 혼자 살아남을 생각 따위 없다는 것도. 그러나 한마디도 입 밖으로 나오지 않았다. 무거운 분위기에 짓눌린 입술은 굳게 닫혀 있었다.

"우린 적어도 함께 죽는 것을 선택할 수 있어. 그것을 명예로 생각하자, 보리스."

그 말은 평소의 형답지 않았다. 보리스도 알고 있었다. 지금 같은 상황이 아니라면 형은 결코 이런 말을 하지 않을 것이다. 그가 아는 예프넨은 살아날 방법이 있다면 죽자고 말하는 사람이 아니었다. 지금 그는 동생을 살릴 방법을 도저히 찾아내지 못한 것이다.

예프넨은 더 말하지 못한 채 동생에게 억지로 미소를 지어 보였다. 그 얼굴을 보던 보리스는 한 번 더, 형의 눈동자가 푸르다는 것을 느꼈다. 늘 같았는데, 왜 새삼스럽게 의식한 걸까?

아니다……. 그제야 형과 들판에서 구르며 웃을 때부터 느꼈던 이상한 예감의 정체를 알았다. 형의 미소 때문이었다. 오늘, 어쩐지 평소와 다르게 느껴졌던 형의 미소는 초상화 속의 죽은 어머니를 닮아 있었다.

"이제 갑시다."

예프넨은 피가 끓는 기분으로 말하며 자리에서 일어섰다. 튤크가 율켄이 일어서도록 도왔다. 더이상 말하지 않을 줄 알았는데 목소리가 들렸다.

"두 분은 떨어져서 오십시오. 제가 죽는 것을 볼 때까지 앞으로 나서지 마십시오."

예프넨은 말문이 막혔다. 칠 년 전이던가. 처음 진네만 가문의 집사가 되었을 때부터 튤크는 마치 사람이 아닌 그림자 같았다. 실체가 지나간 자리에 대신 남아 있는 그림자.

다시 말해 그림자 이상의 존재감을 나타낸 적이 없었다. 그는 늘 아버지의 뜻이 이행되도록 돕거나, 대신 이행할 뿐이었다. 그림자에게 인격이나 감정을 느낄 수 있을 리 없었다. 자신도 그랬다. 튤크가 아버지를 위해서, 그리고 자신과 동생을 위해서 죽겠다고 하는 순간이건만 동지애조차 느낄 수가 없었다.

"저기다!"

그런 소리를 들었다고 생각했다. 그러나 곧 수십 명이 내지르는 비명에 묻혀버렸다. 무슨 일이 벌어지는지 알지도 못한 채 네 사람은 늪으로 다가갔다.

슈슈슈…… 콰쾅!

번쩍거리는 불빛과 땅을 뒤흔드는 폭발음이 계속되었다. 예프넨은 문득 뭔가를 깨달았다. 저렇게 공격적인 마법은 고립되고 부상당한 그들을 상대로 쓸 만한 것이 아니었다. 그것은 삼촌에게 이곳에서 맞닥뜨릴 다른 상대가 있다는 의미였다.

곧 보게 될 것이다.

눈이 벌겋게 된 블라도는 병사들을 헤치고 앞으로 나섰다. 아니, 실은 헤칠 필요도 없었다. 많은 병사들이 명령 따위는 귀에 들리지도 않는 듯 우왕좌왕하며 달아났다. 눈앞에 늪을 두고도 블라도가 침착한 이유는 하나였다. 그는 무엇이 나타날지 아는 것이다. 두렵지 않다면 거짓말이다. 그러나 놈의 얼굴을 똑바로 볼 마음은 있었다. 천사 같던 예니를 앗아간 망령의 붉은 눈을.

늪가에 도착한 튤크는 팔에 안긴 율켄을 내려다보며 희미하게 웃었다. 준비되었느냐고 묻는 것처럼. 율켄은 대답하지 않았다. 상처가 깊어 입을 열기 힘들었지만 굳이 말하고자 했다면 못할 것도 없었다. 그러나 그는 대답 없이 몸을 일으켜 검을 잡았다. 호수와 마주하자, 율켄의 입에서도 신음 같은 목소리가 흘러나왔다.

"그래, 드디어⋯⋯."

에메라 호수는 영원히 가라앉도록 만들어진 구멍이었다. 눅눅한 관목이 만든 울타리 너머, 반쯤 녹은 나무들이 휘청거리고 있다. 한 발짝씩 가려진 속내로 다가갔다. 삶의 끝이 내는 고약한 냄새가 물씬했다. 썩은 시체가 구멍 아래로 지옥까지 쌓여 있으리라.

처음에는 작은 목소리였다. 이름을 불렀다.

다시 한번 잃어버린

"예니……."

저 안 어딘가에 있을까? 몇 층쯤에? 괴물의 발톱은 인간의 정신과 육체를 동시에 할퀴어버린다. 한번 낙인이 찍히면 끝장이다. 망령에 사로잡힌 혼은 다시는 위로받지 못할 곳에 갇혀…….

예니의 시체를 늪에 가져와 버릴 때, 그 자리에는 율켄도 블라도도 와보지 않았다.

맞은편에서 더 낮지만 분명한 목소리가 외쳤다.

"예니!"

형제는 어쩌면 서로를 상대하기가 싫었는지도 모른다. 하지만 이제 와서 용서받으려 하기엔 누이의 선한 혼도 악령으로 변할 정도로 썩었을 게다. 누이는 용서하지 않아. 이제 해묵은 빚은 형제끼리 청산할 때지!

율켄은 몸안에서 서서히 솟아오르는 정체 모를 기운에 의지하여 검을 움켜쥐고 걸었다. 늪을 둘러싼 검은 숲속으로. 그러는 동안에도 병사들의 비명은 그치지 않았다. 단 한 번 들려온 블라도의 목소리는 사라져버렸다.

"으, 으, 으아악!"

"살려줘……. 제발!"

오랜만에 본 에메라 호수, 아니 늪은 바닥에서 맥질해 올라오는 더러운 쓰레기들로 반쯤 메워져 있었다. 쓰레기의 정체는 시체들이었다. 누군가는 알고 누군가는 영원히 모르는 롱고르드의 비밀이었다. 서로 죽고 죽였으나 사람들의 눈에 띄지 않았을 때, 호수는 또 한 번 싸늘한 살을 퇴비가 될 때까지 썩히는 임무를 맡는다. 그런 세월이 한 해, 열 해, 스무 해가 지나고……. 이 호수가 한때 녹옥빛 맑은 물 때문에 '에메랄드'라고 불렸다는 사실을 누가 믿을 것인가.

"호수를 썩게 만든 건 억울하게 죽은 자들의 원한이지."

드디어 형제는 서로를 찾아냈다. 두 번째로 들린 블라도의 목소리는 들떠 있었다.

"자, 저 시체들 속에 예니의 금발도 있는가 한번 찾아볼까?"

튤크는 마법을 시전하여 주인의 몸을 보호했다. 반투명한 막에 둘러싸인 형의 얼굴이 파리하고, 상처도 아물지 않았음을 알아본 블라도는 이를 드러내며 웃었다.

"그럼 힘을 합쳐서 저 억울한 시체들부터 늪 바닥으로 돌려보낼까?"

블라도의 뒤에는 종그날이 있었다. 그는 양손에 불꽃을 일으켜 다가드는 시체와 늪의 괴물들을 지져버리고 있었다. 보리스를 공격했던 놈과 비슷한 괴물들은 불꽃이 닿을 때마다 퍽, 퍽, 소리를 내며 더러운 액체를 내뿜었다.

"아니면, '붉은 눈'이 나타날 때까지 해묵은 원한의 깊이라

다시 한번 잃어버린

도 재어볼까?"

블라도는 흑날의 하그룬을 반 바퀴 돌리더니 찌르기 자세를 잡아 보였다. 여유만만한 태도였다. 이제 병사들은 거의 달아나고 없었다. 검은 수면으로 밀려 올라온 시체들이 흔적뿐인 눈으로 형제를 지켜보았다. 율켄의 검이 약간 떨리다가 고요해졌다.

예프넨은 늪을 메운 녹색 진흙과 썩은 시체 더미를 보며 발열에 가까운 오한을 느꼈다. 그들의 존재쯤은 안중에도 없다는 듯 혼비백산하여 달아나고 있는 병사들도 보았다. 늪을 사이에 둔 채 아버지를 노려보던 삼촌이 검을 뽑아 든 것도 알았다. 긴장감은 터질 듯했다. 아직 나타나지 않은 존재 때문에.

언제지, 놈이 나타나는 것은? 시체를 뜯어먹고 강해지는 붉은 눈의 망령이 모습을 드러내는 것은 언제지?

형과 등을 맞댄 보리스는 무력한 자신에 대해 생각했다. 그가 단 하나 할 수 있는 일이 있다면, 형의 뒤에 서 있다가 첫 공격을 형 대신 맞는 정도일 것이다. 보리스는 진심으로 그 임무에 정신을 집중했다. 그도 아버지와 똑같은 생각을 했다. 이 집안에서 마지막까지 살아남아야 하는 사람이 있다면, 그건 형이라고.

흘끗 돌아본 형은 윈터러의 자루를 손목이 떨리도록 꽉 쥐고 있었다. 예프넨이 아직 깨닫지 못하는 사이, 보리스는 예프넨이 입은 스노우가드의 은백광이 희미하게 밝아지는 것을 느꼈다. 뭔가 다가온 건가?

바람이 시잇거리며 울었다. 보리스는 조그맣게 말했다.

"형, 스노우가드가……."

곧 예프넨도 알아챘다. 갑옷이 내는 광채는 점점 더 밝아져, 시야를 가릴 정도로 광기 어린 빛으로 변했다. 예프넨의 뺨까지 하얗게 번쩍였다. 예프넨은 이유를 직감했다. 갑옷이 죽음의 냄새를 맡은 거다.

그그그그그…….

들린다. 아니…… 그래, 들린다. 소리가 아니지만 그렇게밖에 표현할 길이 없었다.

늪 저편에서 무언가가 다가온다. 검은 불꽃으로 휩싸여, 붉은 눈을 빛내며…….

예프넨이 어둠을 꿰뚫고 놈을 쏘아보던 그때, 보리스는 귀가 아니라 머릿속을 파고드는 섬뜩한 목소리를 들으며 그 자리에 못박혀 있었다. 한 발짝도 움직일 수 없었다. 그렇게 두려워하던 존재가 다가오고 있는데도.

예쁜 아이구나. 흐, 흐, 흐.

2
장

PARTING

첫 저녁 식사

보리스는 풀밭에서 눈을 떴다.

사방이 환했다. 대낮이었다. 한참 볕을 받았는지 얼굴이 따끈따끈했다. 검 하나를 지녔을 뿐 빈 몸이었다. 주위에는 아무도 없었다. 보리스는 일어나 앉아 주위를 둘러보고 익숙하지 않은 풍경임을 알았다.

여긴 어딜까?

그는 곧 전날 밤의 일을 기억해냈다. 형과 등을 대고 서 있던 장면이 떠올랐다. 숨이 가빠 턱까지 뜨겁던 것도. 그다음은?

국자로 머릿속을 휘저어버린 것처럼 나머지는 혼돈뿐이었다. 보리스는 기억이 없다는 것이 어색하고 혼란스러웠다. 혹시 기절하기라도 했던 걸까? 뭔가 무서운 걸 보았던 것도 같은데…….

"보리스! 깨어났구나?"

보리스는 뒤통수를 한 대 얻어맞은 표정으로 화들짝 일어났다. 저만치 물 담긴 나무바가지를 들고 걸어오는 예프넨이 보였다. 보리스의 입술에서 간신히 말이 떨어졌다.

"……형?"

예프넨은 얼떨떨해하는 동생에게 바가지를 건네주며 빙긋 웃었다.

"그래, 인마. 너한테 나 말고 형이 또 있기라도 하냐?"

보리스는 물을 마실 생각도 않고 멍하니 예프넨의 얼굴을 올려다보았다. 왜인지 몰랐다. 갑자기 눈물이 주룩 흘러내렸다. 예프넨은 의아한 표정이 되었다.

"왜 그래? 어디 아파?"

예프넨이 다가와 이마를 짚자 보리스는 바가지를 떨어뜨리고 형을 와락 껴안았다. 쏟아진 물이 둘의 바짓자락을 적셨다. 예프넨이 뭔가 묻기도 전에 보리스가 먼저 말했다.

"아냐, 형……. 나, 난 그냥 반가워서……."

실은 보리스도 이유를 몰랐다. 어젯밤 일 때문인 것 같긴 한데, 가장 중요한 부분이 떠오르지 않았으니까. 다른 기억은 멀쩡한데 어떻게 그 부분만 사라졌을까?

예프넨은 별말 없이 보리스의 어깨를 다독거렸다. 이어 무릎을 꿇고 동생과 눈높이를 맞추며 뺨을 쓰다듬었다.

"자식, 너 많이 놀랐구나?"

마음이 진정되고 나자 둘은 바가지를 집어 들고 다시 샘으로 향했다. 그리 먼 곳은 아니었다. 샘은 작았지만 누군가가 관리하는 듯 둥근 돌이 빙 둘러져 있었다. 예프넨이 끊어낸 바가지의 끈이 말뚝에 남아 있었다.

두 형제는 물을 실컷 마신 후 바가지를 다시 처음처럼 매어 두었다. 주위를 둘러보니 롱고르드처럼 사방이 들판이었다.

"형, 그런데 여긴 어디야?"

"귀렘 가문의 영지인 하타 고원이야. 롱고르드의 북쪽이지. 너도 이름은 들어본 것 같지 않아?"

예프넨의 입가에 어색한 미소가 어렸다. 보리스는 고개를 갸웃거렸다.

"어떻게 하룻밤 동안 그렇게 멀리까지 온 거야?"

예프넨이 샘 뒤쪽의 나무들을 가리켰다. 나무 사이로 말 한 필이 매여 있는 것이 보였다. 밤새 저 말을 타고 왔다고 생각하자 다시 머릿속이 혼란해졌다. 흔들리는 말을 타고 밤새 오며 깨지도 않았단 말인가? 그렇게 오래 정신을 잃었다고?

이어질 질문은 당연히 하나뿐이었다. 보리스는 형의 태도가 너무 밝고, 또 주위가 평화로운 것에 이끌려 나쁜 대답은 기대도 하지 않은 채 물었다.

"아버지는 어디 계셔?"

"아……."

예프넨은 입을 벌렸지만 바로 답하지 못했다. 그러다 보리스의 눈이 동그래지는 것을 보자 서둘러 뇌까렸다.

"아, 그러니까…… 여기가 아니고, 다른 데로 가셨어. 튤크 집사하고. 그런데 어딘지 정확히 모르겠어. 상황이 엉망이다 보니 흩어져서…… 달렸거든."

"그럼 어떻게 아버질 찾아?"

"튤크 집사가 마법으로 연락을 줄 거야."

보리스는 그렇구나, 하는 표정으로 고개를 끄덕거렸다.

"그때까지는 우리끼리 있어야겠네? 집으로 돌아가도 되는 거야? 저어, 그럼 블라도 삼촌은?"

"집으로 돌아가는 것은 무리지만……."

예프넨이 말을 흐리자 보리스도 안다는 듯 고개를 끄덕거렸다.

보리스는 다섯 살 때 삼촌의 무서움을 처음으로 경험했다. 그때 삼촌은 혼자 찾아왔는데, 마당에서 놀던 보리스를 붙잡아 옆구리에 낀 채 우물 앞에 서 있었다. 아버지가 내려오자 삼촌은 보리스를 우물에 빠뜨리려는 시늉을 하며 싱글싱글 웃었다.

삼촌이 웃고 있었으므로, 보리스도 처음엔 장난으로 겁을 주는 줄 알고 까르륵거리며 웃었다. 그러나 시커먼 우물이 점점 무섭게 느껴질 즈음에도 삼촌은 '장난'을 멈추지 않았다.

아버지가 어떻게 삼촌을 쫓아냈는지는 잘 기억나지 않았다. 우물을 사이에 두고 마주선 두 사람이 뭔가 복잡한 대화를 나눴다는 기억만이 남아 있었다.

"우리 고모할머님한테 갈까?"

예프넨이 불쑥 제안하자 보리스는 의아해서 눈을 깜빡였다. 고모할머니라면 한 사람뿐인데 보리스는 한 번도 만나본 일이 없었다. 아버지의 고모라지만 그들에겐 멀고 낯선 존재였다. 아버지와 정파가 다른 까닭이다. 형은 고모할머니를 잘 아는 걸까?

"쟈닌느 고모할머니?"

"응. 삼월의원파의 스물렌 의원이 시장으로 있는 엘머에 계실 거야. 가는 데 시간이 좀 걸리긴 하겠지만 아주 먼 것도 아니야."

"고모할머니께서 우릴 환영해주실까?"

예프넨은 머리카락이 양어깨에 닿도록 고개를 갸웃거리더니 쓸쓸한 미소를 지었다.

"그건 확신할 수 없어. 하지만 아버지께서…… 우릴 찾으시기 전에는 딱히 갈 곳도 없거든. 삼월의원파는 그래도 아버지와 완전히 대립하는 곳은 아니라서. 아, 다른 대안이 없는 것도 아니긴 한데……."

"뭔데?"

예프넨 형은 세상에서 가장 곤란한 이야기를 꺼내려는 표정으로 어깨를 늘어뜨리더니 대답했다.

"카츠야 선제후."

"아아."

보리스도 말이 없었다. 아버지가 섬기는 아주 높은 분, 그게 카츠야 선제후에 대한 인상의 전부였다. 예프넨은 몇 번인가 아버지를 따라 방문한 일이 있다고 했다. 하지만 보리스는 본 적도 없는데다 한없이 어렵고 무서운 존재로 느껴졌다. 더구나 최근 좋지 않은 일이 많다고 들었으니 이런 꼴이 된 형제가 찾아가봤자 푸대접 이상을 기대하긴 어려울 성싶었다.

"형, 우리 그냥 아무데도 가지 않으면 안 돼?"

예프넨은 동생이 이렇게 말할 줄은 몰랐다는 표정이었다.

"왜? 그들이 환영하지 않을 것 같아서 그래?"

"그것도 그렇지만……. 낯선 사람들한테 돌봐달라고 애걸하는 것보다 잠시 우리끼리 평민들처럼 살 수도 있잖아. 그리고 아버지께서 곧 우릴 찾으실 거 아냐? 그러니까 잠깐만 기다리면 될 테고, 또……."

예프넨은 우울한 것도 같고 답답한 것도 같은 표정으로 동생을 내려다보았다. 대답을 피할 수만 있다면 피하고 싶었지만 그럴 수 없었다.

"보리스, 그런 생활이 그리 간단한 게 아냐. 너나 나는 저택에서 줄곧 하인들의 보살핌을 받으며 살아왔기 때문에 평민들의 삶을 잘 몰라. 그리고 우리가 가진 돈도 그리 많지 않아. 넌 아직 어려서 짐작이 안 가겠지만 돈이 없는 평민들의 생활은 무척 고달프거든."

예프넨이 쓸쓸한 웃음을 머금으며 말을 이었다.

"삼촌은 저택을 차지했으니 얼마간은 처리할 일이 많아서 우릴 쫓아올 겨를이 없겠지. 하지만 우리가 윈터바텀 킷을 갖고 있는 이상 오래 내버려두지는 않을 거야. 그뿐 아니라 다른 위험도 얼마든지 있어."

보리스는 형의 말을 듣고 있었지만 여전히 상황을 심각하게 느끼지 못했다. 그에게는 든든한 형이 있었다. 뭐가 겁날 게 있단 말인가. 더구나 아버지도 곧 찾아올 테고.

"난 괜찮아. 잠깐뿐인데 그것도 못 견딘다면 아버지가 진네만 이름을 가질 자격도 없다고 꾸짖으실 거야."

그렇게 말하며 보리스는 해맑은 미소를 지어 보였다. 그는 형을 안심시키고 싶었다. 걱정거리가 되고 싶지 않았다. 결국 예프넨도 이렇게 말할 수밖에 없었다.

"어쩌면 어디로 가든 마찬가지일지도 모르지. 우선 가까운 마을부터 찾아보자. 그런 다음에 어느 쪽으로 갈지 천천히 생각해보자."

마을을 찾아냈을 때는 저녁 무렵이었다. 오는 동안 형제는 그들이 가진 재산을 점검했다. 우선 예프넨이 지닌 두 가지 무구, 윈터바텀 킷은 재산이라 할 수 없었다. 오직 지켜내야 하는 것이니까.

다음으로 예프넨은 허리에서 가죽 주머니를 끌러 집에서 탈출하기 전에 준비한 금화들을 보여주었다. 큼직한 100엘소 금화가 열 개, 그 절반 가치를 지니는 100고블룬 금화가 서른 개쯤 되었다. 적지 않은 돈이다. 넉넉히 써도 한 달 남짓 살아가는 데는 지장이 없을 것 같았다.

마지막으로 돈이 될 만한 물건들이 있었다. 둘 다 딱히 값나가는 장신구는 가진 것이 없었다. 예프넨은 사파이어가 아로새겨진 덮개가 달린 손거울을 가지고 있었는데 어머니의 유품이었다.

보리스는 아무것도 없었다. 주머니를 뒤져봤지만 나온 거라고는 저녁 대신 먹으라며 유모가 넣어줬던 말라비틀어진 빵이 고작이었다. 형제는 빵을 유쾌하게 나눠 씹으며 마을에 도착했다.

인근 지리에 어둡다 보니 마을의 이름도 몰랐다. 사실 이름쯤은 중요하게 느껴지지도 않았다. 보리스는 새로운 모험이 시작된 기분에 약간 들뜨기까지 했다.

마을은 제법 컸다. 형제는 들판을 가로질러 왔지만, 마을 어귀에 다다르고 보니 길도 꽤 멀리까지 다져져 있었다. 그들은 경비병에게 신분이나 가문의 이름을 밝히지 않고 적당히 평민의 이름을 둘러대며 안으로 들어갔다.

보리스가 보았던 번화한 거리라고는 롱고르드에서 장이 서는 카즈난 마을의 풍경 정도였다. 오늘이 장날도 아닐 텐데 거리의 북적거림은 그곳보다 덜하지 않았다. 온갖 사람이 사는 곳이었다. 보리스는 촌뜨기처럼 두리번거리지 않으려 애썼지만 실은 계속해서 그런 실수를 저지르고 있었다.

"저, 이 근처에 여관이 어디 있습니까?"

행상 아주머니에게 물어서 찾아간 여관은 다락이 높이 솟은 이 층 건물이었다. 여러 필의 말을 탄 일행들이나 마차를 타고 온 자들이 입구를 메우고 있어서 그들을 피해 들어가는 것부터 애를 먹었다. 말 한 필을 함께 탄 형제는 가장 단출한 손님이었다.

"어서 오십쇼!"

커다란 목소리 때문에 보리스는 깜짝 놀랐지만, 그들이 아니라 뒤따라 들어오던 네댓 명의 사내들을 환영하는 목소리였다. 요란한 발소리를 내며 형제를 앞질러 간 그들은 카운터

앞에서 저들끼리 쉴 새 없이 뭐라고 지껄이며 방 두 개를 요청했다.

"형, 방은 하루 빌리는 데 비싼 거야?"

우스운 일이었지만 그건 예프넨도 몰랐다. 여행을 한 일은 있었지만 그때 묵었던 여관은 항상 이보다 좋은 곳이었고, 시중드는 하인들과 함께였으므로 직접 카운터에서 계산한 일은 없었던 것이다. 진네만 가문은 무인의 전통이 강해 돈을 직접 만지거나 흥정하는 것을 꺼렸다.

"방을 하나 주십시오."

카운터의 급사는 방 가격을 말하지도 않고 벽에 죽 붙은 고리에서 열쇠를 하나 떼어 내놓았다. 예프넨은 금화밖에 없었기 때문에 머뭇거릴 수밖에 없었다. 그는 정말로 돈이 오가는 일에 서툴렀다.

급사가 묘한 눈길로 예프넨의 얼굴을 빤히 쳐다보았다. 예프넨은 그것이 왜 빨리 돈을 주지 않느냐는 뜻이라고 판단했다.

"얼마죠?"

급사는 입술 끝을 실룩이며 애매한 미소를 짓더니 "10엘소"라고 말했다. 예프넨은 50엘소의 가치를 가지는 고블룬 금화를 한 개 내놓았다.

"어머, 젊은 분이 큰돈을 가지고 다니시네요."

거슬러준 은화들을 주머니에 넣고 돌아서려니 급사가 피식 피식 웃으며 뒤통수에 대고 말을 걸었다.

"저녁 식사는 안 하나요? 내일 아침은?"

다시 은화 몇 개를 꺼내 주고 계산을 했다. 또 돌아서려는 데 급사가 이제는 완연히 비웃는 어조로 다시 한번 물었다.

"뭘 먹을지 정도는 고르지 그래요?"

집에서는 알아서 준비해주는 음식만 먹었던 그들이었다. 이런 곳에서 뭘 주문해야 하는지 알 도리가 없었다. 예프넨은 얼굴을 붉히지 않으려 애쓰며 대꾸했다.

"그냥 적당한 것으로 주면 좋겠소."

"아아, 난 귀한 댁 아드님들이라 아무 음식이나 입에 못 댈 줄 알았죠."

카운터 주위를 오가던 다른 급사들마저 킬킬거리기 시작했다. 사실 별로 우스운 상황은 아니었다. 그보다 노골적인 비웃음에 가까웠다. 예프넨은 약간 화가 났지만 꾹 참고 테이블로 걸어가 앉았다. 보리스는 형의 얼굴을 쳐다보고 상황을 깨달았지만 잠자코 있는 편이 좋을 것 같다고 생각했다.

음식은 금방 나왔다. 그러나 곧 더 심각한 상황이 벌어졌다.

"이 정도 음식이면 충분히 드시겠지. 안 그렇습니까요?"

음식을 가져온 예프넨 또래의 급사가 형제 앞에 널찍한 그릇 두 개를 내려놨다. 보리스는 그릇 안을 살펴보았다. 처음에는 수프나 스튜처럼 보였다. 그러나 곧 그 안에서 뭔가가 움직이는 것을 보고 기겁하여 의자를 뒤로 물렸다. 드르륵, 소리가 나는 순간 등뒤에서 몇 명이 거침없이 웃어젖히는 소리가 들렸다.

예프넨은 가만히 그릇 속을 들여다보았다. 열 마리, 스무 마리……. 새끼손가락 한 마디만 한 허연 벌레들이 묽은 죽을 뒤집어쓰고 꿈틀거리는 것이 보였다. 뱃속의 것을 토해내고 싶을 정도로 역겨운 광경이었다.

"어이, 숟가락 드쇼! 여기 여관 특식을 내줬는데 식욕이 좀 없다 해도 맛은 봐야지?"

"별로 배고프지 않은 모양이군? 그렇지만 요즘같이 어려운 시절에 음식을 남기면 쓰나."

"어린 도련님은 요리를 먹을 줄 모르는 모양인데 이 몸이 한 숟갈 떠먹여줄까나?"

보리스가 고개를 들어보니 여관 곳곳에 서서 잡담이나 주고받던 작당들이 한꺼번에 낄낄대며 지껄이고 있었다. 그는 영문을 알 수가 없었다. 그들이 무슨 잘못을 했다고 이렇게 괴롭히는 거지? 묵은 원한이라도 있단 말인가? 저들 중에 안면이 있는 사람은 아무도 없는 것 같은데…….

이윽고 예프넨이 천천히 의자에서 일어섰다. 윈터러는 손을 대지 않았다. 대신 푸른 눈을 들어 비웃는 자들을 쏘아보았다. 예프넨의 눈길을 받은 자들 가운데 몇은 움찔했지만 대부분은 대수롭지 않은 표정이었다.

"누군가 이 음식을 먹는 법 좀 가르쳐주지 않겠소?"

얼른 대답이 나오지 않자 예프넨은 이어 말했다.

"직접 한입 먹는 것으로 말이오."

잠잠해진 가운데 한 명이 킬킬거리며 말했다.

"남의 음식을 얻어먹을 정도로 배고프지 않은데 어쩌지?"

다음 순간, 사람들은 자신이 본 것을 의심했다. 대꾸했던 자는 눈 깜짝할 사이에 예프넨의 손에 붙잡혀 끌려와 턱이 테이블에 처박혔다.

"큭……. 뭐야!"

예프넨은 여전히 침착했다.

"당신을 이 식탁의 손님으로 초청하고자 합니다. 사양 말고 드시지요."

"으으……."

예프넨은 그자의 목 뒤를 눌러 턱을 테이블에서 떼지 못하게 하고는 숟가락을 잡았다. 둘러섰던 사람들의 눈이 휘둥그레졌다. 예프넨은 숟가락을 벌레가 들끓는 그릇 속에 푹 집어넣었다.

"아으…… 안 돼……."

그자는 호리호리한 몸매에 아름다운 얼굴을 한 청년의 손아귀에서 이처럼 강한 힘이 나오리라고는 상상도 못 했다. 한 손으로 목을 눌렀을 뿐인데 도저히 밀쳐낼 수가 없었다. 예프넨이 한 숟가락을 뜨더니 그자의 입으로 가져갔다. 숟가락 속에는 벌레가 세 마리나 들어 있었다.

"요, 용서해줘! 내가 잘못했어! 잘못했다니까!"

비굴하게 외치는 그자의 입술 앞까지 숟가락이 다가왔다. 땀을 뻘뻘 흘리며 입술을 앙다물었지만 고개만은 꼼짝도 못 했다. 코앞에서 벌레들이 굼실거렸다.

"형!"

보리스가 외치는 순간 예프넨은 숟가락을 멈췄다. 여관의 홀을 메운 손님들은 어느새 모조리 침묵하고 있었다.

"남의 입에 벌레를 처넣을 정도로 내가 강심장이 아니란 것에 감사하시오."

예프넨은 숟가락을 물렀다. 동시에 목을 누르던 손도 풀었다. 보리스가 외치지 않았어도 예프넨은 그런 짓을 할 만한 사람이 아니었다. 강한 체하며 그것을 숨기지도 않았다.

예프넨의 손에서 놓여난 자는 비척거리며 급히 물러났다. 화가 난 얼굴로 목을 매만지더니 주위의 몇 명과 빠르게 눈짓을 나눴다. 그들이 고개를 끄덕이자 사태는 급변했다.

"덮쳐!"

예닐곱 명이나 되는 사내들이 테이블을 타넘어 달려들었다. 뜻밖의 상황에 당황한 예프넨은 재빨리 동생을 막아섰지만 이미 한 박자를 놓치고 있었다. 칼을 뽑았더라면 충분히 제압 가능했겠지만, 여러 사람을 죽여야 했을 것이다.

예프넨은 의자를 들어 첫 번째로 다가든 놈을 후려치고, 그 의자를 내던져 또 한 명을 쓰러뜨렸다. 그러나 그다음은 역부족이었다. 등뒤에서 세 개나 되는 몽둥이가 날아들었다. 그 가운데 하나가 예프넨의 허리를 정통으로 가격했다.

"……."

비명소리는 나오지 않았다. 보리스가 달려들어 형을 껴안았다. 사내들은 형제를 바닥에 쓰러뜨린 채 마구 걷어차고 짓밟았다.

"뭘 감사하라고? 어디서 헛소릴!"

"체, 개뿔도 안 되는 것이 그런 웃기는 잡소릴 늘어놨냐?"

"이런 병신 같은 놈은 얼굴을 짓이겨놔야 정신을 차리지!"

예프넨은 몸으로 보리스를 덮어 누른 채 대부분의 발길질을 혼자서 맞았다. 스노우가드로 보호되는 곳은 괜찮았지만 다른 곳은 옷이 여기저기 찢겨나갔다. 드러난 살갗은 장홧발에 긁히고 채여 피가 흘렀다.

예프넨이 용서해주었던 사내가 가장 날뛰었다. 그는 발길질로도 분이 풀리지 않는지 흉물스러운 미소를 지으며 소리쳤다.

"꼴좋다! 누굴 초청하고 뭘 어쩐다고? 그래, 이 자식들한테 훌륭한 만찬을 직접 떠먹이는 친절을 베풀어드릴까!"

그자가 팔을 뻗어 예프넨의 멱살을 움켜쥐자 패거리들이 달려들어 예프넨의 몸을 일으켜 세우고 팔을 뒤로 꺾어 잡았다. 다른 자는 보리스를 거칠게 붙잡아 옆구리에 끼더니 테이블로 다가갔다. 또 다른 자가 숟가락을 쥐었다. 그걸 본 보리스의 얼굴이 창백해졌다.

"한 숟갈 듬뿍…… 인심 좋게 퍼줘야지."

숟가락이 그릇 속으로 들어갔다가 나오자 그 위에 일곱 마리나 되는 벌레들이 꿈틀거렸다. 누렇게 된 죽은 벌레들이 숟가락 사이로 뚝뚝 떨어졌다. 숟가락은 보리스의 입가로 다가왔다. 미친듯 몸을 비틀며 고개를 저었지만 소용이 없었다. 보리스를 잡은 사내의 팔은 단단했다. 싫다고, 안 된다고 말할 수도 없었다. 입을 열었다가는 곧장 저 벌레들이 입안으로 들어올 것 같았다.

사내들의 팔을 뿌리치려 애쓰며 예프넨이 외쳤다.

"동생은 내버려둬! 어린아이에게 무슨 짓인가!"

팔을 잡았던 사내가 떠보는 어조로 말했다.

"그럼 네가 대신 먹을 테냐?"

갑자기 재미있는 문제라도 냈다는 듯 사내들은 예프넨을 돌아보았다. 젊은이의 잘생긴 이마가 고통으로 찌푸려지고 이윽고 입술을 깨물며 동생을 바라보는 것도 보았다. 그들은 정말로 예프넨이 동생 대신 벌레들을 삼키겠다고 하리라고는 생각하지 않았다. 단지 고민하게 해놓고 즐기는 것에 불과했다.

그러나 비열한 자들이 이해할 수 없는 고뇌가 예프넨의 머릿속을 맴돌았다. 그가 품은 단 하나의 희망이 무엇인데. 이제 그가 해줄 수 있는 일은 아주 조금밖에 없을 텐데.

이윽고 예프넨은 단호하게 내뱉었다.

"그래, 내게 가져와라."

"뭐…… 뭐?"

잠시 침묵이 흘렀다. 그들은 주변을 돌아보며 자신이 잘못 듣지 않았는지 확인했다. 모두의 표정은 '뭐 저런 놈이 다 있지?' 하고 말하는 듯했다. 잠시 후 한 명이 말했다.

"쳇, 그만두지. 난 저런 놈은 딱 싫더라."

"기분이 나빠졌어. 젠장, 장난이 아니잖아."

다들 비슷한 태도였다. 그러나 한 사내만은 달랐다. 예프넨에게 용서받은 남자였다. 그자의 이름은 귀트였다.

"저런 건방진 놈들을 그냥 두자고? 그런 어설픈 꼴로는 웃음거리밖에 안 된다는 걸 모르냐! 시작했으면 끝장을 봐야 되는 거다!"

귀트는 동료에게 다가가 숟가락을 빼앗더니 담긴 것을 쏟아버리고 새로 한 숟갈 듬뿍 떴다. 예프넨에게 다가간 귀트는 기분 나쁜 눈초리로 젊은이를 쏘아보았다. 낯선 자에게 텃

세를 부리는 것이 이들 무리의 버릇이자 소일거리였지만 예프넨과 같은 부류는 그가 특히 싫어했다. 귀족 출신이나 되는 것처럼 반반한 얼굴에 예의 바른 말투, 준수한 차림새와 웬만큼 갖고 있는 돈. 그런 자들은 자기들의 저택이나 영지에 처박혀 조용히 지내면 되는 거다. 뭣 때문에 지저분한 놈들이 뒹구는 여관 따위에 오는 거냐?

가장 기분 나쁜 것은 예프넨의 침착한 눈이었다. 너희가 하는 짓쯤이야 익히 알고 있고, 너희 같은 종자는 그런 행동을 할 수밖에 없겠지, 라고 말하는 듯한 눈, 저 당황하지 않는 얼굴이 싫었다. 그런 놈일수록 놀라고 절망하여 주저앉는 꼴을 보고 싶은 것이 귀트와 같은 자들의 욕망이기도 했다.

"자, 입 벌려."

"······."

"뭐야, 이제 와서 싫다는 거냐?"

"······."

"그럼 동생에게 먹일밖에."

귀트가 과장된 몸짓으로 몸을 돌리는 순간 예프넨이 입을 열었다. 그러나 귀트의 기대와는 달리 여전히 흔들림 없는 목소리였다.

"그만둬."

젠장, 재수없는 놈.

귀트는 다짜고짜 왼손을 내밀어 예프넨의 턱을 움켜쥐더니 억지로 입을 벌리고 숟가락을 쑤셔박았다.

"흐읍……."

귀트 자신조차 잠시 시선을 다른 데로 돌렸을 정도였다. 그러나 숟가락을 빼내며 예프넨의 얼굴을 본 그는 상상도 못 한 모습에 경악하여 말을 잊었다.

예프넨은 천천히 턱을 움직여 입안에 든 것을 씹고 있었다. 그리고 잠시 후 가벼운 비웃음까지 띤 채로 삼켜버렸다. 깨끗이 삼켜버렸다.

"저, 저런, 저런……."

예프넨을 잡았던 자들은 놀란 나머지 팔을 놓았다. 어쩌면 예프넨은 좀 전부터 그들을 뿌리치고 입안의 것을 뱉을 수도 있었을 것이다. 그러나 그는 그렇게 하지 않았다. 천천히 팔을 뺀 예프넨은 귀트에게 한 걸음 다가갔다.

귀트는 예프넨의 손이 허리에 찬 검의 자루에 놓이는 것을 보았다. 싸늘한 목소리도 들었다.

"네게 정식으로 결투를 신청한다. 나는 예프넨 진네만, 롱고르드의 영주 율켄 진네만의 맏아들이다. 네 신분을 밝혀라."

어느 누구도 다시 예프넨의 몸에 손댈 생각을 하지 못했다. 그들은 그제야 불안한 눈빛으로 예프넨이 허리에 찬 검을 살폈다. 예사 물건이 아니었다. 칼집은 무늬 없이 간소했지만 정체 모를 흰 광채가 감돌았다.

게다가 영주의 아들이라니 이겨도 큰일, 져도 큰일이 아닌 가!

귀트는 대답을 하지 못하고 어기적거리며 물러섰다. 그러나 홀에 앉은 사람들의 눈이 모조리 그에게 쏠려 있었다. 여행자인 예프넨과 달리 귀트는 이 마을에서 깡패 노릇을 하며 살아왔다. 여기서 굴복했다가는 다시는 얼굴을 들지 못하게 된다. 패거리는 물론, 마을 사람들에게까지 웃음거리가 되어 발붙이기 어려워질 것이다.

"나는 귀트…… 필로네다."

예프넨은 별다른 표정을 보이지 않았다. 대신 보리스를 붙잡은 사내에게 시선을 보냈다. 시선만 보냈는데도 그자는 알아서 동생을 내려놓았다. 예프넨은 손짓으로 보리스를 불러 바로 옆에 자리하게 했다. 아무렇지도 않은 목소리가 이어졌다.

"난 물론 너를 죽일 것이다."

귀트의 얼굴은 점차 희게 변해갔다. 예프넨이 말을 이었다.

"네가 살아남으려면 한 가지 방법이 있다. 결투 중 내가 너를 죽이기 전에, 네가 패했음을 인정하고 바닥에 엎드려라. 그러면 너를 죽이지 않겠다. 그 대신……."

예프넨은 왼손으로 식탁 위에 놓여 있는 그릇을 가리켰다.

"저 그릇에 남은 것을 네놈에게 한 방울도 남기지 않고 먹일 것을, 가문의 이름에 걸고 맹세하겠다.”

피할 길이 없었다. 귀트는 숨을 거칠게 내쉬며 동료들을 돌아보았다. 그러나 모두가 그의 눈을 피했다. 예프넨은 카운터의 건방진 급사를 향해 말했다.

“뒤뜰에서 결투를 할 수 있나?”

처음 여관에 들어와 방을 달라고 하고 방값을 계산할 때까지 예프넨은 모든 일에 익숙하지 않은 풋내기 여행자였다. 그러나 지금은 달랐다. 검과 결투는 어려서부터 늘 배우고 겪어온 그의 생활이었다. 가문의 이름을 말한 이상 추호의 망설임도 없었다.

급사도 농담을 던지던 혀가 굳어버렸는지 고개만 끄덕거렸다.

예프넨은 홀을 휘둘러보고 귀트 패거리와 관계가 없어 보이는 상인 일행에게 다가가 정중하게 입회인이 되어줄 것을 청했다. 이미 예프넨의 기세에 눌린 그들이 거절할 리 없었다. 트라바체스의 관습으로는 양측에서 입회인 둘을 세우고 결투를 하여 사람을 죽이는 것은 죄가 되지 않았다.

예프넨은 입회인들, 그리고 보리스와 함께 뒤뜰로 나갔다. 호기심에 사로잡힌 사람들이 우르르 따라 나왔다. 귀트 일행이 밖으로 나온 것은 한참 뒤였다. 그러나 감히 도망치지는 못했다.

윈터러

예프넨과 마주선 귀트는 두려움을 감추지 못했다. 쉴 새 없이 들썩거리는 어깨가 증거였다. 귀트의 손에도 검이 있었지만 그리 익숙해 보이지는 않았다. 그에 반해 예프넨은 완전히 숙달된 자세로 칼자루에 손을 얹고 섰다.

보리스는 형이 이웃 영지의 젊은이들과 검을 겨루는 것을 몇 번 본 일이 있었다. 서로 죽고 죽이는 결투는 아니었다. 검술 시합의 일종이었기에 한쪽에서 상처를 입으면 그것으로 끝이 났다. 형이 누군가와 진짜 결투를 한 일이 있다는 사실도 들어 알고 있었다. 그러나 결투하는 순간의 형을 본 일은 없었다. 몇 걸음 떨어진 곳에 선 형의 눈빛은 평소의 따뜻한 눈과 판이하게 달랐다.

예프넨이 입을 열었다.

"검을 뽑아라."

귀트가 검을 뽑는 것과 동시에 예프넨도 손을 움직였다. 윈터러의 날이 뽑혀 나오는 순간, 입회인들을 비롯한 구경꾼들은 모두 충격을 받았다. 몇몇은 곁의 사람들에게 급히 속삭였다.

"저 흰 날을 봐. 보통 검이 아냐."

"저건 대체 뭐지? 저런 검 들어본 사람 있어?"

석양이 깔린 뒤뜰이었다. 둘러선 사람들의 얼굴도 술 취한 듯 붉었다. 그런 곳에 희게 솟아난 윈터러의 광채는 가슴속에 얼음 한 조각을 찔러 넣은 듯 싸늘한 충격을 주었다. 한 사람이 나지막이 중얼거렸다.

"세상에는 겨울의 검이라는 것이 있다던데……."

그때 두 결투자가 뜰 가운데로 뛰어들었다. 검과 검이 서로를 노렸다. 석양을 빨아들인 윈터러가 붉게 타기 시작했다.

먼저 공격에 나선 것은 귀트였다. 그는 검술의 풋내기답게 선제공격이 제일이라고 믿었다. 그러나 자신의 검이 윈터러와 닿는 순간 어딘가 잘못되었다는, 아니 완전히 잘못되었다는 생각이 머리를 스쳤다.

처음 목이 눌렸을 때 느꼈던 힘은 착각이 아니었다. 날씬한 젊은이인 예프넨의 팔 힘은 동네에서 주먹으로 먹고살던 자신보다 훨씬 강했다. 그리고 윈터러는 마술적인 아름다움에 악마 같은 날카로움까지 지닌 검이었다. 제 검날의 끝이 깨끗이 잘려 바닥에 떨어지자 귀트는 혼비백산하여 뒤로 물러서기에 급급했다.

이제 예프넨의 차례였다. 예프넨은 두 걸음 만에 사정거리로 급습하여 불안정하게 흔들대는 상대의 검을 밀어붙이고 팔꿈치를 그었다. 이어 날과 날이 비껴 미끄러지는가 싶더니 귀트의 검이 금속성의 마찰음을 내며 부르르 떨리고, 잠시 후 쩡, 하는 소리를 냈다. 그 소리가 무엇을 뜻하는지 아무도 몰랐다. 윈터러를 써본 사람이 아니면 알 수 없는 소리였으니까.

귀트는 이마에 핏줄을 세워가며 나름 최대한 노력하여 윈터러를 두 차례 막아 밀쳤다. 그것이 끝이었다.

츠르르…… 챙그랑!

"저, 저런!"

사람들이 탄성을 질렀다. 몇몇은 말을 잇지 못했다. 귀트의 검이 말 그대로 산산조각 나 우수수 떨어지는 것이 보리스의 눈에도 보였다. 두세 조각 정도가 아니었다. 쇠로 만든 검에 도저히 있을 수 없는 일이 벌어졌다.

저 흰 검이 도대체 무엇이기에?

"어……."

귀트는 곧 상황을 깨달았다. 예프넨의 윈터러가 찔러 오는 것을 보자 바닥에 납죽 엎드려 머리를 흙바닥에 박았다. 손을 머리 위로 내밀고 싹싹 비볐다.

"제, 제발 죽이지 말아주십시오. 제발……."

체면이고 뭐고 가릴 처지가 아니었다. 예프녠은 귀트의 뒷목을 겨눈 채 검을 멈췄다.

"승복하는 건가?"

"예, 예, 물론입죠, 그렇고말고요."

예프녠의 목소리는 차가웠다.

"그러면 나와 한 약속도 기억하고 있겠지?"

"그건……."

끔찍한 일이었다. 그러나 죽는 것보다는 나았다. 귀트는 잠시 후 덜덜 떨며 고개를 끄덕였다.

"일어나라."

해가 졌다. 여관 사람들이 램프를 내어 밝히는 가운데 예프녠은 검을 겨눈 채로 귀트를 여관 안으로 들어가게 했다.

뒤따라 들어간 보리스는 형을 바라보았다. 안절부절못하면서. 형이 정말로 저자에게 저걸 다 먹게 할까? 평소의 형이라면 절대로……. 하지만 형 역시 씹어 삼키지 않았던가?

사람들의 눈은 여전히 윈터러에서 떨어지지 않았다. 예프녠에게 들리지 않게 귀엣말을 주고받기도 했다. 실내에 들어오자 윈터러는 다시 갓 씻어낸 듯 흰빛을 뿜었다.

귀트가 테이블 앞에 앉고, 예프넨은 등뒤에 서서 검을 겨누었다. 그리고 짧게 말했다.

"먹어라."

귀트는 숟가락을 들었다. 손이 가늘게 떨렸다. 그동안 그릇 속에서는 벌레 여러 마리가 밖으로 기어 나오고 있었다. 덕택에 양은 줄었을지 모르지만 그 광경이 한층 욕지기를 일으켰다. 그는 먹기도 전에 벌써 끅끅거리며 구역질을 했다.

예프넨의 목소리가 다시 들렸다.

"두 번 말하지 않는다."

"형……."

보리스의 떨리는 목소리에도 예프넨은 시선을 주지 않았다. 얼굴은 무표정했다. 보리스에게 밝게 웃어주던 형이 아니었다. 몇 사람이 눈길을 돌렸다. 보기 좋은 광경은 아닐 터였다. 그러나 무슨 이유인지 여관을 나가는 사람은 없었다.

귀트가 떨리는 손으로 숟가락을 그릇에 집어넣었다. 어깨까지 부들부들 떠는 것이 뒤에 앉은 사람들에게도 잘 보였다. 그는 숟가락을 입으로 가져갔다. 예프넨은 마지막까지 눈을 돌리지 않았다. 귀트가 그릇에 든 것을 몇 숟갈 먹고, 토하고, 다시 먹고, 또 토하고 하는 것을 끝까지 지켜보았다.

완전히 녹초가 된 귀트가 드디어 빈 그릇에 숟가락을 내던지고 미친듯이 토해내다가 기절하는 것까지 본 다음, 예프넨은 보리스를 데리고 자리를 떴다.

"형."

"왜?"

예프넨은 촛불 심지를 살펴보고 침대에 와 앉는 참이었다. 돌아보니 보리스는 침대 위에 쪼그리고 앉아 불안한 얼굴을 하고 있었다. 예프넨은 표정을 부드럽게 했다.

"뭔가 걱정되니?"

"……."

예프넨은 장화를 벗어 벽 모서리에 세워놓은 다음 침대로 올라가 보리스의 등을 쓰다듬었다. 동생은 가늘게 떨고 있었다.

"자, 형한테 얘기해봐."

보리스가 고개를 들었다. 형의 평화로운 표정을 보더니 뜻밖이라는 듯 눈이 흔들렸다. 예프넨은 보리스의 생각을 알아차렸다.

"보리스, 너……."

"형이 괜찮아서 다행이야."

보리스의 목소리가 불쑥 튀어나왔다. 그 말은 진심이었다.

"형이 그 남자를 이겨서 정말 다행이야. 하지만 난…… 그때 형이 어딘가 달라 보인다는 생각이 들었어. 형이 잘못했다는 건 아냐. 그럴 수밖에 없는 상황이었다는 것도 알아. 아버

지가 계셨더라면 분명히 형에게 잘했다고 하셨을 거야. 하지
만……."

"아니야."

예프넨이 갑자기 말했다.

"아니야, 보리스. 네가 제대로 본 거야. 너만큼 그걸 잘 알
아볼 사람도 없겠지."

예프넨은 희미하게 미소 짓더니 몸을 젖혀 벽에 기대어 앉
았다. 그는 쳐다보는 보리스를 외면한 채 열린 덧창 너머를
잠시 바라보았다.

"보리스, 난 말이지……."

예프넨의 말이 다시 끊어졌다. 보리스는 형을 따라 창밖을
보았다. 별이 총총히 박혀 반짝거리고 있었다. 저택에서 내다
보던 것과 똑같은 밤하늘이었다.

"너랑 나는 아버지의 뜻에 맞는 아들들이 아니었지. 안 그
래?"

보리스도 기억하고 있었다. 아버지는 형제의 우애를 탓하
지는 않았지만 그보다는 그들이 강하고 냉철해져서, 정 따위
에 휩쓸리지 않는 사람이 되기를 바랐다. 아버지는 오랫동안
삼촌과 대립하며 철저한 증오심을 품었던 사람이다. 그런 생
각을 가진 것도 무리가 아닐지 모른다.

촛불이 깜빡거리고, 예프넨의 말이 이어졌다.

"난 말이야, 아버지의 말도 옳았다고 지금에서야, 이리도 늦어버린 뒤에야 생각하게 된다. 아버지를 대신해서 이젠 나라도 말해주지 않으면 안 돼. 동정심 같은 걸로 마음 약해지지 말라고, 고통도 외면도 능히 이겨낼 수 있도록, 그렇게 강해지라고 말이야."

형은 무슨 말을 하고 싶은 것일까?

"내가 오랫동안 너를 보살필 수 있다면, 그럴 수만 있다면……. 네가 지금처럼 따뜻한 가슴으로, 여린 눈으로, 그렇게 살아가도 되도록 지켜줄 텐데."

왜 형은 곧 떠날 사람처럼 말하는 것일까?

"그렇지만 언제까지나 내가 네 곁에 있어줄 순 없어. 아니, 그럴 수 있다 해도 그래서는 안 되겠지. 네게는 너만의 길이 있을 거야. 그걸 스스로 찾아내려면 너는 정말로 강해져야 하는 거야. 아주 단단해져야 하는 거야."

어머니를 닮은 푸른 눈동자가 문득 물기를 머금은 듯 보였다. 예프넨은 하고 싶지 않은 이야기를 힘겹게 하면서 한마디 한마디에 힘을 주었다.

"보리스, 바위가 될 수 없다면 조개가 되는 거다. 네 속이 여려도 아무도 알아볼 수 없도록, 아무도 열어볼 수 없도록 꽉 닫아버려. 아무도 보지 않는 깊은 골방에서라면 눈물 흘려도 좋으니까. 거기서만은 누구도 탓하지 않으니까."

보리스는 영문을 몰랐다. 형이 갑자기 왜 이러는지 알 수가 없었다. 동생을 사랑해서 하는 이야기인 것은 분명했지만 그 것이 전부가 아니었다. 이 이야기는 갑작스러웠다. 평소처럼 자연스럽게 나온 이야기가 아니었다.

"널 작고 선량한 소년으로 내버려두는 세상이 아니라는 걸 네가 빨리 깨달았으면 좋겠다."

빨리, 빨리……. 예프넨의 목소리에는 안타까움이 깃들어 있었다. 하루아침에 둥지가 없어져버린 어린 새가 그날 저녁 에 날기를 바라는 것처럼. 그런 불가능한 일을 바라는 것처 럼. 그래야만 할 이유가 생긴 것처럼.

"그래서 형은 그런 사람이 되기로 한 거야?"

한참 만에 보리스가 묻자 예프넨은 말을 삼킨 채 잠시 다른 곳을 보고 있다가 대꾸했다.

"그래."

"그렇구나……."

보리스는 가문이 몰락한 지금 자신이 약해질까 봐 형이 암 시를 주는 거라고 생각하기로 했다. 그래서 형을 안심시키려 고 고개를 크게 끄덕여 보였다. 오늘 일은 그들이 롱고르드 의 저택에서만 살았더라면 겪었을 리 없는 사건이었다. 형이 다른 면모를 보였다 해도 이상한 일이 아니다. 여긴 병사들이 보호해주는 그들의 영지가 아니니까. 사방이 낯선 사람 아니면 적뿐이었다.

잘 준비를 하고 옷을 벗으려니까 형이 고개를 저었다.

"갑옷은 벗지 마라, 보리스."

"왜?"

예프넨은 씁쓸한 표정으로 말했다.

"우리를 노리고 찾아올 손님들이 있을지도 모르니까. 형이 보초를 설 테니까 너는 먼저 자도 좋아. 내가 새벽녘에 깨워줄게."

훅, 예프넨이 촛불을 불어 껐다.

처음에 보리스는 꿈을 꾸고 있다고 생각했다. 그러나 차츰 잠이 달아나자 꿈이 아니었음을 알았다. 윈터러를 바닥에 세워놓고 주저앉은 형이 보였다. 침대에 몸을 기댄 채 고개를 숙이고 있었다. 무슨 소리 때문에 잠에서 깼던가 생각하는 순간, 형이 소리를 죽여 울고 있다는 것을 깨달았다. 울음소리는 거의 나지 않았다. 보리스가 깨어난 것도 소리 때문이 아니었을지 모른다. 그럼 왜였을까?

보리스는 캄캄한 방에 흐르는 정적만으로도 예프넨이 무언가 중대한 일 때문에 고통스러워하고 있다는 것을 알았다. 침묵은 소년의 귀를 먹먹하게 했고 가슴을 터질 듯 짓눌렀다. 이 슬픈 침묵 자체가 그를 깨운 것만 같았다.

말을 걸어야 했을까.

그러나 보리스는 입을 열 수 없었다. 관자놀이를 타고 눈물이 흘렀다. 이유도 모른 채, 그렇게 소리 없이 눈물이 흘렀다.

왜일까.

아아, 왜일까.

다음날, 그들은 마을을 떠나 다시 들판을 걸었다.

한 필뿐인 말은 주로 보리스가 탔다. 예프넨은 고삐를 쥐고 걸으면서 이런저런 이야기를 해주었다. 하지만 저택에서 살 때 해주곤 하던 재미있는 옛날이야기나 이웃 영지의 우스운 사건 같은 것은 아니었다.

못 보던 나무나 꽃을 보면 보리스는 전처럼 어김없이 형에게 물었지만 형은 간단히 이름만 말해줄 뿐이었다. 전처럼 거기에 얽힌 아름다운 전설이나 우화 같은 것은 예프넨의 입에서 나오지 않았다.

"형, 형은 예전에 많이 알던 얘기들은 다 잊어버렸어?"

보리스가 묻자 예프넨은 입술만 움직여 웃더니 대답했다.

"그런가 봐."

진심으로 웃는 게 아니라는 것쯤은 보리스도 알았다.

저녁때까지 걸어도 새로운 마을이 나타나지 않았다. 마을을 떠나기 전에 자세히 물어둔 터였지만 역시 길을 잘못 든 모양이었다.

"오늘밤은 아무래도 야영을 해야겠구나."

더 어두워지기 전에 형제는 적당한 장소를 물색했다. 자리를 잡고 마른풀과 나뭇가지 따위를 모아 와 불을 지폈다.

예프넨은 예전에 이웃 영지의 젊은이들과 며칠씩 걸리는 사냥을 떠나곤 했기에 이런 일에는 익숙해 보였다. 말은 야트막한 관목에 매듭을 만들어 묶었다. 적당한 나무가 없었던 탓이었다. 불을 보고 있자니 저택을 둘러쌌던 횃불이 생각났다. 관목 그림자들이 불꽃의 움직임에 따라 이리저리 일렁거렸다. 처음엔 깨닫지 못했다. 예프넨이 낮게 말했다.

"보리스, 검을 잡아."

긴장이 확 끼쳐오며 온몸의 털이 곤두섰다. 예프넨은 아무렇지 않게 불속에 나뭇가지를 하나 던져 넣었다. 그리고 윈터러를 잡은 채 일어섰다.

"그 정도 패거리로도 숨을 필요가 있나?"

이후 보리스가 예프넨을 기억할 때마다 떠오르는 모습이 세 가지 있었다. 하나는 에메라 호수 앞에서 함께 죽자고 말하던 형의 푸른 눈동자, 또 하나는 이날 윈터러를 잡은 채 모닥불을 바라보고 선 형의 뒷모습이었다.

그리고 마지막 하나는……

"건방 떠는 어린놈이."

보리스는 짤막한 검을 움켜쥔 채 꼼짝도 하지 않았다. 예프녠은 윈터러를 천천히 뽑았다. 모닥불뿐인 어둠 속에서도 빛을 잃지 않는 고상한 칼날이 암흑 가운데 갈라진 틈새처럼 번뜩였다.

"포위해!"

곧 보리스의 눈에도 드러났다. 모닥불 앞의 형제를 둘러싼 자들은 언뜻 보아도 스무 명은 넘었다. 모두 칼을 비롯한 무기를 꼬나들고 있었다. 예프녠은 그 가운데 아는 얼굴을 발견하고는 냉랭하게 말했다.

"호위하는 부하들이 많군그래, 귀트."

도발하려고 한 말이었다. 귀트는 얼굴만 찌푸렸다. 대신 다른 자들이 불쾌한 목소리로 대꾸했다.

"누가 저놈을 돕겠다고 온 줄 알아?"

"흥, 아직도 상황을 잘 모르는군."

적들은 빙 둘러서며 싸울 태세를 갖췄다. 말을 풀어 쫓는 소리가 저만치에서 들렸다. 불이 비춘 그림자가 사방에 어른거렸다. 예프녠은 재빨리 눈을 돌리며 지휘자일 법한 자를 찾았다.

"뭘 원하지?"

보리스도 일어섰다. 모닥불을 사이에 둔 채 형과 등을 맞대고 섰다. 목검 말고는 휘둘러본 적이 없지만 검을 다룰 줄 모르는 어린아이로 보여서는 안 된다고 생각했다. 자세만이라면 그럭저럭 좋았다.

한 놈이 모닥불 쪽으로 한 발짝 나서며 말했다.

"네 검, 그게 바로 윈터러라는 검이지?"

예상대로다⋯⋯. 예프넨은 입술을 깨물며 검을 단단히 쥐었다. 결투를 위해 이름을 밝힌 것이 실수라면 실수였다. 그러나 예프넨 진네만은 이름도 밝히지 않고 상대를 죽일 수 있다고는 생각하지 않았다. 위험을 모르지 않았지만, 명예롭게 결투하기로 한 이상 피해선 안 되는 수순이라고 생각했다.

"얌전히 내놓으면 둘 다 곱게 보내주겠다."

우두머리는 검은 구레나룻을 기른 키 큰 남자였다. 목소리가 우렁우렁했고 드러낸 가슴팍에는 두 갈래의 칼자국이 보였다. 이만한 인원을 끌고 올 정도면 상당한 실력자일 것이다. 그자가 다시 말했다.

"어린 동생은 죽기엔 이른 것 같군. 안 그런가?"

혼자서 스무 명이나 되는 적과 싸워 이길 방법은 없었다. 그렇다고 싸워보기도 전에 검을 내줄 생각은 추호도 없었다. 그러나 보리스는?

그때 보리스가 말하는 소리가 들렸다.

"십이 년은 사리를 알기에 짧은 세월이라 할 수 없어."

"허, 하고 싶은 말이 뭐냐, 꼬마야?"

검을 내놓겠다는 말이 아닌가 생각한 검은 구레나룻이 말을 받았다. 보리스는 단호하게 그를 쏘아봤다.

"죽어야 할 때 정도는 알 수 있다는 뜻이다."

더이상의 말은 필요 없었다. 첫 번째 적이 튀어나왔다. 예프넨이 쥔 윈터러가 가로로 번뜩이고 어둠 속에서 핏방울이 튀었다.

"조심해!"

좌측에서 튀어나온 검을 윈터러의 날밑으로 쳐내는 순간 예프넨의 손등이 찢어졌다. 짧은 곡도와 부딪혔다가, 어느새 장검을 밀쳐내고 또 다른 검을 걷어찼다. 틈을 노려 뻗은 윈터러의 공격에 한 놈의 이마가 뚫렸다. 뜨거운 액체가 칼날을 타고 흘렀다.

보리스는 어둠 속을 꿰뚫어 보려 애썼다. 언뜻 밧줄처럼 생긴 물체가 다가오는 것을 보고 흠칫 물러서려다가 불타는 나뭇가지를 밟는 바람에 놀라 무작정 검을 휘둘렀다. 훅, 하는 소리와 함께 밧줄이 끊기는 것이 느껴졌다. 긴장으로 이를 악물다가 입술이 터져 피가 흘렀지만 깨닫지 못했다.

누군가가 예프넨의 머리를 향해 철퇴를 휘둘렀지만 윈터러의 날에 사슬이 휘감겼다. 예프넨이 검을 꽉 쥐자 다시 한번 쩽, 하는 소리가 울렸다. 사슬이 폭발하듯 끊겨나가고 쇳덩어리는 모닥불 속으로 굴러떨어졌다. 타던 나뭇가지들이 박살나 불티가 사방으로 날렸다.

"흥, 저게 과연 소문으로만 듣던 윈터러의 '프로즌 브레이크Frozen Break'로구나."

프로즌 브레이크란 윈터러가 가진 마력 중 '극저온 폭발'을 칭하는 별명이었다. 맞닿은 물체의 온도를 극저온으로 끌어내려 구조를 파괴해버리는 전설적인 힘이다. 다만 스노우가드와 함께 있을 때만 발동된다는 사실은 잘 알려져 있지 않았다.

"솜씨 좋구나! 하지만 동생의 배때기에 구멍이 뚫려도 그럴 수 있을까?"

세 명이 보리스를 둘러싸고 접근해왔다. 모닥불 탓에 형제의 움직임은 적들에게 완전히 노출되었다. 대신 적들은 어둠에 몸을 숨긴 채 시야를 확보할 수 있었다.

예프넨도 그 점을 모르지 않았다. 하지만 그가 혼자 적들 속으로 뛰어든다면 보리스는 꼼짝없이 붙들려 당할 것이다. 그것이 그가 포위를 뚫고 전장을 바꿀 수 없는 이유였다.

설상가상으로 빛에 익숙해져버린 형제의 눈은 어둠 속에서 자꾸만 적의 움직임을 놓쳤다. 둘 사이로 찔러 들어온 검을 뒤늦게 발견한 예프넨이 미처 방어하기도 전이었다. 보리스를 노리는 척하던 적은 예프넨의 옆구리를 힘껏 찔렀다.

그극……

기묘한 소리가 울려 퍼졌다. 검은 스노우가드에 닿아 미끄러지며 마찰되었고, 그 순간 불가사의한 진동이 발생하여 검을 쥔 손까지 전해졌다. 적은 놀라 검을 떨어뜨리고 말았다. 충격으로 어깨까지 저릴 지경이었다. 검은 구레나룻을 한 자의 눈빛이 변했다.

"설마, 갑옷도 저놈의 수중에 있는 건가?"

진네만 가문에 벌어진 일은 아직 이곳까지 알려지지 않았다. 따라서 그는 그 가문의 아들들이 왜 이 먼 곳까지 와서 여행하고 있는지 전혀 짐작하지 못했다. 그러나 오랫동안 소문만 듣고 탐내던 보물이 눈앞에 있다고 생각하자 소유욕이 한층 불타올랐다.

"어디, 그러면 이 검도 받을 수 있을까?"

드디어 구레나룻과 예프녠이 정면으로 맞붙었다. 한 번, 두 번 부딪치는 동안 둘 다 상대의 실력이 여간하지 않다는 것을 직감했다. 그러나 예프녠은 경험이 적은 젊은이였고, 상대는 칼을 휘두르는 것으로 수십 년을 먹고살던 자였다. 그자는 슬슬 물러나는 체하며 예프녠을 앞으로 끌어내기 시작했다. 한 걸음 옮기기 시작한 이상 물러서기는 어려웠다. 자칫 박자를 놓쳤다가는 완전히 수세에 몰리게 된다.

적은 윈터러의 힘을 알았으므로 검을 오래 맞대지 않고 조심스럽게 빈틈만을 노렸다. 반 발짝 움직일 때마다 예프녠은 기도라도 하고 싶은 심정이었다. 지금 실력으로는 간단히 제압하기 어려운 상대였다. 약간이라도 실수했다가는 모든 것이 끝장이었다.

츠르르…… 챙!

검이 한차례 얽혀 미끄러지고 상대는 프로즌 브레이크를 피하기 위해 재빨리 검을 뗐다. 예프넨은 그 틈을 노려 공격을 시도했다.

"하압!"

성공이다 싶은 순간이었다. 윈터러의 날이 상대의 목을 뚫고 들어가기 직전, 이상한 일이 벌어졌다. 상대의 몸이 축 늘어지더니 바닥에 엎어져버렸다. 칼날은 아직 닿지도 않았는데 남자는 비명 한번 지르지 못한 채 쓰러졌다.

쓰디쓴 가르침

놀라 웅성대던 다른 적들에게도 곧 같은 일이 벌어졌다. 몇 명이 무너지듯 주저앉았고, 도망치려던 자들도 하나하나 엎어졌다. 즉시 숨이 끊어진 모습들이었다.

예프넨은 재빨리 모닥불 가까이 물러서서 보리스를 품으로 끌어당겼다. 검을 세워 들고 정체 모를 적을 노렸다.

"잘 싸우더군, 젊은이."

스무 명에 달하던 적들이 쓰러지거나 달아나고 나자 어둠 속에서 네 사람이 나타났다. 그중 한 명의 손에 작지만 정교한 석궁 crossbow이 들려 있었다. 새 볼트 bolt가 메겨진 채였는데 볼트의 모양이 특이했다. 뭉툭한 볼트 촉 끝에 바늘처럼 뾰족한 침이 튀어나와 있었다.

예프넨은 경계를 풀지 않은 채 물었다.

"당신들은 누굽니까?"

그러자 처음 말했던 사람이 허허거리며 웃었다. 가만히 귀를 기울여보니 다소 거칠지만 어쩐지 여자 같은 목소리였다.

"명색이야 어찌됐든 생명의 은인이잖아. 좀 친절한 대답을 기대할 순 없는 건가?"

목소리가 걸걸한 여자는 중키에 호리호리한 몸매였지만 드러난 팔에 엉긴 근육으로 보건대 노련한 검사였다. 예프넨은 여전히 자세를 풀지 않은 채 대꾸했다.

"무상의 도움이었다면 감사드리겠습니다."

"허, 허허, 허허허허……."

모닥불 근처로 다가오자 네 사람의 모습이 드러났다. 검사는 상체만 보호하는 검은 가죽 갑옷에 무릎 밑까지 오는 가죽 장화를 신고 있었다. 그녀가 주머니에서 파이프를 꺼내더니 예프넨에게 묻지도 않고 모닥불로 다가가 불을 붙였다. 이어 한 모금 빨아 뱉더니 말했다.

"무상이고 뭐고 값을 치를 만한 걸 갖고 있기나 한가? 우린 웬만한 것은 필요 없는데."

사방에 흩어진 시체들을 보자 보리스는 기분이 이상했다. 방금 전까지 멀쩡하게 눈을 부라리며 그들 형제를 위협하던 자들인데, 비명도 제대로 지르지 못한 채 시체로 변했다. 새로 나타난 사람들은 얼마나 엄청난 실력자들이기에?

"보아하니 잠깐 세상 구경 나온 도련님들 같은데, 우리한테 줄 게 있기나 하겠어, 니카? 불이나 얻어 쬐면 족할 것 같은데."

석궁을 들었던 자가 그렇게 말하며 서슴없이 모닥불가로 다가와 앉았다. 각반을 쳐서 입은 푸르스름한 가죽 바지가 불가에 오니 오묘한 색깔로 번쩍거렸다.

예프녠은 사이를 두었다가 태도를 바꾸어 말했다.

"도움에 감사드립니다. 뛰어난 실력자들이신 것 같군요."

네 사람은 서로 얼굴을 쳐다보더니 분분히 자기소개를 했다.

"난 윌스 캄브라고 하네."

"조아킴이라고 부르게. 성은 없어."

"난 로마바크 율. 보면 알겠지만 '볼트의 로마바크'란 별명을 갖고 있지."

석궁을 든 자가 소개를 하고 나자 마지막으로 여자가 입을 열었다.

"야니카 고스, 보통은 야니라든가 니카라고 불러. 착각할까 봐 말해두겠는데 이렇게 보여도 여자란 말이지."

"별로 중요한 사실이 아니잖아?"

조아킴이라고 소개한 남자가 히죽히죽 웃으며 모닥불가로 다가와 앉았다.

이렇게 되자 예프넨과 보리스만 서 있는 모양새가 되었다. 예프넨은 약간 거리를 두고 보리스를 껴안은 채 자리에 앉았다. 로마바크가 불쑥 말했다.

"아직도 우리가 안심이 안 되는 모양이지? 흥, 뭐 흔히 있는 일이니까. 같이 있는 것이 불편하다면 우린 가겠네."

예프넨은 당황해서 고개를 저었다.

"그렇지 않습니다."

네 명의 여행자는 이윽고 나무 컵이며 물주머니, 말린 과일 따위를 꺼내 저들끼리 나누어 먹으며 건성으로 예프넨에게도 권했다. 그가 사양하자 야니카가 보리스를 보며 말했다.

"동생인가 보지?"

"그렇습니다."

"이런 황야를 돌아다니기엔 아직 어린데."

야니카는 배낭에서 싱싱해 보이는 사과를 하나 꺼내 솜씨 있게 휙 던졌다. 보리스가 사과를 받자 그녀가 웃었다.

"아기는 아니군. 독은 들지 않았으니까 안심하고 먹으라고."

보리스가 형을 쳐다보자 예프넨은 망설이다가 고개를 끄덕였다. 보리스가 사과를 깨물어 먹기 시작하자 야니카가 다시 입을 열었다.

"보다시피 우린 여기저기 떠돌아다니며 돈이 될 만한 일을 맡아 하는 사람들이야. 가끔 무료해지면 '필멸의 땅'에도 가지. 변경만 돌아다녀도 꽤 짭짤한 수입을 챙길 수 있거든."

예프넨은 자신이 잘못 들었나 생각하면서 되물었다.

"필멸의 땅이라고요?"

야니카는 웃을까 말까 하는 표정으로 예프넨의 얼굴을 바라보았다. 그러더니 가볍게 고개를 끄덕였다.

"그래, 필멸의 땅. 당신이 아는 거기가 맞아."

보리스는 눈이 둥그레졌고 예프넨은 말문이 막혔다. 필멸의 땅, 산 사람이 그곳에 들어갔다가 무사히 나올 수도 있단 말인가?

듣거나 읽은 것들을 떠올려보았다. 필멸의 땅은 까마득한 옛날에 벌어졌다던 어마어마한 마법 전쟁 때문에 풀씨조차 남지 않을 정도로 파괴되어버린 거대한 황무지의 이름이었다. 그후, 대륙의 3분의 1을 뒤덮을 정도로 넓은 그곳을 어느 나라도 차지하려 하지 않았다. 고대의 인간들이 망령이나 되살아난 시체 등으로 변해 배회하다가 산 자가 들어오면 가차없이 공격해 갈기갈기 찢어버린다는 곳이다. 더구나 그곳은 지금도 계속해서 넓어지고 있다고 알려져 있었다.

"끔찍한 상상을 하는 얼굴이군."

로마바크가 히죽히죽 웃었다. 그는 볼트를 하나씩 집어 끝이 상하지 않았는지 모닥불에 비추어 보는 중이었다.

예프넨이 말했다.

"솔직히 그곳에 갔다가 살아서 나왔다는 이야기가 믿어지지 않는군요."

"우리가 거짓말을 한다 그거군."

"아, 아니, 그런 것은 아닙니다."

로마바크는 볼트를 하나 집어 들고 예프넨에게 다가왔다. 볼트를 예프넨의 코앞에 내밀자 보리스에게도 자세히 보였다.

"자, 보여? 요기 이상한 점이 있는 것 같지 않아?"

처음 예프넨이 생각했던 대로였다. 이중 촉을 가진 볼트였다. 로마바크는 예프넨의 손에 볼트를 건네주었다. 볼트는 보기보다 묵직했다.

"그 끝을 잘 봐. 거기. 바늘 끝에 뭔가 묻어 있지?"

로마바크의 말대로 미세한 액체의 흔적이 보였다. 예프넨은 어쩐지 불안해졌다. 로마바크가 머리를 들이밀더니 보리스의 동그란 눈동자를 향해 짓궂은 미소를 지었다.

"극독劇毒이야. 조심해. 손이 닿았다간 그대로 타 들어가니까. 유령조차 죽일 수 있는 독이야."

예프넨이 흠칫하자 보리스는 더 놀랐다. 둘의 표정을 본 로마바크는 유쾌하게 낄낄거렸다.

"크크큭……. 그거라면 죽은 놈도 또 한 번 죽일 수 있다고. 우린들 왜 필멸의 땅이 두렵지 않겠나? 하지만 그 땅에서 사라진 건 산 놈들뿐이야. 처음부터 죽어 있던 보물이란 놈들은 모조리 그대로란 말이지. 들었니, 아가야? 보물이란다, 보물."

로마바크는 보리스를 향해 아이 어르듯 뇌까리며 웃었다. 그리고 말을 이었다.

"필멸의 땅에 전설 속의 마법 왕국 가나폴리가 있었다는 거, 처음 듣는 이야기는 아니지? 가나폴리 인간들은 하여간 무슨 미친 짓거리를 했는지 철저하게 망해버리긴 했는데, 그전에는 기둥마다 황금을 두르고 보석을 화분 밑에 깔 정도로 무시무시하게 부유했더란 말이지. 흠, 흠, 과연 헛소문은 아니더란 말이야."

로마바크는 생각만으로도 몸이 다는지 침을 꿀꺽 삼켰다.

"그만해, 로마바크. 그래봤자 진짜 가나폴리가 시작되는 곳까진 가보지도 못한 처지잖아. 기껏해야 유령들이 찬 금붙이 정도에 만족해야 할 실력인데 어쩌겠어."

야니카가 핀잔을 주자 로마바크는 예프넨에게 볼트를 건네받아 있던 자리로 돌아갔다. 그가 볼트를 가져갈 때까지 예프넨은 자신이 몹시 긴장했다는 사실을 부인할 수 없었다. 방금 전에 적들을 소리 없이 죽여버린 것이 저 무기라는 것은 의심할 여지가 없었다.

야니카가 옷 안쪽을 뒤졌다. 곧 손바닥에 뭔가를 얹어 형제의 눈앞에 내밀었다. 보리스가 얼결에 받아들고 보니 두툼한 황금 팔찌였다.

발갛게 타오르는 모닥불 빛 속에서 팔찌의 테두리를 장식한 무늬가 어른거리며 떠올랐다. 수십 명의 춤추는 무희들이 바늘로 그린 듯 섬세하게 새겨졌고 곳곳에 깨알 같은 보석들이 박혀 반짝거렸다. 더 밝은 곳에서 본다면 무희의 옷차림과 장신구까지 알아볼 수 있을 듯했다. 한 번도 본 적이 없는 수준의 세공이었다.

"내 보물이지."

야니카가 그렇게 말하자 보리스는 얼른 되돌려주었다. 그녀가 소리 내어 웃었다.

"착한 아이네."

보리스의 머릿속에도 언뜻 황금 도시의 풍경이 스치고 지나갔다. 백열의 태양 아래 아른거리는 모래 먼지와 곳곳에 솟은 금빛 기둥들, 루비가 아로새겨진 사원 지붕과 첨탑에 새겨진 글씨들이 보이는 듯했다. 그건 일종의 직감이었을까?

"자, 자, 이러고 있을 때가 아니지. 시체에 둘러싸여 잠을 잘 수는 없는 노릇이니까. 게다가 다른 놈들이 또 쫓아올지도 모르잖아?"

야니카가 황금 팔찌를 집어넣고 일어서자 로마바크를 비롯한 일행들도 따라 일어섰다.

야니카가 예프넨을 내려다보며 말했다.

"어떻게 생각할지 모르겠지만, 우리와 잠시 동행할 텐가? 우린 사바논 마을로 가는 중이야. 길을 잘 아니까 마을까지 데려다줄 순 있지. 어때?"

거절할 이유는 없었다. 형제도 짐을 챙겨 일어섰다.

사바논 마을에 도착하니 새벽녘이었다.

야니카 일행은 여러 번 와본 듯 익숙한 솜씨로 여관을 찾았다. 여관 주인도 그들을 아는 눈치였다. 예프넨도 이번에는 한결 나은 태도로 방을 잡았다. 밤새 걸어와 지친 터라 간단한 인사만 나눈 뒤 그들은 각자의 방으로 흩어져 들어갔다.

예프넨도 이번에는 보초를 설 체력이 부족했다. 문단속을 단단히 하긴 했지만 큰 걱정은 하지 않았다. 그들이 간 곳을 알고 뒤쫓을 사람은 아무도 없었으니까. 어차피 처음부터 딱히 목적지가 있었던 것도 아니잖은가.

눕자마자 긴장했던 것이 풀리면서 피로가 확 몰려왔다. 두 형제는 정신없이 곯아떨어졌다.

요란한 소리를 들은 것 같았다. 여러 사람이 한꺼번에 외치는 듯한 소리였다. 그중 하나는 형 예프넨 같기도 했다. 그러나 지독한 잠이 쏟아졌다. 도저히 정신을 차릴 수가 없어 보리스는 다시 잠들어버렸다.

"보리스, 일어나."

잠결에 그 말을 꽤 여러 번 들은 느낌이었다. 보리스가 눈을 떴다. 주위는 어두웠고, 바닥은 차고 딱딱했다. 자세가 불편하다 싶어 몸을 틀고 보니 팔이 뒤로 묶여 있었다.

"깼구나."

눈가로 따뜻한 입김이 느껴졌다. 자신의 얼굴을 들여다보는 사람이 예프넨이라는 것도 바로 깨닫지 못했다. 형의 목소리가 평소와 달리 탁하게 갈라져 있었던 탓이었다. 어디선가 약한 빛이 새어 들었다. 적어도 밤은 아니었다.

"몸을 일으킬 수 있겠어?"

"아……."

생각 외로 힘든 일이었다. 무릎을 꿇고 쓰러져 있어서 힘을 줄 곳이 마땅치 않았다. 악전고투 끝에 보리스는 바로 일어나 앉았다. 어둠에 눈이 익숙해지고 나자 형의 모습도 뚜렷이 보였다.

"여기가 어디야?"

"글쎄."

단순한 대답 같아도 뜻은 간단치 않았다. 이곳은 그들이 잠들었던 곳이 아니었다. 이리로 왔던 기억도 없다. 보리스는 다시 물었다.

"형이 날 여기로 데려왔어?"

"아니."

하긴 그럴 리가 없다. 형이 무엇 때문에 자신의 팔을 묶어 놓는단 말인가.

"그렇다면……."

보리스가 불길한 예상을 입 밖에 내기 전에 예프넨이 단호하게 말했다.

"여길 빠져나가야겠다."

예프넨의 팔 역시 묶여 있었으므로 말처럼 간단한 일이 아니었다. 그들은 등을 맞대고 돌아앉아 손을 조금씩 움직여 상대의 손목을 묶은 밧줄을 풀었다. 예프넨이 먼저 보리스의 손을 풀었고, 손이 풀린 보리스가 형을 풀어주었다. 손을 털고 일어나보니 예프넨의 손목이 밧줄에 심하게 긁혀 피가 맺혀 있었다. 밧줄에 묶인 채 보리스의 손을 풀어주느라 그랬을 것이다.

"이제 윈터러를 찾으러 가야지."

보리스는 윈터러가 없어졌다는 사실을 몰랐기 때문에 흠칫 놀라 고개를 쳐들었다. 그러나 곧 깨달았다. 누군가가 그들을 납치해 이런 곳에 감금한다면 이유는 하나뿐 아니겠는가?

그러나 누가? 어떻게 여기까지 따라왔을까?

보리스의 의문을 풀어줄 새도 없이 예프넨은 갇힌 장소 곳곳을 조사했다. 곧 허술하게 빗장이 질러진 문짝을 발견했다. 그들을 가둔 자들은 형제를 상당히 과소평가했던 모양이다.

예프넨은 문고리를 잡고 한두 번 흔들어본 뒤 몇 걸음 물러섰다가 앞으로 달려들며 힘껏 몸을 부딪쳤다. 삐걱, 하는 소리와 함께 문이 반쯤 벌어졌다. 빗장이 부서진 것이 아니라 벽에 문을 고정시킨 경첩이 빠져버렸다. 어이없게 문이 열린 것을 본 예프넨은 당황해서 입을 다물었다가 잠시 후 허탈한 웃음을 터뜨렸다.

웃음은 금방 가라앉지 않았다. 보리스가 문틈으로 바깥 풍경을 살펴보고 다시 형을 바라볼 때까지도 멈추지 않았다.

"푸후훗, 푸훗, 하하하하……."

"형?"

예프넨은 겨우 웃음을 멈추었지만 표정이 묘하게 일그러져 있었다. 보리스는 알았다. 형이 즐거워서 웃은 것이 아님을.

"정말 아름답지 않니? 정말로 멋지지 않아? 이런 상황, 이런 꼴, 후훗, 후후훗……."

예프넨은 문을 비집고 먼저 나가 보리스가 빠져나올 수 있도록 도와주었다. 나온 뒤 돌아보니 그들이 갇혔던 낡은 헛간 뒤쪽으로 좁은 길이 나 있었다.

아직 대낮이었다. 시간으로 짐작해보자면 여기는 그들이 도착했던 마을 안 어딘가일 것이다. 하지만 마을이 얼마나 넓은지도 모르고, 찾아낼 수 있을까?

"보리스. 잘 기억해둬라, 지금 일."

"응?"

예프녠은 아랫입술을 한차례 빨며 가진 것 없는 빈손을 비볐다. 웃음이 그친 형의 표정은 싸늘했다. 손목에 맺혔던 피도 이미 말라붙어 있었다.

"조금 있으면 기막힌 꼴을 보게 될 테니까."

가슴속에서 뭔가 덜컥 내려앉았다. 형은 평생 한 번도 해보지 않은 일을 하려 하고 있었다. 그래, 이 정도로 당했으니 보복하는 것도 당연하겠지. 하지만······.

하지만····· 아니다.

"형도 말이지, 실은 세상 물정 모르는 어린애야. 그렇지만 말이다, 내 나이가 되었을 때 너는 그렇지 않았으면 좋겠다. 아버지가 계셨다면 네게 보여주셨을 태도를 이제부터 내가 보여줄게. 다시는, 나처럼 멍청한 꼴을 당해선 안 돼. 이제 당한 만큼 되돌려주러 가자. 아니, 그보다 처음부터 당하지 않으려면 말이지······."

잠깐 사이를 두고 예프녠의 목소리가 이어졌다.

"적이 될 법한 상대를 먼저 끝장내버리는 거다."

언젠가 아버지가 하셨던 말이었다. 보리스는 얼굴이 화끈거리는 것을 느꼈다.

"하지만 이렇게 벌써 실수를 저질러버렸다면 말이야, 그걸 돌이키는 방법도 알아둬야지?"

어려서부터 보아오던 형의 모습은 이 순간 완전히 사라졌다. 최근 일어난 일들이 형의 신경을 날카롭게 했을까? 아니면 그보다 더 중대한 이유가 있는 것일까?

"준비해."

마음의 준비를 하라는 말이었을 것이다. 둘의 손엔 아무것도 없었으니까.

예프넨은 갇혀 있던 헛간 뒤로 돌아가 헛간이 딸린 집의 입구를 찾아냈다. 문을 열더니 망설이지도 않고 들어갔다. 보리스도 따라 들어갔다.

그 집 역시 창고인 것 같았다. 사방 벽에 술통 같은 둥근 통들이 천장에 닿도록 쌓여 있었다. 중년 사내 둘이 한쪽에 서서 이야기를 주고받고 있었다. 구석에서는 사내 하나가 테이블에 다가앉아 장부에 뭔가 써넣는 중이었다. 그들은 형제가 들어온 것을 보았지만 전혀 개의치 않았다.

예프넨이 딱딱한 목소리로 물었다.

"누가 책임자냐?"

한 명이 돌아보았다. 뭐 저런 어이없는 게 다 있나, 하는 표정이었다. 또 한 사람은 피식 웃는 것처럼 어깨를 움츠렸다. 예프넨이 다시 말했다.

"두 번 말하게 하는군. 누가 여기 주인이냐?"

테이블에 앉았던 자가 고개를 들더니 퉁명스레 말했다.

"적어도 넌 아니니까 조용히 꺼져라."

예프녠은 세 걸음 만에 그자 앞에 섰다. 한 손으로 장부를 탁, 소리 나게 짚었다. 쓰던 곳이 가려지자 사내는 발끈했다.

"개뼈다귀 같은 애새끼야, 가랄 때 냉큼 꺼지지 못해!"

보리스가 봐도 이런 반응은 이상했다. 마치 형제를 알고 있지만 상대하지 않겠다는 태도 같지 않은가?

그러나 다음 순간 일어난 일에 비하면 보리스의 의문쯤은 아무것도 아니었다. 예프녠은 장부를 짚었던 손을 떼더니 그대로 뺨을 갈겼다. 턱이 돌아갈 정도로 강한 힘이었다. 그리고 상대가 항변하기도 전에 멱살을 움켜쥐고 치켜올렸다가 바닥에 내동댕이쳤다.

순식간에 벌어진 일이었다. 사내는 키만 컸지 몸은 비쩍 말라 기운도 없었다. 오랜 검술로 단련된 예프녠의 강철 같은 팔에 당할 바가 아니었다. 다른 두 사내가 재빨리 물러서서 방어할 태세를 취했다. 예프녠은 쓰러진 사내를 내버려두고 그들을 보았다.

"너희와 시비 벌이기가 귀찮다. 저 헛간으로 나와 이 아이를 데려온 자들이 어디로 갔는지만 말해라. 누구든 한 명만 말해라."

사내들은 서로 얼굴을 마주봤다. 비록 수적으로 우위였지만, 검술과 체술 훈련으로 십 년을 넘게 보낸 젊은 예프넨에게 몸이 둔한 중년 사내 둘쯤은 상대도 아니었다. 그들도 그런 점을 느꼈는지 섣불리 덤벼들지 못하고 눈치만 보았다.

쓰러졌던 사내가 비틀비틀 일어섰다. 덜 마른 잉크를 짚은 손으로 맞는 바람에 얼굴에 글자가 몇 개 그려져 있었다.

"그건 말이지……."

뭔가 말하는 체하며 그자는 슬금슬금 예프넨 쪽으로 몸을 기울였다. 급습을 느낀 순간, 보리스는 앞뒤 생각할 겨를 없이 그자의 목덜미에 매달렸다. 팔로 목을 휘감고 누르자 아무리 어린아이라지만 숨이 막혔다.

예프넨은 기회를 놓치지 않았다. 즉시 그자의 어깨를 잡아 올리고 주먹으로 배와 가슴 사이를 두 차례 가격했다. 이어 무릎으로 걷어찼다. 뒤로 나자빠지던 남자가 술통이 쌓인 벽에 처박히는 바람에 통에 담긴 술이 연달아 출렁거리는 소리가 온 집에 퍼졌다.

지난번과 달리 예프넨은 일일이 상대의 반격을 기다려 대응하지 않았다. 곧이어 중년 사내 하나의 목덜미를 움켜쥐고 머리를 테이블에 연달아 처박았다. 이마인지 코인지 모를 곳에서 피가 흘러 장부를 물들였다. 마지막 사내가 단도를 꺼내 들었지만 예프넨이 두 번째 사내를 잡은 채로 기가 막힌 몸놀

림으로 걷어차버렸다. 예프녠이 눈짓하자 보리스가 달려가 단도를 집었다.

"너희와 장난하는 것, 재미없다."

예프녠은 보리스의 손에서 단도를 건네받았다. 두 번째 사내의 머리를 테이블에 처박은 채 단도를 힘껏 쳐들었다가 내리치려 했다. 헉, 하는 비명과 함께 단도는 그자의 목을 살짝 스치며 바로 옆에 꽂혔다.

"한 번 더 묻게 한다면……."

예프녠은 단도를 도로 뽑아 들었다. 그걸로 충분했다.

"마, 말할게! 그치들…… 헬머네 술집으로 갔다. 오늘밤에 떠날 거야. 본래 밤에 움직이는 자들이라서. 우리도 이따위 일에 상관하고 싶지 않았는데, 약점을 잡혀서……."

"우릴 가둬뒀다가 어쩔 참이었지?"

"조금 있으면 너희를 사들인 자들이 올 거다. 레코르다블의 용병단인데 언제나 사람이 부족한 데라서, 사람을 사서 몸값을 다 갚을 때까지 용병으로 쓰는 놈들이다."

"우리를 샀다고?"

예프녠이 어이가 없어 코웃음을 쳤다. 동쪽의 사막 지역에 위치한 레코르다블은 용병단으로 유명한 나라다. 용병단에게 팔렸다는 말을 들은 보리스는 약간 얼어 있었다. 자신들을 얼마를 주고 살 수 있는지 짐작도 가지 않았다.

예프녠은 술통 밑에 처박힌 남자를 향해 물었다.

"헬머네 술집은 어디냐?"

"그 문으로 나가서 왼쪽으로 내려가다가 첫 번째 모퉁이를 돌아가서 더 가면 검은 개를 키우는 집이 나오는데…… 그 집을 끼고 왼쪽으로 돌아서 큰길을 따라가면 나와. 간판이 있으니 금방 찾는다."

저항을 포기했는지 술술 대답이 나왔다. 뺨에 찍힌 글자 자국이 말할 때마다 실룩거려서 자못 꼴이 우스웠다.

예프녠은 마지막 남은 사내에게 물었다.

"그자들이 하는 이야기 중에 특이한 것은 없었나?"

돌아가며 묻는 것은 세 사람 다 책임이 있도록 만들어 빨리 연락을 취하지 못하게 하려는 것이었다. 그자는 별달리 당한 것도 없는 주제에 입술을 떨며 대꾸했다.

"뭐, 뭔가 좋은 걸 손에 넣었다고 시시덕거렸어. 크, 큰돈을 받고 팔 셈인가 보던데."

"좋아."

예프녠은 보리스에게 물러나라고 눈짓했다. 보리스가 문밖으로 나가자 예프녠은 뒷걸음으로 한달음에 문 앞까지 가더니 말했다.

"미안하지만 잠시 이 안에 있어줘야겠다."

문을 닫고 빗자루를 집어 빗장 대신 질렀다. 예프녠도 그런다고 그들이 오래 갇혀 있을 거라고는 생각하지 않았다. 하지만 이 방법이 아니라면 셋을 모조리 죽여야 했다.

"가자, 보리스."

보리스는 금방이라도 용병단이 나타나지 않을까 하는 눈빛으로 불안하게 골목을 휘둘러보았다. 하지만 곧 예프넨을 따라 걷기 시작했다.

황혼이 내렸다.

헬머네 술집은 손님이 많지 않았다. 예프넨은 아까처럼 바로 들어가는 대신 뒤뜰로 돌아갔다. 그늘져 어둑어둑한 뒤뜰에서 예프넨은 벽을 살펴 기어 올라갈 만한 곳을 찾았다. 그는 보리스를 불러 몇 마디 귀띔하고는 그늘에 상자가 많이 쌓인 곳으로 기어 들어가 숨도록 했다. 혼자가 된 예프넨은 난간만 붙잡고 간단히 2층으로 올라갔다. 이어 창문을 하나 열더니 몸을 솟구쳐 안으로 들어갔다.

다행히 빈방이었다. 예프넨은 방을 빠져나가 복도를 통해 1층과 연결된 계단 난간 밑으로 가서 아래를 내려다보았다.

있었다.

윌스와 조아킴이 머리를 맞대고 이야기하고 있었다. 각자의 앞에는 술잔이 놓여 있었지만 많이 취한 기색은 아니었다. 야니카와 로마바크는 보이지 않았다.

예프넨은 솟구치는 감정을 일부러 억누르지 않았다. 그는 철저하게 응징하는 모습을 보여주어야 했다. 속이고 배신한 자들 때문이 아니라 보리스를 위해서였다. 사랑스러운 동생……. 그 녀석이 지금처럼 착하고 순진하도록 내버려둘 수만 있다면 얼마나 좋겠는가.

하지만 예프넨에겐 시간이 없다. 그 생각을 하자 등에서 식은땀이 솟아났다. 그러나 그는 침착하게 기다렸다.

계단 위로 올라오는 급사가 보이자 재빨리 모퉁이로 몸을 숨겼다가 그늘진 곳으로 끌어당겨 뒷목을 내리쳤다. 기절한 급사에게서 흰 앞치마와 쟁반을 빼앗고, 급사는 질질 끌어 방금 나온 빈방에 집어넣고 문을 닫아버렸다.

그런 다음 예프넨은 태연하게 앞치마를 두르고 빈 쟁반을 든 채 아래로 내려왔다. 굳이 얼굴을 숨기려 하지는 않았다. 잠깐만 속아주면 되었으니까. 주인의 눈만 피하면 그만이었다. 윌스와 조아킴이 있는 테이블로 다가간 예프넨은 허리를 굽히면서 말했다.

"부르셨습니까?"

그들은 흘끔 급사의 앞치마만 확인하고는 얼굴을 마주보더니 말했다.

"네가 불렀나, 조아킴?"

"뭐야, 아까 술은 더 안 하겠다면서?"

술이 약간 오른 그들은 말이 엇갈린다 싶자 고개를 갸웃거리다가 다시 급사를 돌아봤다. 둘 다 부르지 않았다고 말하려는 참인데 예프넨이 다시 말했다.

"밖에서 여자 손님 한 분이 두 분께 가보라고 하셔서요. 전해드릴 물건이 있다고 하시던데요."

그들은 다시 얼굴을 마주보았다.

"야니는 상인들을 만나러 간 것이 아니었나?"

"아냐, 맞아. 아까 분명 거기로 갔다가 곧장 마을 입구에서 합류하자고 말했는데. 아직 시간이 안 됐잖아."

말하다 보니 뭔가 의심쩍다고 생각한 조아킴이 고개를 들어 급사를 쳐다보려 했다. 테이블에 손을 내려놓는 순간이었다.

"으악!"

순식간에 벌어진 일이었다. 홀 전체가 조아킴의 절박한 비명에 고개를 뺐다. 그리고 놀라 웅성거리기 시작했다. 테이블에 놓인 조아킴의 손등에 단도가 박혀 있었다. 얼마나 세게 박았는지 칼날이 손을 통과해 테이블에 박혔다. 벌건 피가 손바닥 밑으로 무늬처럼 번져갔다.

예프넨은 혼란스러운 틈을 놓치지 않고 조아킴의 허리에서 장검을 뽑아 들었다. 왼손은 여전히 단도를 쥔 채였다. 오랫동안 강도 높은 훈련을 받은 예프넨은 양손을 어느 정도 자유롭게 쓸 수 있었다.

"누, 누구냐!"

윌스가 벌떡 일어나 검을 뽑아 들었다. 그러나 이미 한 발짝 물러나 있었다. 조아킴을 지키는 것보다 자신의 안위가 우선인 자세였다. 예프넨은 기둥을 등지고 서서 냉랭한 시선을 보냈다.

"술에 취했다고 벌써 잊었나?"

"너, 너는!"

조아킴이 비참하게 부르짖었다. 예프넨의 왼손이 단도를 놓지 않아서 그는 아무런 행동도 취할 수가 없었다. 윌스의 눈이 재빠르게 주위를 훑었다. 인질로 삼을 보리스를 찾는 모양이었다.

예프넨이 물었다.

"어디 있지? 너희가 가지진 않은 것 같군."

그 순간 윌스가 찌르기로 밀고 들어왔다. 예프넨은 한 손만으로 조아킴의 검을 휘둘러 윌스의 검을 능숙하게 차단했다. 바스타드 검을 쓰던 예프넨의 손에 장검은 가벼웠다. 춤추듯 움직인 검이 세 번 연속해서 공격을 막아냈다. 자리를 옮길 필요조차 없었다. 그러면서도 예프넨은 어디선가 날아올지 모를 로마바크의 석궁을 주의했다. 독이 든 석궁의 위력은 이들을 만난 날 밤에 충분히 본 터였다. 확인되지 않은 야니카의 칼 솜씨보다 그쪽이 더 두려웠다.

"어디 있지!"

예프녠이 소리를 질렀다. 홀의 사람들을 압도하는 목소리였다.

"네놈이 알 거 없다!"

"치졸한 도둑놈 주제에 뻔뻔스럽기까지 하나?"

예프녠은 조아킴이 앉은 의자를 걷어찼다. 비명이 홀을 뒤덮었다. 테이블에 박힌 손의 상처가 찢어지는 고통은 대단했다. 이쯤 되자 상관하기 싫어진 사람들이 슬슬 홀을 빠져나갔다. 예프녠이 조아킴에게 말했다.

"말해라. 아니면 손목을 잘라버린다."

그런 협박은 예프녠도 평생 처음 해보았다. 그러나 그는 오늘 평생 처음인 일을 너무 많이 했다. 모든 행동이 그의 천성과 맞지 않았다. 그러나 그는 했다. 아끼는 사람에게 뭔가를 깨닫게 해주고 싶어서.

"……."

조아킴은 오른손잡이였다. 오른손을 잃는다면 다 잃는 것이다. 예프녠의 태도로 보아 시간을 더 끌 것 같지도 않았다. 동료인 윌스는 공격에 열의가 없었다. 쉽게 제압될 적도 아닌 것 같고, 여차하면 조아킴을 버리고 야니카 일행과 합류해서 달아나면 그만인 것이다. 손해날 건 없었다. 어차피 돈을 바라보고 모인 사이라 동료애도 거의 없었다.

"말하기 싫은가?"

예프녠이 장검을 쳐들었다. 그 검은 조아킴의 것이고, 따라서 위력이 어떤지는 조아킴 자신이 가장 잘 알았다. 날도 잘 갈아두었다. 자신의 검이 제 몸에 박힐 상상을 하자 더욱 끔찍했다.

"그 검…… 야니카가 갖고 있어."

윌스는 두 걸음 물러나 검의 사정거리에서 벗어났다. 그러더니 소리쳤다.

"우릴 배신하는군! 야니카가 널 가만히 두지 않을 거다!"

조아킴이 부르르 떨더니 마주 소리쳤다.

"네놈이 먼저 나를 버렸잖아! 가서 야니카에게 전해! 계약은 끝이라고 말이다!"

"야니카 고스가 네 멋대로 계약을 끝장내게 내버려둘까?"

윌스는 뒷걸음으로 입구까지 갔다. 그리고 나가기 직전에 외쳤다.

"다들 목 잘 간직하고 있으라고! 검은 장갑의 야니카가 네놈들의 목을 받으러 올 거다!"

뒷발로 문을 걸어차 연 윌스는 재빨리 달아났다. 문짝이 한참 동안 덜컹거렸다.

"저런 놈이야말로 최악인데. 이렇게 될 줄 알았지. 젠장, 그런 더러운 계략에 말려드는 것이 아니었어."

조아킴이 중얼거리더니 현기증을 느끼는 듯 눈을 감았다가 떴다. 피가 많이 흘러서 테이블 밑에 웅덩이가 생겼다. 이윽고 그가 다시 입을 열었다.

"야니카는 검을 흥정하러 갔지만 형식적인 거고, 실제로는 자기가 차지할 작정일 거다. 로마바크도 검이 탐났겠지만 자기는 검보다 석궁이 주무기니까, 검을 팔아 이익을 나누자고 우겨댔지. 그 자식, 야니카의 비위를 거슬러서……."

조아킴은 자신의 처지를 떠올렸는지 목소리가 처졌다.

"야니카는 무시무시한 여자다. 나도 무사하진 못하겠지."

예프넨은 동정심을 억눌렀다. 어차피 이자도 윈터러를 빼앗는 데 한몫 담당한 놈일 뿐이다.

"자정 언저리에 마을의 북쪽 입구에서 야니카를 볼 수 있을 거다. 그때쯤엔 야니카가 성가시게 구는 로마바크의 머리를 날려버렸을지도 모르지. 그 여자 성질이라면 그러고도 남으니까."

예프넨은 이자들의 조악한 동료 관계에 역겨움을 느끼며 이마를 찌푸렸다. 목구멍으로 넘어가는 침이 썼다.

"그렇다 해도 야니카가 혼자는 아닐 거야. 너희를 산 용병단이 와 있을 거다. 너희를 넘겨받지 못했으니 야니카에게 따질 테고, 그 상황에서 너희가 나타나면 야니카는 옳다구나 하고 너희를 그놈들에게 넘긴 다음 튀어버릴 거야. 내가 해줄 수 있는 얘긴 이게 전부다."

예프넨은 단도를 움켜잡고 힘껏 다시 뽑아냈다. 칼날에 핏자국이 엉겨 있었다. 이 단도는 그리 좋은 것이 아니어서 힘을 다해 박지 않았다면 손바닥을 뚫고 테이블까지 들어가지 못했을 것이다. 그만큼 조아킴의 상처도 너덜너덜했다.

조아킴은 무기가 없는 탓인지 잠자코 있었다. 머리 위에서 예프넨이 말했다.

"내가 윈터러를 찾지 못한다면 분명 이 행동을 후회하겠지만, 가시오. 다시는 만나지 맙시다."

조아킴은 손바닥을 감싸쥔 채 술집 밖으로 나갔다. 테이블과 바닥에 흐른 피를 보자 욕지기가 치밀어 올랐지만 예프넨은 꾹 눌렀다. 어쩔 수 없다. 이럴 수밖에 없는 거다.

밖으로 나가며 예프넨은 보리스를 불렀다.

"형……."

약속한 대로 보리스는 모두 보고 있었다. 뒤뜰에 쌓여 있던 상자를 타고 주방으로 넘어 들어가 구걸하는 체하면서 형이 하는 행동을 모두 보고 있었다. 그러나 다 보고도 쉽게 믿어지지가 않았다. 사과를 던져주던 야니카와 황금 팔찌 하나에 고대의 왕국을 이야기하던 그들…….

잠시 봤을 뿐인 그들을 신뢰해서가 아니었다. 아무 원한도 없었는데, 친구는 아니었지만 분명 우호적인 이웃처럼 굴었는데, 이쪽에서도 그렇게 대했는데, 어째서 그런 짓을? 갑자기 윈터러가 탐이 났기 때문에?

아니다……. 모닥불에 함께 둘러앉았을 때 그들이 조금이라도 윈터러에 신경쓰는 기색이 있었다면 예프넨이 알아차렸을 것이다. 그러나 그렇지 않았다. 그렇다면 이 결과는 뭔가? 그들은 처음부터 노렸던 거였나? 도움을 주는 체하면서 계획적으로 접근해서 그들 형제의 경계심을 풀고, 교묘하게 속여 보물을 빼앗을 작정이었나?

형제는 어두운 길거리로 나왔다. 보리스는 윌스가 사라진 방향을 가리켜준 뒤 침묵했다. 한참 뒤에 예프넨이 말했다.

"쓰지."

짧은 말이지만 모든 것이 함축되어 있었다. 보리스는 대답하지 않았다.

"앞으로 더욱더 쓰디쓸 거다. 점점 더, 모두 다……."

예프넨은 단도를 내버렸다. 더 갖고 있을 용기가 없었다. 그도 본래는 마음 약한 젊은이였다. 그가 혼자 짊어진 지독한 비밀만 아니었다면, 누가 윽박지른다 한들 이런 행동을 하지는 못했을 것이다. 초조하고, 답답하고, 안타깝고, 불안했다. 형이라는 자가 동생에게 해줄 것이 고작 이뿐이라는 것이. 그리고 그조차 오래가지 못하리라는 것이 괴로웠다.

예프넨은 피 묻은 손을 바라보다가 그 손을 보리스에게 내밀었다.

"봐라."

형의 손을 보는 보리스의 눈이 가라앉아 있었다.

"형도 할 수 있는 일이야. 아버지뿐 아니라 형도…… 사람을 죽일 수 있는 거다."

"……."

"너도 마찬가지야."

한쪽 가슴이 쿡, 아파왔다. 보리스는 형을 올려다보았다. 형도 자신과 똑같은 표정인 것을 알았다.

"무언가를 소중히 여기는 사람은 무슨 일이든 해내게 돼. 그러니까 너도 너 자신을 소중하게 여겨라. 어떤 보물보다도, 윈터러나 그 밖의 무엇보다도. 형이 너를 위해 무슨 일이든 할 수 있는 것처럼, 너도 너를 위해 무슨 일이든 할 수 있어야 하는 거다."

보리스는 대답하지 못했다. 가슴속에 불안한 예감이 서서히, 그러나 분명하게 몰아쳐왔다.

"너 자신을 힘껏 지켜라. 죽지 않도록, 버려지지 않도록, 아프지 않도록, 다치지도 않도록……."

살아남아라.

미치도록 힘겨운 세상에서 견뎌, 끝까지 살아남아라.

용병단의 작은 소녀

자정에 형제는 마을 어귀에 있었다. 보리스는 자신의 어깨를 감싼 예프넨의 손이 차다고 느꼈다. 손뿐 아니라 맞닿은 몸 전체가 싸늘했다.

둘은 마을의 북쪽 입구에서 조금 떨어진 농가의 야트막한 지붕 위에 올라가 있었다. 지붕 밑에는 사람이 있을 테니 기척을 내면 안 된다. 보리스는 생각했다. 형의 몸이 찬 건, 아마 눅눅한 밤공기 탓일 거라고.

여름이 지나가고 있었다. 오늘밤은 특히 서늘했다. 머리 위에 며칠 뒤면 차오를 달이 떨어진 목걸이 추처럼 박혀 있었다. 점점이 흩어진 별은 목걸이를 이었던 구슬 끈. 누군가가 잃어버리고 만.

예프넨의 눈이 찾던 자를 포착했다.

"⋯⋯."

이제부터야말로 어렵다. 아직 솜씨를 보지 못했지만 야니카 고스가 처음 보았던 것처럼 소탈한 사람이 아닌 것만은 틀림없었다. 조심, 또 조심해야 했다.

달빛 아래에서, 야니카는 그렇게 나타났다. 처음 봤던 날처럼 가뿐한 걸음걸이로 다가와 마을 어귀에 선 경비병과 이야기를 주고받았다. 고개를 끄덕이더니 몸을 돌려 누군가에게 손짓했다. 예상을 어그러뜨리고 로마바크가 여전히 살아서 걸어오는 것이 보였다.

일이 어렵겠구나.

예프넨은 아직 정체를 알 수 없는 야니카보다 독을 바른 로마바크의 석궁이 더 신경쓰였다. 어찌된 셈인지 윌스의 모습은 보이지 않았다. 야니카와 로마바크는 나무 밑에 나란히 주저앉더니 자못 친근한 태도로 시시덕거렸다. 내용은 들리지 않았지만 모습만은 달이 밝아 잘 보였다.

예프넨은 계속 기다렸다. 야니카의 짐에서 윈터러를 발견하지 못한 까닭이었다. 허리에 검이 있긴 했지만 예의 흰 칼집은 아니었다. 장님이라도 되지 않고는 못 알아볼 리 없는 예프넨이었다.

그때 보리스가 형의 팔을 툭툭 쳤다.

"저기."

드디어 용병들이 나타나기 시작했다. 먼저 도착한 자들만
도 열 명은 되었다. 그러고도 계속 나타났다. 거인처럼 우람
한 자, 자루 긴 낫 모양의 무기를 든 자, 로브를 질질 끄는 자,
뿔 달린 투구를 쓴 자…….

땅이 척박한 나라인 레코르다블에는 수십에서 수백 명까지
크고 작은 규모의 용병단이 흔했다. 정예 조직으로 발달하는
용병단도 있어서 그런 자들은 레코르다블의 권력까지 좌지우
지한 일도 있었다고 했다. 하지만 대부분은 쉽게 만들어졌다
가 흩어지는 불확실한 무리에 불과했다. 돈을 내는 자만 있다
면 그들은 대륙 어디든 갔다. 꺼리는 곳이 있다면 악명 높은
필멸의 땅 정도랄까.

이름값을 높인 용병단 몇은 귀족 가문이나 심지어 왕가에
서도 거액의 몸값을 내고 데려다 썼다. 성과도 좋은 편이었
다. 사막의 전사들은 해전을 제외하고는 어떤 전투에서도 끈
질긴 투지와 호전성, 높은 생존율, 그리고 필요 이상의 잔인
함까지 보여주어 고용주들을 만족시키곤 했다. 이 용병단도
지금은 수십 명 정도로 보이지만 본대本隊는 큰 세력일지도
몰랐다. 방심할 수는 없었다.

야니카가 일어나더니 용병단을 향해 큰 소리로 말했다.

"그래, 볼일이 있다고?"

어두워서 정확지는 않았지만 모인 용병들의 수는 쉰 명 정도로 보였다. 스무 명쯤은 기습으로 단숨에 해치웠던 야니카와 로마바크였지만 상대는 동네 깡패들이 아니라 전쟁으로 단련된 전사들이었다. 비위를 거슬러 싸움이 벌어진다면 불리할 수밖에 없었다.

용병단 쪽에서 한 남자가 걸어나왔다. 야니카보다 머리 하나만큼 컸고, 가죽 가리개를 붙인 어깨는 말 허벅지처럼 크고 두툼했다. 번질거리는 대머리에 투구는 쓰지 않았다. 다른 사람이 다가와 횃불을 두 개 올렸다. 이로써 예프넨과 보리스도 그들을 잘 관찰할 수 있게 되었다.

두목처럼 보이는 대머리 남자는 갑옷을 입지 않았다. 대신 몸 곳곳의 관절마다 보호대가 부착되어 있었다. 어깨, 팔꿈치, 손목, 무릎, 뒤꿈치. 손에 쥔 것은 길쭉한 창이었다.

야니카가 한 걸음 나왔다.

"이거, '황금 창날'의 데라키 대장을 직접 뵙다니 무한한 영광인데."

야니카는 과장되게 허리를 굽히며 궁정식 절을 했다. 데라키 대장은 답례도 없이 무뚝뚝하게 입을 뗐다.

"손해를 벌충해라."

야니카가 몸을 펴더니 허리에 손을 얹고 목을 한 바퀴 돌렸다. 우드득, 하는 소리가 보리스에게까지 들렸다.

용병단의 작은 소녀

"손해? 무슨 손해?"

"너희가 판 자들이 도망쳤다."

데라키 대장의 목소리는 음산할 정도로 저음이었다. 대장 뒤로 두 용병이 다가오더니 칼자루에 손을 얹었다. 위압적인 태도였다. 그들 뒤에는 한패가 수십 명이나 있었다. 그러나 야니카는 움츠러들지 않았다.

"아, 그래? 그건 늦게 간 너희 잘못 아닌가? 아니면 개들을 지키던 놈들이 어수룩해서 놓쳤을 뿐이고. 그게 내 탓은 아니지."

데라키 대장이 반박하기 전에 야니카는 재빠르게 말을 맺었다.

"어느 쪽이든, 우린 평소 하던 방식대로 인수를 마친 거잖아. 우리 할 일은 다 했다고. 그 뒤에 일어난 일은 우리 소관이 아니잖아?"

보아하니 야니카 일행이 이런 식으로 사람을 납치해서 용병단에 팔아먹은 것은 처음이 아닌 모양이었다. 지켜보던 예프넨은 이마를 찌푸렸다.

데라키 대장이 말했다.

"우리 손에 들어오지 않았다. 그것만이 분명한 사실이다. 손해는 너희가 벌충해라."

"억지 부리지……."

그때 야니카의 말을 막으며 로마바크가 끼어들었다. 비굴한 웃음을 띤 어조였다.

"에이, 우리 사이에 그러지들 마슈……. 그래, 데라키 대장님. 우리가 어떻게 손해를 메워주기를 바라는 거요? 말이라도 들어봅시다."

"두 가지 방법이 있다. 우리가 준 돈의 두 배를 내놓아라. 너희 때문에 기다리느라 바쁜 일정이 엉망이 되었으니 배상을 해야 한다. 그게 싫다면……."

"싫다면?"

벌써부터 야니카는 불쾌한 기색이었다.

"너희가 대신 용병단에 들어와 일을 해서 값을 치러라."

"뭐야!"

야니카가 울화가 치밀어 소리를 지르려 하자 얼른 로마바크가 막았다. 용병단의 비위를 건드릴 상황이 아니었다. 황금 창날의 데라키 대장이 몰고 다니는 온갖 살벌한 소문은 둘 다 잘 알고 있었다. 야니카가 자신의 실력을 믿어서인지 아니면 성격 탓인지 나오는 대로 말하는 것에 반해 로마바크는 상황 파악이 빨랐다. 로마바크가 애써 부드러운 목소리로 말했다.

"손해가 있다면 배상해드리는 것은 당연하지요. 황금 창날과 우리가 한두 해 거래한 사이도 아닌데요. 안 그런가요? 하지만 아시다시피 야니카와 난 용병단에 몸담을 성질이 못 됩니다. 혼자 다녀버릇한 우리 같은 자들은 대장님의 일에 되레 방해만 될 겁니다. 용병단 분위기만 흐릴 게 뻔하죠. 그렇다고 전적으로 우리 잘못도 아닌데 두 배나 되는 배상도 조금 심하다는 생각이 듭니다. 어떻게, 우리가 받은 돈을 그대로 돌려드리는 선에서 해결할 수는 없겠습니까?"

데라키 대장은 말이 채 끝나기도 전에 고개를 저었다.

"안 된다. 돈을 내든가, 일을 해라."

야니카가 어깨를 부르르 떨며 앞으로 나서려 했지만 로마바크가 다시 막았다. 그 역시 이맛살을 찌푸리고 대안을 궁리하는 중이었다. 그가 다시 제안했다.

"그럼 본래 대금의 절반만큼 더 쳐 드리지요. 하룻밤도 안 되는 사이에 한 배 반입니다. 어디에 걸어도 이만한 수익은 힘들죠."

"로마바크! 무슨 소리를 하는 거야! 왜 우리가 저들에게 그렇게 많은 돈을 줘야 해?"

"야니, 제발 좀……."

그러나 로마바크는 야니카를 말리는 데 실패했다. 야니카는 거칠게 로마바크의 어깨를 밀어젖히고 데라키 대장 앞으로 나와 어깨를 폈다.

"돈은 도로 주겠어. 그거나 갖고 꺼져."

데라키 대장이 다시 말했다.

"두 배다."

"이런 사기꾼 같은 법이 어디 있어! 황금 창날이 많이 컸군 그래? 이 야니카 고스가 우습게 보이나 본데 그런 식으로 하다가 어디 후환이 없나 보자!"

한바탕 소리지른 야니카는 씩씩거리다가 다시 외쳤다.

"치졸한 자식들아, 너희 돈 여기 있다!"

야니카는 품에서 묵직한 주머니를 꺼내 바닥에 내동댕이쳤다. 용병 하나가 다가가 주머니를 집어 열더니 다른 용병과 함께 금화를 세었다. 일일이 셀 필요도 없었다. 데라키 대장이 입을 열었는데 이번에는 굉음에 가까운 울림이었다.

"너희 따위 건달들이 무슨 짓을 꾸미든 신경쓸 황금 창날이 아니다. 돈도 몸도 내놓지 않겠다면 네놈들을 죽이겠다."

로마바크는 신변의 위협을 느끼자마자 재빨리 뒷걸음질쳐 석궁을 준비했다. 야니카도 펄쩍 뛰어 물러났지만 여전히 신랄한 한마디를 던졌다.

"죽여보시지! 그렇게 쉬울까나?"

황금 창날의 용병들이 순식간에 흩어져 두 사람을 포위했다. 무기를 꺼내 드는 소리가 사방에서 울렸다. 로마바크가 야니카에게 다가가 절박하게 속삭였다.

"제발! 진짜로 이런 데서 죽고 싶은 거야?"

야니카가 눈썹을 치켜세우며 내뱉었다.

"그럼 이대로 노예나 된 것처럼 끌려갈 생각이냐?"

"그게 아니라고……. 이봐, 꼭 끝까지 따라갈 필요는 없잖아, 안 그래?"

야니카는 로마바크가 암시한 것이 무엇인지 금방 알아챘다. 따라가는 체하다가 기회를 봐서 달아나자는 것이다. 두 사람 정도의 실력이면 보초 몇 명 뚫고 달아나는 것쯤은 일도 아니었다. 자존심 때문에 얼굴이 간지럽긴 하겠지만 이런 곳에서 개죽음당하는 것에 비하랴.

"잠깐, 데라키 대장! 하나 묻겠는데 설마 우리더러 죽을 때까지 당신들을 따라다니란 얘기는 아니겠지?"

야니카가 갑자기 태도를 바꿔 묻자 데라키 대장이 여전히 무시무시한 목소리로 대꾸했다.

"첫 임무에서 공을 세우면 풀어주겠다."

사실은 이랬다. 휘하에 백 명이 넘는 용병을 거느린 데라키 대장이 굳이 두 사람을 데려가려 하는 것은 계약상의 문제 때문이었다. 트라바체스 공화국의 어느 의원이 그들 가운데 쉰 명을 고용했는데 숫자를 맞춰서 목적지로 가던 도중 사고로 두 명이 희생되었다. 새삼 다른 의뢰처에 보낸 부하들을 부르려 해도 시간을 맞출 수 없을 것 같았으므로 대장은 현지에서 사람을 사서 숫자를 채울 계산을 했다.

예프넨과 보리스를 사게 된 이유가 그것 때문이었다. 보리스는 어린애에 불과해서 쓸모가 없는데도 계약상의 숫자만 맞추면 억지 쓰는 것은 어렵지 않았다. 콧대 높고 사납기로 이름난 레코르다블의 무장 용병들이다. 사소한 문제로 그들을 화나게 하고 싶어 하는 사람은 아무도 없었다.

"좋아! 무슨 일인지 모르지만 가서 한바탕하면 된다는 거지? 까짓것 못 할 것도 없지. 나중에 딴소린 말라고."

일촉즉발의 상황이 해소되려는 순간이었다. 그때 예프녠의 시선이 야니카의 등뒤에 튀어나온 길쭉한 자루에 닿았다. 겉옷 안쪽으로 꽂혀 있었던 탓에 지금껏 제대로 보이지 않았던 것이다. 가슴속에서 뜨거운 것이 치밀어 올랐다. 더 생각할 겨를도 없이 벌떡 일어난 예프녠은 지붕에서 뛰어내렸다.

"멈춰!"

모두 그 목소리를 들었다. 야니카가 가장 먼저 소리쳤다.

"뭐야, 달아난 게 아니었잖아?"

보리스는 엉겁결에 형을 따라 뛰어내려 트인 곳으로 나갔다. 예프녠은 조아킴에게 빼앗은 칼로 야니카를 가리키며 외쳤다.

"이 사기꾼! 내 검을 당장 내놔!"

야니카는 이들이 나타나줘서 잘됐다는 표정이었다. 그녀가 데라키 대장을 쳐다봤다.

"여기 당신들이 찾던 사람들이 나타났네? 그럼 우린 그만

가도 되겠지? 아참, 방금 돌려준 돈도 도로 내놓으라고."

예프넨은 칼을 겨눈 채 격분해서 소리쳤다.

"말도 안 되는 소리! 너희가 무슨 근거로 우릴 사고파는 거냐? 여긴 노예제가 없는 나라라는 것을 잊었나!"

곁에서 로마바크가 키들거리며 거들었다.

"우습지도 않은 소리는 집어치워. 실력 없는 놈이 붙잡혀 팔렸으면 얌전히 말을 들을 것이지. 어디서 누굴 가르치려 들어? 어린애 투정은 집에 가서 엄마한테나 부려라."

보리스는 어머니의 얼굴도 잘 기억나지 않는 아이였다. 하지만 형이 어머니를 어떻게 생각하는지는 잘 알았다. 평소에는 얌전해도 형 못지않은 고집이 있는 보리스가 발끈해서 소리쳤다.

"너희는 우리가 자고 있을 때 비겁하게 행동했잖아! 그게 실력이야? 자랑스러운 거야?"

로마바크는 콧방귀를 뀌었다.

"자랑스럽다면 어쩔 테냐? 너희 같은 애송이들이 설사 정면으로 덤볐다 한들 우리한테 한칼 거리나 됐을 것 같으냐? 집에서 막대기 몇 번 휘둘러봤다고 건방지게 검을 갖고 다니는 게 아니야."

옆에서 야니카가 까르르 웃음소리를 냈다.

"그러니까 우리가 잘 맡아줄게, 응? 너희한테는 너무 위험하거든. 후후훗……."

"너희가 더 비겁한 건……."

창고에 갇혔을 때 들었던 형의 웃음소리가 떠올랐다. 보리스는 예프넨이 동생을 보호하려고 있는 힘을 다 짜내고 있다는 걸 알았다. 그런 형을 깔보는 소리 따위는 듣기도 싫었다. 설혹 형이 정말로 애송이에 불과해서 저들에게 상대가 안 되더라도, 형은 분명 최선을 다해 동생에게 부끄럽지 않게 행동했으니까…….

그걸로 충분하다고 말하고 싶었다. 비겁한 자들의 농간에 당할까 봐 미리 상대를 의심하는 따위는, 그게 영리한 행동이든 뭐든 형에게 어울리지 않았다. 형은 그런 사람이 아니다.

"우리가 너희를 믿는 마음을 이용했다는 거야! 처음부터 그럴 작정으로 우리한테 접근한 거지? 우릴 공격하던 사람들을 해치워준 것도 속임수였지? 진짜로 죽인 것도 아니었을 거야! 너희는 명예를 몰라! 전사가 아니고 사기꾼이야!"

말이 입에 붙는 대로 튀어나왔다. 사실 뒤의 말은 지금까지 구체적으로 생각해본 적도 없던 문제였다. 하지만 로마바크가 석궁으로 스무 명이나 되는 적들을 순식간에 죽일 재주가 있다면, 왜 여기서는 그 능력을 발휘하지 못하는가? 그땐 정말로 눈 깜짝할 사이였는데?

"저, 저 젖비린내 나는 애새끼가……."

로마바크는 눈에 띄게 당황한 얼굴이었다. 곁에서 야니카가 팔을 한 번 치자 뒤로 물러나며 눈을 부라렸다.

그때, 보리스는 누군가가 자신을 유심히 바라보는 것을 느꼈다. 고개를 돌리자 시선은 용병들 사이로 빠르게 사라져 버렸다. 대신 보리스는 데라키 대장 또한 자신을 보고 있음을 알았다. 멀리서 보던 것과는 또 달랐다. 나무처럼 빽빽하게 선 용병들도 무시무시했지만, 데라키 대장의 얼굴이야말로 끔찍했다. 왼쪽 눈가에서 관자놀이로 이어지는 움푹한 칼자국을 따라가니 그 자리에 있어야 할 귀가 사라지고 없었다. 넓게 째진 눈매에 박힌 부리부리한 눈알은 약간만 움직여도 머리 뒤까지 돌아볼 수 있을 듯했다.

데라키는 그런 눈으로 보리스를 보다가 곁에 선 예프녠을 흘끗 보았다. 무슨 생각을 하고 있는지 짐작도 가지 않았다. 그가 뜻밖의 말을 뱉기 전까지는.

"서로 의견이 다르군그래."

불길함을 느낀 야니카가 외쳤다.

"무슨 소리야? 빨리 일을 처리하라고! 우린 갈 길이 바쁘거든? 어서 돈이나 내놓아!"

데라키 대장은 천천히 팔짱을 꼈다.

"다시 한번 서로 대결해서 한쪽을 사로잡아 팔아라. 이긴 쪽에게 돈을 주고 진 쪽은 끌고 가겠다."

"뭐라고?"

야니카가 분개해서 어쩔 줄 모르는 동안 예프녠은 상황을 빨리 파악했다. 속셈은 모르겠지만 저 험상궂은 용병 대장이 그들의 편을 들어준 것이다. 호의가 오래가리란 보장은 없으니 한시바삐 받아들이는 것이 최선이었다.

예프녠은 당장 한 발 물러서며 결투를 시작할 자세를 취했다. 아무리 증오스럽다 해도 준비가 안 된 상대를 먼저 공격할 그가 아니었다. 그러나 야니카를 이길 수 있을까?

"젠장, 시체로 만들어서 넘겼다고 날 원망하진 말라고!"

사납게 외친 야니카가 등뒤에서 윈터러를 뽑으려다가 생각을 바꿔 허리에 꽂힌 칼을 잡아 뺐다. 그녀도 바보가 아닌 이상 여기서 좋은 검을 선보였다가는 그대로 데라키 대장의 손으로 굴러들어가게 된다는 점을 간과하지 않았다.

시작한다는 말도 없이 둘은 격돌했다.

"……."

보리스는 야니카의 검이 눈으로 따라가기 힘든 속도를 내는 것을 보았다. 첫 일격을 예프녠이 힘겹게 막아내는 것도 보았다. 그러나 두 번째부터는 아니었다. 야니카의 검은 눈 깜짝할 사이에 예프녠의 오른쪽 어깻죽지를 찔렀고, 목과 턱에 걸쳐 스친 상처를 냈으며, 오른 손목에 명중했다. 야니카는 잠시 노련하게 한 박자 뒤로 물러나며 눈을 번쩍이더니,

다시 폭풍 같은 기세로 돌격해왔다.

적지 않은 피가 흘러내렸지만 상처들은 치명적이지 않았다. 그러나 예기銳氣를 꺾기에는 충분했다. 예프넨은 저도 모르게 공격보다 방어에 치중하고 있었다. 그런 그를 마음대로 요리할 자신이 있다는 듯 야니카의 입가에는 가벼운 미소마저 떠올랐다.

보리스는 주먹을 꽉 쥔 채 얼굴이 하얗게 되어 안절부절못했다. 그런 상태로도 다시 낯선 시선을 느낄 수 있었던 것은 믿기 힘든 감각이었다. 보리스는 그것이 자신의 재능이라는 사실도 깨닫지 못했다. 저도 모르게 고개를 돌려 시선을 찾아 내려는 순간, 형이 위기를 맞았다. 저절로 비명이 튀어나왔다.

"아!"

야니카의 검이 예프넨의 목을 노리며 들어왔을 때 예프넨은 이미 방어선이 무너져버렸다는 사실을 알았다. 이 거리에서 검은 소용이 없었다. 팔조차도 늦다. 끝장인가?

무슨 생각이었는지, 예프넨은 몸을 젖히며 껑충 뛰어올랐다. 그런다고 피할 수 있는 공격이 아니었다. 야니카의 칼은 목 대신 예프넨의 가슴을 푹 찔렀다.

"아!"

야니카는 흠칫 놀라며 제자리에서 굳어버렸다. 그때 예프넨은 가슴에 명중한 것처럼 보인 검에서 미끄러져 비키더니 야니카를 끌어안았다. 보리스도, 그리고 용병들도 놀랐다.

"에잇!"

야니카는 금방 빠져나가지 못했다. 그녀의 등뒤로 돌아간 예프넨의 손에는 조아킴에게서 빼앗은 검이 들려 있었다. 그러나 예프넨은 그걸 놓아버리고 야니카의 등에 꽂힌 윈터러의 자루를 잡았다. 마침 용병들에게 등을 보이고 선 까닭에 그들에게는 칼 한 자루가 바닥으로 떨어지는 것만 보였다. 그것은 언뜻 예프넨이 상처를 견디지 못하고 무기를 떨어뜨린 것처럼 보였다. 그러나 야니카는 알고 있었다.

"으윽……."

칼집에서 뽑지도 않은 윈터러가 강력한 냉기를 내뿜어 야니카를 꼼짝할 수 없게 만들어버렸다. 야니카의 실수는 의심할 바 없이 한 가지였다. 예프넨이 옷 안쪽에 입고 있는 스노우가드의 존재를 몰랐다는 것. 잠시 떨어졌던 윈터바텀 킷은 다시 한 사람의 손에 돌아가는 순간 믿을 수 없는 힘을 발휘했다. 예프넨이 윈터러를 칼집째 뽑아내고 야니카를 밀치자 그녀는 석상으로 변한 것처럼 그 자리에서 쓰러졌다.

예프넨도 호흡이 거칠었다. 보리스는 형에게서 눈도 떼지 않고 있다가 형이 야니카를 놓아버리자 당장 그에게 달려갔다. 그때였다.

"흐음."

데라키 대장이 가볍게 목젖을 울리는 것과 함께 흰 깃 달린 화살 같은 것이 형제의 눈앞을 번쩍, 날았다. 반짝임이 남긴 잔상이 채 가시기도 전에 비명이 울렸다.

"으, 으악!"

로마바크의 목소리였다. 그제야 돌아본 형제는 그가 이미 석궁을 준비해 쏘려 하고 있었다는 사실을 알았다. 그러나 그는 팔이 마비된 듯 덜덜 떨고 있었다.

어둠 속에서 로마바크의 팔에 꽂힌 작은 단도 세 개를 알아보는 데는 잠시 시간이 걸렸다. 다시 돌아보자 데라키 대장의 곁에 방금 전까지도 없던 새로운 사람이 서 있었다. 그자의 손가락 사이에 로마바크의 팔에 박힌 것과 똑같은 단도가 세 개 더 잡혀 있었다. 예프넨은 자신의 눈을 의심했다. 저토록 정확한 솜씨인데, 고작 열 살이나 되어 보일까 싶은 소녀가 아닌가?

데라키 대장이 소녀를 불렀다.

"나야."

나야라는 소녀는 대답 없이 눈을 내리깔았다가 보리스를 쏘아보았다. 영문 모를 직감으로 보리스는 그때까지 자신을 주시하던 눈동자의 주인이 눈앞에 서 있음을 깨달았다.

길게 땋아 늘인 은빛 머리카락이 어둠 속에서도 눈에 띄었다. 머리에는 긴 천을 둘둘 감아 만든 '터번'이라는 것을 썼는데 레코르다블에서도 특별한 종교를 가진 사람들만이 사용하는 머리장식이다. 빛바랜 보라색 터번은 소녀의 선명한 보랏빛 눈동자와 묘하게 어울렸다.

"저 두 놈을 잡아라."

데라키 대장의 명령이 떨어지자 용병들이 달려가 꼼짝도 하지 못하는 야니카의 팔을 움켜잡아 일으켰고, 몇 명은 로마바크에게 다가갔다.

로마바크는 미련을 버리지 못해 덜덜 떨리는 팔로 석궁을 들어 그들을 겨냥했다. 악의로 비틀린 외침이 튀어나왔다.

"이럴 수가 있는 거냐! 그동안 거래해오던 우리를 헌신짝처럼 내버리고 어디서 굴러먹다 온지도 모르는 젖내 나는 어린애들의 편을 들다니! 상황 파악을 잘하는 줄 알았더니만 완전히 맹물이잖아! 빌어먹을 모성애라도 발동된 거냐? 퉤, 더러운 놈들! 퉤, 퉤!"

그때 예프넨이 호흡을 고르며 느리지만 분명하게 말했다.

"당신은…… 후우, 후, 당신은 어머니라는 존재를 아주 시시한 걸로 생각하는 모양이지만, 하아…… 당신 어머니 앞에 가서도 자신이 이토록 최악의 인간이라는 것을 자랑스럽게 말할 수 있나? 너는 버러지만도 못한 놈이니까…… 목숨 붙어 있는 동안 어머니는 만나지 않는 편이 좋을 거다."

로마바크의 얼굴이 비참하게 일그러졌다. 이런 모욕을 받고도 상대를 죽이지 못하는 것은 처음이었다. 믿었던 야니카는 죽었는지 살았는지, 하여간 쓸모가 없어졌다. 이 상태로 저 용병들을 따라갔다가는 언제 빠져나갈 수 있을지 모를 판이었다. 그렇지만…… 젠장! 따라가지 않을 방법이 없잖은가!

그때 은빛 머리를 땋아 내린 소녀가 앞으로 나왔다. 보리스와 예프넨을 지나쳐 로마바크 쪽으로 갔다. 소녀의 걸음걸이는 가벼우면서도 기품이 있어서 자그마한 체구에 앳된 얼굴인데도 선뜻 가로막기가 힘들었다. 로마바크를 둘러쌌던 용병 중 한 명이 그녀를 돌아보더니 말했다.

"나야트레이, 네가 나설 필요까진 없어."

소녀, 나야트레이는 대꾸가 없었다. 자그마한 입술은 꼭 다물려 있었다.

나야트레이가 갑자기 몸을 솟구치더니 두 걸음 앞을 찍고 빙글, 방향을 돌렸다. 순식간에 후방으로 돌며 흡사 자신이 던졌던 단도처럼 빠르게 접근하던 모습이 마지막이었다. 그 다음 동작은 눈으로 따라갈 수가 없었다. 언뜻 팔이 뻗어나갔고, 땋은 머리채가 어둠을 춤추듯 갈랐다. 타격 계열의 기술은 아니었다. 로마바크는 당황했을 뿐 비명을 지르지도 쓰러지지도 않았다.

타닥.

어느새 뛰어든 방향의 반대쪽으로 빠져나가 바닥을 딛는

소리가 들려왔다. 한쪽 무릎을 꿇고 왼팔로 얼굴을 가리며 착지한 자세는 마치 무용수 같았다. 걷기 시작할 때부터 체술을 익히지 않고는 가능한 동작이 아니었다.

무슨 일이 일어난 것일까. 보리스는 로마바크를 보고서야 상황을 깨달았다. 그의 손에 들려 있던 석궁을 비롯해서, 팔에 꽂혔던 세 개의 단도조차 사라지고 없었다. 소녀는 맨손으로 무기를 빼앗는 기술의 달인이었다. 그런 기술이 있다는 말만 들었을 뿐, 실제로 보는 것은 예프녠도 처음이었다.

"깔끔해졌군. 잘했다, 나야."

나야트레이는 자리에서 일어나더니 데라키 대장에게 가벼운 고개인사로 답했다. 데라키 대장은 다른 용병들을 손짓해 불렀다. 더이상 예프녠과 보리스에게 상관할 생각이 없는 모양이었다. 형제 역시 그들과 얽히고 싶지 않았다.

나야트레이가 데라키 대장 옆으로 걸어가자 아까 말을 걸었던 용병이 그녀를 뒤따라가며 머리를 쓰다듬어주었다. 빨간 머리를 길러 뒤로 졸라맨, 스물 남짓한 남자였다. 나야트레이는 그를 올려다보았지만 말은 하지 않았다. 불쾌해하는 것 같지도 않았다.

용병단은 마을 밖으로 사라져갔다. 나야트레이는 보리스에게 다시 눈길을 주지는 않았다.

용병단의 작은 소녀

긴 자장가

"우리가 피곤해서 방심하고 곯아떨어지게 하려고 일부러 밤새 걸어야 하는 먼 마을을 택한 거겠지."

타고 오던 말도 잃어버리고, 갈 곳도 없는 형제는 들판을 걷고 있었다. 트라바체스 남부는 이런 식으로 아무 작물도 재배하지 않는 땅이 많았다. 잡풀이 무성하긴 해도 애써 가꾸면 버릴 땅은 아닐 텐데, 정치에 미친 이 나라의 국민들은 개간이나 농사에 별 관심이 없었다.

"역시 그럴까."

예프넨의 말에 고개를 끄덕이는 보리스는 전날보다 초췌해진 모습이었다. 그들은 사바논 마을을 떠날 때 문을 지키는 보초에게서 근처에 마을이 여럿인데다 큰 성인 그와레도 있다는 이야기를 들었다. 지금 하는 이야기가 그것이었다.

예프넨이 쓸쓸하게 말했다.

"처음부터 등쳐먹을 작정으로 접근하는 자가 세상엔 너무 많지."

형제는 마을을 찾고 있지 않았다. 돈이 없었던 것이다. 어이없는 일이었지만 용병단의 데라키 대장은 약속했던 돈을 내놓지 않고 그대로 떠나버렸다. 예프넨과 보리스도 윈터러를 되찾은 사실에 정신이 팔린 나머지 돈에 대한 것은 까맣게 잊고 있었다. 본래 얼마간 갖고 있던 돈 역시 야니카 일당이 윈터러를 빼앗을 때 모조리 털어 간 후였다.

"거기다가 생각해보면 말이야, 우리가 왜 그 많은 사람들에게 쫓기고 있는지 묻지도 않았어. 한마디로 누가 옳고 그른지도 따져보지 않고서 스물이나 되는 패거리들을 죽였단 말이야. 실은 죽이지 않았는지도 모르지만. 어쨌든 우리가 잘못을 저질러서 공격받고 있는 건지도 모르는데 말이야."

예프넨은 고향에서 그랬던 것처럼 동생의 머리를 쓰다듬으며 동시에 헝클어뜨렸다.

"보리스가 형보다 더 똑똑하구나."

저녁 먹을 시간이 한참 지났지만 아무것도 먹지 못했다. 마을을 떠나기 전에 주머니 구석에 남았던 은화를 털어 마지막 빵을 샀지만, 아침과 점심에 걸쳐 먹고 나니 이젠 정말 아무

것도 남지 않았다.

보리스는 살아오며 한 번도 이렇게 배를 곯아본 일이 없었다. 그러나 그는 배고픈 것보다 형의 기분이 걱정되었다. 동생을 배곯리며 형이 마음 편할 리가 없는데. 자긴 괜찮다고 하고 싶었지만 그런다고 형이 납득할 것 같지는 않았다. 지금 형은 무슨 생각을 하고 있을까?

"좀 쉴까?"

짐작하고 있던 야영이었다. 형제는 큰 나무 근처에 풀이 고른 곳을 골라 앉았다. 몸에 두를 담요 한 장 없었다. 말에 매어놓았던 짐도 모조리 없어졌기 때문에 불을 피울 부싯돌이나 부싯깃조차 없었다. 둘은 말없이 트인 들판 쪽을 바라보았다. 어두워서 보이는 거라곤 달빛에 젖은 풀잎 끄트머리뿐인데도 그렇게 오랫동안 보고 있었다.

보리스는 자신이 언제 잠들었는지 기억하지 못했다.

첫 기억은 끔찍한 악몽이었다. 잔인한 손이 소년의 목을 조르고 있었다. 숨을 쉴 수가 없었다. 벗어나려 몸부림쳤지만 소용없었다. 보리스는 온몸을 비틀며 버르적거렸다. 그러자 발끝에 뭔가가 닿았다. 다리를 휘젓자 발에 엉켰다가 멀찍이 채여 밀려났다. 그때 손이 풀렸다.

아직도 꿈과 현실을 구분하지 못한 보리스는 눈을 감은 채 목구멍이 아플 정도로 가쁜 숨을 몰아쉬었다. 옥죄던 손이 사라진 목덜미에 서늘한 바람이 느껴지고서야 잠에서 깨어났음을 알았다. 살며시 눈을 떠보았다.

캄캄했다. 아직 날이 새기 전이었다. 보리스는 주위를 두리번거렸지만 아무도 없다는 것을 알고서 발밑을 내려다보았다. 구겨 박힌 옷 뭉치가 눈에 들어왔다. 천천히 집어 당겨보니 예프넨의 겉옷이었다. 보리스가 잠든 뒤에 덮어주었으리라는 짐작이 갔다.

주위를 눈으로 더듬어가자 조금 떨어진 곳에 누워 있는 형이 보였다. 그런데 어딘가 이상했다. 누군가에게 밀쳐져 쓰러지기라도 한 사람처럼 흐트러진 모습이었다. 평소 형은 잠버릇이 거친 사람이 아니었다. 보리스는 자신의 목을 조르던 자가 먼저 형을 해친 것은 아닌가 하는 생각에 벌떡 일어났다.

다가가서 형의 코끝에 손을 대어보았다. 조금 거칠긴 했지만 다행히 숨을 쉬고 있었다. 깨워야겠다 싶어 손을 잡았다. 그런데 손바닥이 이상할 정도로 따뜻했다. 얼굴에 손을 대어보니 뺨이나 이마도 따끈했다. 어린 마음으로도 동생에게 옷까지 벗어주고 야외에서 잠드는 바람에 열이 나는 건 아닐까 걱정스러웠다.

보리스는 형의 겉옷을 가져와서 흙먼지를 털고 폈다. 옷을 형에게 덮어준 뒤 조금이라도 따뜻해지리라는 생각에 등을 맞대고 누웠다. 탈진해서인지 잠은 금방 왔다.

다음날 형제는 어찌어찌 새로운 마을에 다다랐다. 예프넨은 보리스의 손을 잡고 거리를 휘둘러보며 걸었다. 그리고 사람들에게 금붙이 따위를 사들이는 사람은 어디에 있느냐고 물었다.

맞잡은 예프넨의 손에서는 여전히 열이 났다. 그렇게 봐선지 얼굴도 수척해진 듯했다. 몇 번이나 아픈 건 아니냐고 물었지만 형은 말없이 고개를 가로저었다. 동생이 집요하게 묻자 형은 결국 억지웃음까지 지어 보였다.

"아니야. 괜찮아."

사람들이 가르쳐준 대로 큰길가에 새로 지은 집으로 들어갔다. 휑할 정도로 별다른 집기가 없는 집이었다. 사다리 하나가 천장에 난 구멍에 걸쳐져 있을 뿐 방 구분도 없었다. 안쪽에는 본래 나무상자였던 듯한 탁자 앞에 의자를 놓고 앉은 사내가 꾸벅꾸벅 졸고 있었다.

"얼마 쳐주시겠습니까?"

예프넨이 그자에게 내민 것은 어머니의 유품인 덮개 달린 거울이었다.

형이 망설이지도 않고 대뜸 꺼내는 모습에 보리스가 오히려 놀랐다. 그 거울은 형이 오랫동안 아끼던 하나뿐인 유품이었다. 아버지는 아들들이 어머니에 대한 추억에 잠겨 있는 것을 달가워하지 않아서 그런 것을 간직하기가 쉽지 않았다.

사내는 한쪽 눈을 뜨고 물건을 보더니 퍼뜩 졸음을 떨치며 예프넨의 얼굴을 쳐다봤다. 이어 급히 눈을 비비며 나무상자 한쪽의 수건 뭉치에서 돋보기를 꺼냈다. 거울을 건네받자마자 뚜껑에 붙은 사파이어를 유심히 관찰했다.

거울은 고풍스러운 모양이었다. 조개껍질처럼 생긴 상아빛 표면에는 검은 당초무늬가 새겨져 있었고 가운데에 심청색 사파이어가 박혀 있었다. 뚜껑 안쪽에는 어머니 이름의 머리글자 Y. J.가 새겨져 있었다.

"괜찮은 물건인데. 300엘소 내지. 어때?"

예프넨은 충분히 그 이상의 가치가 있는 물건이라는 것을 알았지만 뭐라 반박하면 좋을지 적당한 말을 찾기가 힘들었다. 한참 만에 나온 말이 이것이었다.

"그건 좀 적은 것…… 같습니다."

예프넨은 살아오며 한 번도 가격을 흥정해본 적이 없었다. 물건을 사면서 값을 깎은 적도 없는데, 팔면서 돈을 더 쳐달라고 하는 것이 굴욕적인 것 같아 뺨이 다 발그레해졌다.

사내는 예프넨의 얼굴을 흘끗 보더니 어깨를 으쓱했다. 그자가 퉁명스럽게 쏟아내는 말을 들으며 예프넨은 무슨 표정을 지어야 할지 몰랐다.

긴 자장가

"젊은 사람이 새것과 쓰던 것의 차이나 알겠어? 쓰던 것 팔면서 300엘소 이상 받으려 들면 도둑놈이라고. 내가 그래도 시골 사람이라 잘 쳐주는 거야. 다른 데 가면 절대 200엘소 이상은 안 줘."

"……."

예프넨이 대답을 못 하자 그는 계속해서 지껄여댔다.

"게다가 이런 물건을 쓸 법한 귀부인들은 손때 묻은 물건은 안 사. 기껏해야 술집 계집애들 손에 들어가거나 아니면 보석만 뽑아서 다른 세공에 쓰는 게지. 또 이런 세공은 유행도 예전에 지났어. 보석 가치만 치면 100엘소나 될까 말까 할 텐데 그나마 세공값을 쳐주는 걸 다행으로 알아야지."

그 앞에서 도저히 다른 논리를 펼 수 있는 예프넨이 아니었다. 예프넨은 보리스의 얼굴을 내려다보더니 고개를 숙였다.

"그럼 그렇게 해주십시오."

"형……."

예전 같으면 300엘소는커녕 3000엘소를 준다 해도 어머니의 유품을 남의 손에 넘길 예프넨이 아니었다. 그러나 예프넨은 덮개 거울을 건네주었고, 거울이 천으로 곱게 싸여 사내의 소지품 자루 속으로 들어갈 때까지 눈을 떼지 못하고 지켜보았다.

300엘소를 담을 곳조차 없어서 주인 사내가 선심 쓰는 체하며 무명 주머니를 하나 내주었다. 100엘소 금화였다면 세 개밖에 안 되었을 텐데, 주인이 내준 것은 모조리 은화였다. 그걸 주섬주섬 주워 담아서 밖으로 나왔다.

보리스는 형의 옆얼굴을 쳐다봤지만 어떻게 위로해야 할지 몰라 머뭇거렸다. 형은 약간 씁쓸한 표정을 지었을 뿐이지만 그 뒤에 숨겨진 기분을 알아차리지 못할 보리스가 아니었다. 어떻게든 말을 꺼내보려 하는데 예프녠이 밝은 목소리로 말했다.

"자, 이제 돈이 생겼으니 뭔가 먹을 수 있겠구나! 뭘 먹고 싶니? 뭐든지 사줄 테니까 얘기해봐."

"……."

겨우 300엘소밖에 없다는 걸 뻔히 아는데, 그 돈이 무얼 팔아 마련한 것인지 너무도 잘 아는데, 보리스의 입에서 말이 쉽게 떨어질 리 없었다. 배고프지 않은 것은 아니었다. 그러나 그것보다 가슴 한구석이 허전해서 견딜 수가 없었다. 묻지 않으려 했던 질문을 하고 말았던 건 그래서였을까.

"형……. 아버지는 언제 연락을 주시는 거야?"

쾌활함을 가장해 앞장섰던 예프녠의 걸음이 아주 잠깐, 미세하게 멈추었다. 그러나 그는 곧 동생을 돌아보며 말했다.

"아아, 그건 아무래도…… 부상을 치료하느라 오래 걸리는 것이 아닐까? 건강해지고 나서 우릴 만나시려고 말이야."

미리 준비해둔 듯한 대답이었다. 보리스는 형의 눈을 올려다보려다가 급히 시선을 내리깔았다. 형의 눈가에 맺혀 빛나는 것을 보고 말았던 것이다.

"그……래."

고개를 숙인 김에 아예 끄덕이는 체하며 대꾸하고 말았다. 예프넨은 다시 몸을 돌려 걸어갔다. 품안에 넣은 오른손은 은화가 든 무명 주머니를 꽉 쥐고 있었다.

그날 밤은 여관에 묵었다.

점심과 저녁을 제대로 먹었더니 그 많던 은화도 벌써 눈에 띄게 줄어 있었다. 마른 빵 조각에 물만 마셔도 괜찮은데, 하고 생각했지만 동생에게 좋은 것을 주고 싶어 하는 형을 생각해서 그런 말은 하지 않았다.

형제는 나란히 놓인 침대에 누워 잠들었다. 그러나 보리스는 또다시 악몽에 시달렸다. 이번에는 누군가의 손이 자신의 가슴을 움켜쥐고 흔들고 있었다. 숨이 가빠지면서 기침이 연달아 나왔다. 정신없이 휘둘리던 목이 뒤로 꺾어지는 순간 그는 잠에서 깨어났다. 저도 모르게 비명이 튀어나왔다.

"으아악!"

보리스의 가슴을 움켜쥔 상대는 시커먼 그림자였다. 비명을 질렀던 공포도 잠시, 그는 더한 사실을 깨닫고 경악하여

멍해졌다. 익숙한 윤곽이었다. 형이었다.

"혀, 형…… 왜…….."

말은 통하지 않았다. 어둠 속에서 얼굴이 잘 보이지 않는 예프녠은 동생의 몸을 침대 위로 밀치더니 이번에는 주먹으로 배를 내질렀다. 그건 평소의 예프녠이라면 어떤 일이 있어도, 심지어 목숨을 위협받는다 해도 하지 않을 행동이었다.

"읍…….."

보리스는 정신이 혼미해질 정도의 고통을 느꼈으나 더이상 비명은 나오지 않았다. 그저 형의 손이 움직이는 대로 나뭇개비처럼 이리저리 휩쓸리고 내던져질 뿐이었다. 아픔보다 심한 것은 정신적인 충격이었다. 형이 왜, 도대체 왜?

반항하려 해도 열두 살 먹은 보리스의 힘으로는 불가능했다. 장난도, 몽유병도 아니었다. 예프녠은 정말로 동생을 죽여버리려는 것처럼 힘을 다해 밀치고, 움켜잡고, 쳤다. 만일 그 손에 단도라도 하나 쥐어져 있었더라면 보리스는 살아남지 못했을 것이다.

형의 정신이 이상해지기라도 했단 말인가?

"형…… 예프……녠……."

보리스가 내는 목소리는 모깃소리처럼 가늘었다. 예프녠은 몸을 일으키더니 뭔가를 찾는 것처럼 동작을 멈췄다. 그 순간, 공포에 질렸던 보리스는 윈터러의 존재를 생각해냈다.

"아, 안 돼!"

그건 자신이 살고 싶어서라기보다는, 지독한 실수를 저지른 후 형에게 닥칠 충격을 막아야 한다는 생각이 앞섰기에 가능한 행동이었다. 멍투성이의 몸으로도 기적처럼 튕겨 일어난 보리스는 다짜고짜 두 팔을 벌려 형을 껴안았다.

예프녠이 밀치려 했다면 얼마든지 방구석으로 던져버릴 수 있었을 것이다. 그러나 그즈음 예프녠의 몸에 들끓던 살기가 갑자기 사라졌다. 맥이 풀린 형의 몸을 놓자, 두어 걸음 비척거리며 걷던 형은 자신의 침대에 쓰러져 정신을 잃었다.

잠들었을까? 보리스는 일어나 조심조심 예프녠에게 다가갔다. 형의 상태는 어젯밤과 비슷했다. 얼굴과 손발이 뜨거웠고, 입에서는 가쁜 숨이 뿜어져 나왔다.

보리스는 자신의 침대로 돌아왔다. 놀라고 흥분하고, 또 온몸이 쑤시는 나머지 두근거리는 가슴이 진정되지 않았다. 잠은 물론 이루지 못했다. 꿈에서도 상상하지 못했던 끔찍한 일이 벌어졌다. 이 일을 어떻게 받아들여야 할지, 아무리 생각해도 혼란스러웠다.

대체 무슨 비밀이 숨겨져 있는 걸까?

새벽을 넘기고서야 어렴풋이 잠들었던 보리스가 깨어났을 때, 예프녠은 이미 일어나 나갈 준비를 마치고 침대 곁에 앉아 있었다. 깨어나지 않는 동생을 걱정스럽게 굽어보는 얼굴이 눈에 들어왔다.

"어떻게 된 거야? 몇 번이나 깨웠어. 나쁜 꿈이라도 꿨니?"

"……"

보리스는 아무 말도 할 수가 없었다. 형의 얼굴을 보는 순간 가슴이 크게 뛰는 것을 느꼈다. 심장이 몸밖으로 튀어나오지 않나 싶을 정도로 놀랐다. 곧 자신의 표정이 이상했을까 싶어 걱정이 된 보리스는 얼른 몸을 일으키려 했다. 그러나 이내 신음 소리를 내며 쓰러지고 말았다.

"아윽……"

"왜 그래? 어디 아파?"

예프넨의 얼굴이 놀라움으로 바뀌는 것을 보며 보리스는 어젯밤 검은 윤곽으로만 보았던 형의 모습을 떠올렸다. 그때 형은 무슨 표정을 짓고 있었을까? 보리스가 지금껏 보았던 어떤 얼굴도, 그런 순간 예프넨에게 어울릴 것 같지 않았다.

"아, 아니야. 그게…… 자다가 침대에서 떨어졌어."

순간적으로 생각해낸 거짓말이었다. 말해놓고 보니 몸 곳곳에 든 멍을 설명할 길은 그것밖에 없을 것 같았다. 예프넨은 어이없는 표정이 되었다.

"이런, 평소엔 안 그러면서. 많이 피곤했구나."

두 형제는 모두 잠버릇이 얌전한 편이었다. 예프넨은 보리스가 몸을 일으키도록 도와주었다. 순간 목과 어깨가 으스러질 듯 아팠지만 보리스는 내색하지 않고 꾹 참아냈다.

"우리 여기서 하루 더 지낼까? 표정이 많이 안 좋은데, 혹시 다른 데도 아픈 거 아냐?"

보리스는 가까스로 물어보았다.

"형은…… 괜찮아?"

"나?"

예프넨은 아무렇지 않은 표정으로 양팔을 펴 보였다.

"내가 뭘. 어제도 그렇게 묻더니 아직도 내가 아파 보이니?"

그러나 예프넨의 얼굴은 어제보다 더 수척했다. 정말로 열병을 앓는 사람 같았다.

일어나 옷을 입고 늦은 아침을 먹으러 내려갈 때까지 보리스는 내내 형에게 할 말을 힘들게 가늠하고 있었다. 그러나 결국 아무 말도 하지 못했다. 해서는 안 될 것 같았다.

여관에서 하루 더 쉬기로 한 날 밤, 보리스는 침대에 누운 채 형이 잠드는 기척에 귀를 기울였다. 한참이나 그러고 있었지만 형은 자는 것 같지 않았다. 잠시 후에는 아예 침대에서 일어났다. 맨발로 방을 왔다갔다 거닐더니 천천히 심호흡을 하고 어깨와 팔을 풀었다. 보리스는 알 수 없는 상상으로 오싹해졌다. 그러나 좀더 시간이 흐르자 보리스는 형이 잠들지 않으려 한다는 사실을 깨달았다.

조금 더, 조금 더 버티려 했지만 결국 보리스는 잠들어버렸다. 그리고 이번에는 오랜만에 아침에 깨어났다.

"형, 설마 자지 않은 거야?"

붉어진 눈으로 침대에 앉아 있는 예프넨을 보고 보리스가 놀란 목소리를 냈다. 예프넨은 어설픈 미소를 지으며 고개를 저었다.

"아니야. 그냥 일찍 일어났을 뿐이야."

"피곤해 보여."

피곤해 보이는 정도가 아니었다. 예프넨은 단순히 자지 않은 것뿐 아니라 밤새 고민하느라 해쓱해진 얼굴을 하고 있었다.

"자, 오늘은 움직여봐야지."

그들은 마을을 떠났다. 목적지는 암묵적으로 쟈닌느 고모할머니가 있는 곳이었다. 하지만 정말로 그들이 거기까지 갈 수 있을지, 또는 가고자 하는지조차 불명확했다. 어디론가 향하는 것 자체가 목적인 것처럼 단지 걸을 따름이었다.

예프넨은 점차 걸음조차 비틀거릴 정도가 되었다. 보리스역시 오랫동안 고민했다. 입을 떼었을 때는 이미 점심 무렵이었다.

"형, 아버지는 오시지 않는 거지?"

"응?"

그건 질문의 내용에 비해 무심하게까지 들리는 대꾸였다. 잠시 후, 보리스는 예프넨의 얼굴을 보며 그가 자신의 말을 이해하지 못했음을 알았다. 평소라면 절대 그럴 형이 아닌데, 마치 다른 곳에 정신을 팔고 있는 것처럼 멍하고 무뎠다.

"아……."

그제야 질문을 이해한 예프넨은 꿈속을 헤매는 사람처럼 허공으로 눈동자를 굴렸다. 대답이 나온 것도 한참 만이었다.

"아니……. 그렇지 않아……."

의무적으로까지 들리는 대답이었다. 지금까지 동생을 납득시키려고, 또는 속이려고 진지하게 노력하던 대답과는 천지 차이의 어감이었다.

보리스는 걸음을 멈췄다.

"형, 솔직하게 얘기해줘. 난 괜찮으니까. 아버지는 어떻게 되신 거야? 삼촌한테 붙잡히신 거야?"

예프넨도 멈춰 섰다. 그는 머리가 아픈 듯 두 손으로 양미간을 누르더니 그 자리에 천천히 주저앉았다. 고개를 무릎에 묻은 채 머리를 감싸쥐었다.

"잠깐만……."

여름이 가고 있는 하늘은 어제, 또 어제처럼 푸르렀다. 비가 왔던 것은 항쟁의 밤이 마지막이었던 것처럼. 그래서일까, 오히려 그날의 기억은 방금 겪은 양 생생했다. 저택을 감쌌던 횃불, 무시무시한 소환수의 모습, 홀로 호숫가에 앉아 있다가 보았던 정체 모를 괴물, 형의 질책 어린 외침조차도…… 선명하다.

그래서 더 이상했다. 다른 것은 이토록 분명한데 왜 어느 순간 이후의 기억만이 이렇게 엉망이 된 것일까. 줄곧 생각해봤지만 아버지가 늪가에서 삼촌과 대치하고, 자신은 형과 등을 맞댄 채 서 있다가 무슨 까닭인지 바닥에 주저앉았던 기억밖에 나지 않았다.

그게 도대체 뭐였지?

지독한 공포와…… 전율이 기억을 헤치려 할 때마다 찾아와 등골을 싸늘하게 움켜잡았다. 더 생각해내려다가는 정신이 이상해지겠다 싶을 정도로 어지러웠다. 갑자기 예프넨이 고개를 들었다.

"보리스, 이리 와서 이걸 들어봐라."

예프넨이 내민 것은 허리에서 끌러낸 윈터러였다. 보리스는 영문도 모르고 다가가 검을 받았다.

"뽑아서 휘둘러봐."

"지금?"

보리스는 조금 망설이다가 두 발짝 물러나 검을 뽑았다. 솔직히 쉽지 않았다. 칼집에서 뽑아내는 것까지는 어떻게 해냈지만, 팔을 뻗는 순간 무게 때문에 몸이 휘청했다. 윈터러는 정체 모를 물질로 만들어져 강철 검보다 가벼운 편인데도 그랬다.

"아직 무린가……."

예프넨이 일어나 다가오더니 등뒤에 서서 보리스의 팔을 받쳐주었다. 형의 팔이 부목처럼 대어지자 그나마 검을 들고 있기가 수월해졌다. 두 손으로 보리스의 손목을 감싸쥔 예프넨은 검을 천천히 허공에 휘두르게 했다.

"이렇게……."

무지개를 그리며 뻗어가는 찬란한 칼날, 날카로운 칼끝에 스치는 낮의 빛, 그곳에 머물러 영원히 떠나지 않을 것만 같은 기억의 광채와…….

동생을 감싸 안은 형의 따스한 체온, 나의 형.

어느새 입속으로 중얼거리고 있었다. 가지 마, 형. 가지 마. 날 혼자 두고 가지 마.

"네가 조금만 더 컸더라면 좋을 텐데."

형이 나직이 중얼거리는 소리가 들렸다. 보리스는 진심으로 그렇다고 생각했다. 이렇게 무력한 어린아이가 아니라 형을 도울 힘이 있는 나이였다면 얼마나 좋을까. 열일곱, 아니 열여섯만 되었어도.

윈터러의 흰 날이 상대할 적도 없이 허망하게 허공을 가르고 있었다. 위로, 아래로, 다시 옆으로. 뭐든 하나라도 더 동생에게 남겨주고 싶어 안간힘을 쓰는 예프녠의 눈 역시 시력을 잃을 정도로 하얗게 빛나는 칼날에서 떨어지지 않았다.

"아버지는 돌아오지 않으시지. 돌아올 수 없는 곳에 계시니까. 벌써부터, 한참 전부터 말이지. 집사도 함께 지낼 테니 불편하진 않으실 거다. 우리가 없어도 그 사람이 아버지의 뜻을 언제고 충실히 따라줄 거야."

"……."

보리스는 대답 없이 듣고만 있었다. 분명 모르던 사실인데, 어쩐지 가슴이 들끓지 않았다. 알고 있던 것을 확인받는 기분이었다. 그제야 자신도 오래전부터 이러리라고 짐작했던 것이 아닐까 싶었다. 아니, 실은 다 알고 있었던 것은 아닐까. 아버지의 죽음도, 형의 고통도. 정체 모를 망각이 보리스의 기억 일부를 삼킨 채 침묵하고 있었던 것뿐일지도 모른다. 그걸 하나씩 꺼내겠다고 생각하는 순간……

번쩍, 눈앞을 가리는 영상이 있었다.

쿠르르릉…….

지난날의, 기억 속의 천둥이었다. 영지에서의 마지막 밤에 억지로 눌러뒀던 마지막 기억이 갑작스레 수정 구슬 속을 보듯 또렷해졌다.

거대한 날개를 보았다.

예프녠은 보리스의 팔이 덜덜 떨리는 것을 느끼고 감싸 안은 손에 힘을 주었다. 동생이 아버지의 죽음에 충격을 받았으리라고 생각하며 따뜻하게 감싸주려 했다.

"아······."

베일이 걷히고 기억이 책장처럼 열렸다. 안개로 만든 커튼 같던 적회색 날개가 어른 다섯의 키는 넘을 너비로 펼쳐졌다. 그러나 아름다운 광경은 아니었다. 어둠 속 날개의 모습은 흉측한 피막과 돌기가 엉겨붙었고, 날개 끝에 갈고리발톱 수백 개가 이빨처럼 박혀 있었다. 목소리가 떠오른다. 갈퀴로 철문을 긁는 듯하던 소리가. 귀는 물론 심장조차 후벼팔 듯, 피부와 점막이 따가워지던 그 소리가.

보리스는 윈터러를 떨어뜨렸다. 잔풀이 듬성듬성 자란 흙바닥에 검이 비스듬히 꽂혔다. 예프넨이 보리스를 끌어안았다. 동생의 몸이 화끈거리고 떨렸다.

"보리스, 너······."

유모는 망령이라고 했다. 그래, 망령이었다. 이쪽 세계에서는 죽은 생물이었다. 이계에서 몸의 일부만 소환되어 온 뱀 모습의 환수 크리갈처럼. 흐릿해졌다가 뚜렷해지기를 반복하던 날개 안쪽으로 생생하게 번뜩이던 불덩이 같은 눈과······ 아아, 날개 때문에 놈의 모습을 제대로 보지 못한 것이 얼마나 다행인가.

"혀, 형······ 그, 그······ 그······ 날개······."

예프넨은 동생의 몸을 돌려 얼굴을 맞대더니 물었다.

"기억났어?"

압도적인 장면이 되살아나자 그날 벌어진 일들이 다투어 파도처럼 밀려왔다.

그날 밤, 보리스는 오랫동안 두려워하던 에메라 호수의 망령과 맞닥뜨려 넋이 나갔다. 그때 형이 뛰쳐나와 자신을 붙잡더니 뒤로 밀쳐냈다. 너무 세게 밀쳐 중심도 잡지 못한 채 처박혔다가 고개를 들었을 때, 거대한 날개가 형을 덮치는 모습을 보았다. 날개 끝에 달린 발톱들이 피를 원하는 이빨처럼 번뜩거렸고…….

보리스는 달아났다. 자신이 그럴 거라고는 생각도 못 했는데, 공포에 사로잡혀 정신없이 달아나는 자신이 보였다. 저도 모르게 늪을 향해 달려가다가 앞뒤 사정도 모른 채 쓰러진 아버지의 모습까지 목격했다. 마지막 외침이 있었나? 그래……. 달아나, 이곳에서 떠나, 라고 말하던 목소리가 쟁쟁했다.

영상이 흔들렸다. 그 순간 기절했던 것 같았다.

"형……. 형은 어떻게 됐던 거지? 어떻게…… 된 거지?"

보리스는 서서히 깨달았다. 자신이 기억을 부분적으로 잃었던 이유를. 받아들이고 싶지 않은 광경을 보았던 까닭이다. 원치 않던, 늘 두려워하던 일이 순식간에 벌어졌고, 자신은 비겁했고, 그래서 연약한 그의 본능은 그 사실을 기억하길 원치 않았던 것이다.

예프녠은 대답하지 않았다.

밤은 추웠다.

형제는 너울대는 불꽃을 마주보며 앉아 있었다. 낮에 있던 장소 그대로였다. 그들은 더이상 어디론가 여행할 필요를 느끼지 않았다. 이제 어디로 가는 것은 소용없었다.

보리스가 입을 열었다.

"형, 그만 자."

예프녠은 고개를 가로저었다. 그리고 모닥불로 눈길을 보냈다. 어머니의 유품을 팔아 얻은 돈으로 피운 모닥불이었다.

한참 만에 예프녠이 뜻밖의 말을 꺼냈다.

"내일 아침에 일어나거든 혼자 가라, 보리스. 우리 헤어지는 편이 낫겠다."

다른 어떤 진실들보다도, 그 말이 보리스에게 가장 싸늘한 충격을 안겨주었다. 그는 급히 고개를 저었다.

"싫어."

"싫다고 해결될 문제가 아냐. 난 더이상 너하고 함께 있을 수 없어. 이미…… 얼마 남지 않았다."

보리스는 모닥불 너머 형의 눈을 똑바로 보며 다시 고개를 저었다. 완강하게.

"절대로 싫어. 끝까지 형 곁에 있을 거야."

예프넨의 눈이 슬퍼졌다. 그는 긴 나뭇가지로 모닥불을 뒤적이며 조용히 말했다.

"내가 다시 발작하면, 너를 죽일지도 모르는데?"

에메라 호수의 망령.

그놈이 바로 예니 고모를 죽였다고 형이 말해주었다. 보리스는 예니 고모의 얼굴을 몰랐다. 그런 사람이 집안에 있었다는 사실 외에는 아무것도 몰랐다.

저택에는 예니 고모의 방이 있었고, 어머니의 방처럼 늘 말끔히 청소되어 있었다. 한 번인가 들어가보았을 때 그 방에 딸린 자그마한 거실에서 그리다 만 그림을 발견했다. 어린 보리스의 눈으로는 얼마나 훌륭한 솜씨인지 이해하지 못할, 미완의 그림은 젊은 남자의 모습이었다. 죽은 자의 방에 얼굴 윤곽과 단아한 턱선만으로 남은 남자.

"예니 고모는 착하고 상냥한 분이셨지. 나, 그분 손에서 과자도 많이 얻어먹었다. 어머니께서 숨기고 주지 않는 달콤한 과자들은 예니 고모의 치마를 잡고 애처로운 눈빛으로 쳐다보기만 하면 쉽게 내 손에 쥐어졌어. 그분은 마음이 너무 여려서 아무것도 거절하지 못했으니까. 고모가 곧 혼인해서 저택을 떠나게 됐다고 했을 때 내가 가지 말라고 얼마나 울면서 매달렸는지 고모는 방에 들어가서 며칠이고 나오지 않으셨어. 내 얼굴을 보며 거절해야 하는 게 겁나서 말이지."

그런 고모가 블라도 삼촌의 거짓말에 속아 약혼자를 찾겠다고 그토록 두려워하던 에메라 호수까지 갔다. 약혼자는 다친 데도 없이 저택 지하실에 갇혀 있었는데.

왜 트라바체스의 인간들은 언제까지나 싸워야 하는 것일까? 핏줄을 끊고, 아끼던 자의 마음을 끝끝내 더럽히고, 피로 물든 결말이 맺어질 때까지.

"찾으러 갔을 때는 이미 늦었어. 사람들이 발견한 것은 아리따운 예니 고모가 아니라 발광하여 옷마저 찢어발긴 채 날뛰는 미친 여자였지. 난 기억이 나……. 고모를 찾으러 나가셨던 아버지와 병사들이 돌아왔을 때 어머니가 황급히 나를 방에 붙들어놓고 나가지 못하게 막았던 것을 말이야. 난 걱정이 되고 궁금해서 견딜 수가 없었어. 고모를 몹시 좋아했으니까. 무섭다는 호숫가에 혼자 간 고모가 많이 다친 것은 아닐까, 설마 죽지는 않을까 두려웠지. 그래서 어머니의 손을 뿌리치고 뛰어나가고 말았어. 어머니가 뒤쫓아왔지만…… 모든 걸 봐버린 후였지."

병사 세 명이 간신히 붙잡고 있던 예니 고모는 너덜거리는 옷자락 속으로 감추던 처녀의 몸이 다 드러나 보였고, 산발한 머리 곳곳에 피가 얼룩져 무시무시한 모습이었다. 고모는 예프넨은 물론이고 가족 중 누구도 알아보지 못했다. 주위의 모든 인간들을 적으로 느끼며 이해할 수 없는 괴성을 지를 따름이었다. 그것은 평소 듣던 고모의 부드러운 목소리와 조금도 같지 않았다. 단지 괴물의 울부짖음이었다.

"아버지와 삼촌은 무섭게 싸웠어. 지금에야 드는 생각이지만 삼촌은 고모가 차마 그렇게까지 될 줄은 생각하지 못했던 것 같아. 단순히 삼촌이 속한 당파의 부하들이 혼자 나간 고모를 납치하기만을 기대한 거였지. 아버지도 정파가 다른 집안을 택한 고모의 결혼이 달갑지는 않았기에, 감히 고모를 에메라 호수로 보냈을 거라고는 생각도 못 하고 지하실에 갇힌 약혼자에 대해서는 방관한 모양이야. 어찌됐든 죄인이 된 삼촌의 입지는 약했지. 아버지는 단호하게, 호수의 망령에게 당해서 일으킨 광증은 죽여서 해소하는 수밖에 없다고 말씀하셨어."

묻혀 있던 집안의 과거는 현실이 되어 눈앞에 있었다. 보리스는 받아들일 수 없는 사실 앞에서 미칠듯 답답함을 느꼈다.

울며 말리던 할머니와 차마 보지 못하겠다며 나가버린 할아버지도, 실질적인 집안의 주인이었던 아버지의 의지를 꺾지는 못했다. 고모는 죽었다. 누구의 손을 빌렸든 간에. 예프넨은 아버지의 성격상 예니 고모를 다른 사람이 죽이도록 내버려두지는 않았을 거라고 생각했다.

세월이 지난 지금은 단지 두려운 악몽이었을까. 그러나 이젠 그것이 자신의 일이었다. 단숨에 나타나야 할 광증이 잠복했다가 뒤늦게 진행된 것은 예프녠이 고모보다 상처를 덜 입었기 때문일 것이다. 절망적이라는 걸 알면서도 처음에는 애써 희망을 가지려 했었다. 상처가 가벼우니까, 어쩌면 괜찮을지도 모른다. 아니면 보리스가 혼자 살아갈 만큼 성장한 후에 진행될지도 모른다. 제발 그래만 준다면, 그렇게만 된다면 어떤 대가라도 치를 텐데. 어떤 추한 몰골도 견뎌낼 텐데.

그러나 현실은 언제나 현실, 어김없이 그도 비켜가지 않았다.

"상관……없어."

오후 내내 나눈 긴 대화를 차례로 떠올리던 보리스가 드디어 입을 열었다.

"형이 지금 무슨 생각을 하고 있는지 알아. 하지만 형도 알다시피, 혼자 남은 내가 얼마나 오래, 잘 살아갈 수 있겠어? 윈터러 때문에 며칠 동안 일어난 일들도 너무나 생생하게 기억나. 난 이대로 끝까지 형 곁에 있을래. 그래서 차라리 형 손에……."

"보리스!"

순간적으로 벌어진 일이었다. 벌떡 일어나 다가온 예프녠은 보리스의 뺨을 힘껏 때렸다.

"너, 창고에서 나와 윈터러를 찾으러 갈 때 내가 했던 말

벌써 잊어버린 거냐? 벌써 잊어버렸어? 내가 그때 뭐라고 했지? 뭐라고 했는지 말해봐!"

형이 자신에게 이토록 화내는 모습은 처음 보았다. 그러나 형이 화를 내는 이유를 알고도 남았다.

"살아……남으라고……."

예프넨은 아버지와 달랐다. 그는 발광한 누이동생을 자기 손으로 죽여서 끝을 맺어주는 성격이 아니었다. 아끼는 사람이 살 수 있는 날까지 살아남아서, 고통 속에서도 한줌의 행복을 찾아 움켜쥐기를 바랐다. 예프넨이었다면 발광한 동생을 골방에 가두어서라도 끝끝내 제정신으로 돌아올 날을 기다렸을 것이다. 죽을 때까지 돌보게 되더라도.

"다시는 죽는다는 말 하지 마."

예프넨은 감정을 억누르느라 뺨을 실룩이면서 말했다.

"네 삶은 나와 별개야. 너 자신만을 따르는 거다. 다른 사람의 사정에 귀기울이지 마. 결코, 널 약하게 만드는 자들의 말에 귀기울이지 마."

보리스는 형의 말뜻을 다 이해하기도 전에 고개를 끄덕이고 있었다. 예프넨은 계속해서 말했다.

"내가 없어지고 나면…… 넌 정말로 강해지지 않으면 안 돼. 아무도 네 방패가 되어주지 않을 거야. 어떤 그늘에서도 쉴 수 없게 돼. 아무도 믿을 수 없고, 누구 앞에서도 방심할 수 없어. 힘들겠지만…… 그럴 만한 가치가 있어. 왜냐면 살아남는 일이니까. 네 삶에 깃든 무한한 가능성을 모조리 알아볼 때까지 살아남기 위한 거니까."

예프녠은 보리스에게서 물러나 멀찍이 떨어져 앉았다. 예프녠이 고개를 수그렸을 때, 보리스는 형이 한 말이 자신에게는 해당될 수 없음에 슬퍼하고 있다는 것을 알았다. 그것이 결코 잊을 수 없는 형의 세 번째 모습이었다.

보리스는 다가가 형의 어깨에 손을 얹었다. 그대로 아주 오랫동안 있었다.

다음날도, 다다음날도 예프녠은 잠들지 않았다.

소용없는 노력이었다. 예프녠의 몸은 갈수록 쇠약해졌고 깨어 있을 때조차 발작을 일으키는 일이 잦아졌다. 윈터러는 이미 보리스에게 주어 가지고 있게 했다. 검을 주면서 예프녠은 여차하면 자신을 찔러도 좋다고 말했다. 보리스는 단지 형을 위해 고개를 끄덕였다. 그가 정말로 그런 일을 할 수 있을 리 없었다.

점차 예프녠은 자신의 기억 곳곳이 비어가는 것을 느꼈다. 광중을 일으켰을 때의 기억이 사라지는 것이다. 아침에 일어났다고 생각했는데 정신을 차리고 보면 낮이었고, 한밤중에 모닥불을 피우던 것이 떠오르다가 그 뒤는 새벽별이 뜨는 모습이었다. 그때마다 그는 동생이 눈앞에 없는 것에 감사했다. 형과 함께 잠들지 않게 된 보리스는 좋지 않은 기미가 보이면 재빨리 예프넨의 곁에서 벗어났다. 그러나 멀리 가지는 않았다.

그날 밤, 예프넨은 스노우가드를 벗어서 동생에게 주었다.

"네가 가지고 있어. 내겐 필요 없으니까."

"하지만 그건 형 거야."

보리스는 아직도 형이 곧 죽어야 할 사람임을 받아들이려 하지 않았다. 예프넨이 희미하게 웃었다.

"죽은 사람에게 갑옷이 무슨 소용이 있겠어."

예프넨은 억지로 눈雪빛 찬란한 갑옷을 동생에게 입혔다. 그 위에 겉옷을 입혀주고 나서 예프넨은 오랜만에 즐거워했다. 뭔가 하나라도 주어서 동생의 몸을 지켜주게 됐다는 사실이 기뻤던 모양이었다.

그날 예프넨은 평소와 약간 다른 이야기를 했다. 삼촌에 대한 것이었다.

"그래, 따져보면 삼촌이 아버지를 죽게 만든 것은 사실이다. 그렇지만 결국은 호수의 괴물들과 붉은 눈의 망령이 아버지의 목숨을 빼앗았어. 물론 삼촌이 아버지에게 상처를 입히지 않았더라면 아버지께서 그리 호락호락 당하지는 않았을지도 몰라. 결국 희생된 것은 삼촌 쪽이었을지도 모르고. 어찌

됐건 책임을 묻자면 한없이 거슬러 올라갈 수 있을 거야. 보리스, 나하고 한 가지만 약속해줄래?"

"응?"

"절대로 복수하지 마."

복수하지 말아야 할 대상이 누구인가는 뻔했다. 보리스는 이해하지 못해 눈을 크게 떴다.

"네게 다 설명할 수는 없지만 난…… 너만은 이 복잡한 집안의 은원에 말려들지 않기를 바란다. 그건 몇 년 사이에 만들어진 게 아니야. 정치 파벌의 문제는 긴 세월 트라바체스의 수많은 가족들을 갈가리 찢어왔어. 그것은 그들이 결코 잊지 않기 때문인 거란다. 어느 한쪽이라도 잊었더라면 이런 반복은 없었을 텐데. 또는 용서해줬더라면."

"하지만 아버지는……."

예프넨이 보리스의 말을 막았다.

"만일 살아 계셨다면 아버진 네게 이렇게 말하지 않으셨겠지. 이럴 때는 네가 어리다는 것이 도리어 다행으로 느껴진다. 더 자라면서 많은 일을 보고 겪을 테니까 어린시절의 일은 잊어. 아니 용서해버려. 그렇지 않고는 너도 그 끊어지지 않는 사슬에 다시 말려들게 돼. 그리고 네 아랫대의 사람들 역시 피의 유산을 물려받겠지."

보리스는 여전히 이해하지 못했지만 다른 문제로 고통스러워하는 형의 뜻을 거스르고 싶지 않았다. 형의 마음이 편해지는 것 외에 지금 그가 바라는 것은 없었다. 보리스가 고개를 끄덕이자 예프넨은 몇 번이고 되풀이해 당부하며 약속하게 했다. 그때 그것을 약속하던 보리스는 곧 죽게 될 사람과 하는 약속이 얼마나 큰 무게를 지니는지 깨닫지 못했다.

그날도 예프넨은 잠들지 않으려 애썼다. 첫 발작이 잠들어 있던 때 일어났던 것을 생각하면, 이만큼 악화된 자신이 잠들었다가 얼마나 끔찍한 일을 저지를지 두려웠다.

보리스는 모닥불 가까이에서 잠들었다. 예프넨은 붉어진 눈으로 동생을 지켜보며 정신을 온전하게 지키기 위해 노력했다. 그러나 나흘째 잠들지 못한 그가 졸음을 참기란 쉽지 않았다. 지금까지 버틴 것만도 이미 초인적인 노력이었다. 점점 정신이 혼미해지며 꿈과 현실을 구별하지 못하는 상태가 되었다. 그 상태로 몸을 흔들어 한밤중까지 견뎌냈지만 아무것도 제대로 인지하지 못하는 상태였다.

꿈인 듯 생시인 듯 귓가에 목소리가 들려왔다. 따뜻한 입김이 기분 좋았다.

"괜찮아, 형. 그냥 자. 쉬어도 돼. 편안하게⋯⋯."

봄볕 내린 언덕에 누워 책을 읽다가 잠들었던 적이 있었다. 시원한 바람이 불어오고⋯⋯. 꿈을 꾸었는데 사람들이 웃으며 손짓했다. 이리 오라고. 그러나 다가가기 전에 꿈에서 깨고 말았다. 눈을 뜨니 보리스가 나뭇잎을 들고 코끝을 간질이고 있었다. 어느 봄날의 기억.

부드러운 이불에 들어간 듯, 따뜻한 물에 잠긴 듯, 세상이 평화로워졌다. 마음이 삽시간에 녹아내렸다. 동시에 예프넨은 진실을 깨달았다. 고통스러운 현실이 결코 건드릴 수 없는 잠에 대해서.

이젠 동생이 돌아가 눕고, 잠을 청하는 것까지 생생하게 인지할 수 있었다. 정신이 맑아지고, 깨끗해졌다. 자신이 해야 할 일이 명확히 보였다. 단 하나 남은 일, 자신이 동생을 위해 해줄 수 있는 마지막 일이었다.

지금이 그때였다.

보리스는 잠결에 희미하게 빛나는 영상을 보았다. 한 사람이 검 한 자루와 손만으로 흙바닥을 파내고 있었다. 너무도 이상한 모습이라 그는 단지 묘한 꿈이라고만 생각했다. 혼미한 정신이 곧 눈앞의 영상을 덮었다.

그것이 마지막인데도, 그렇게.

늦은 아침이 되어 깨어난 보리스는 꿈이 아닌 끝을 보았다. 조금 떨어진 곳에 꿈속에서 봤던 구덩이가 있었다. 잠결에 본 것보다 훨씬 넓게 파져 있었다. 파낸 흙이 한쪽에 작은 언덕처럼 쌓여 있었다.

좋은 날씨였다. 종다리가 비상하여 아침 노래를 지저귀었다. 이미 떠오른 해와 함께 하늘은 강물처럼 말갛고, 공기는 적당히 찼다. 소년은 커다랗게 심호흡을 하고 주위를 두리번거렸다.

형이 없었고…… 윈터러도 없었다.

벌떡 일어나다가 소년은 멈췄다. 그리고 생각했다. 구덩이를 바라보며 생각을 거듭했다. 자신이 받아들여야 할 현실에 대해서. 굵고 뾰족한 바늘이 심장을 찌르듯 그렇게 아픈 것을 어찌할 수 없었다. 창에 꽂힌 짐승처럼 고통스러워하며 목으로 치미는 것을 삼켰다. 목이 꽉 막혀 말 한마디 나오지 않았다. 간신히 옅은 숨소리만 흘러나왔다.

애써 일어난 보리스는 천천히 구덩이로 다가갔다. 형은 눈을 감고 잠들어 있었다. 보리스가 속삭였던 대로 편안하게, 깨어나지 않을 잠을 자고 있었다. 자장가를 들으며 잠든 듯 평온한 얼굴이었다.

가슴 아래 명치 부분에 상처가 보였다. 주위에 시커멓게 변한 핏자국이 말라붙어 있었다. 그러나 검은 꽂혀 있지 않았다. 윈터러는 구덩이 한쪽에 쓸쓸하게 버려져 있었다.

긴 검인 윈터러는 자살을 하기에 좋은 무기가 아니었다. 상

203
—
긴 자장가

황이 눈앞에 그려지는 듯했다. 검을 바닥에 꽂거나 해서 그 위에 몸을 던졌을 것이고, 동생이 볼 것을 대비해 마지막 힘을 다해 도로 뽑아냈을 것이다. 밤새 흙을 파냈을 형의 손끝은 갈라지고 누렇게 얼룩져 있었다. 산 자에게 작은 수고로움조차 남기지 않으려 한 그 노력은…… 살아남은 자로서 실로 원망스럽기까지 했다.

왜, 왜, 당신은 당신의 삶을 살지 못하고서…….

소년은 구덩이 앞에 앉아 오랫동안 말이 없었다. 해가 높이 오르고, 낮의 바람이 뺨을 스쳐갔다. 세월처럼 시간이 흘러갔다. 돌로 변하기라도 한 듯 소년은 움직이지 않았다. 눈물도 흐르지 않았다.

중천에 올랐던 해가 기울어지기 시작했다. 얼마 후 석양이 황량한 풍경을 더욱 붉게 물들였다. 꼬리 긴 바람이 들판을 훑으며 소년의 긴 머리도 쓰다듬었다. 바람은 창백한 뺨을 한 스무 살 젊은이에게도 왔다. 다시는 나이 먹지 않을, 영원한 청춘을 갖게 된 젊은이의 눈꺼풀을 어루만지고 지나갔다.

문득 보리스가 움직였다. 그는 겉옷을 벗더니 그 안에 입고 있던 스노우가드를 벗어 들었다. 그리고 구덩이 안으로 내려갔다. 형의 시체를 끌어당겨 일으켜 세우고, 스노우가드를 입혔다. 힘에 부쳐 땀을 뻘뻘 흘리면서도 포기하지 않고 애쓰는 그의 얼굴은 흡사 미친 사람처럼 보이기도 했다. 그러나 미친 사람의 행동이라 해도 무시할 수 없을 단호한 결심이 얼굴에 서려 있었다.

애쓴 끝에 결국 성공했다. 다시 누운 형의 몸에서 이제 상처는 보이지 않았다. 흰 갑옷은 그대로 흰 수의가 되었다.

쉰 듯한 목소리가 나지막이 새어 나왔을 때 하늘에는 별이 하나씩 솟아나고 있었다.

힘든 하루가 지나갔으니 이제는 잠잘 시간
별똥별도 꼬리 끌며 엄마별 곁으로 자러 갔네.
걱정 말고 편히 자거라, 내가 지켜줄 테니
아무도 우리 아가를 깨우지 못할 거예요.

일어난 소년은 구덩이 밖으로 나와 쌓여 있던 흙더미를 밀어넣었다. 잔돌 섞인 흙덩이들이 흰 갑옷을 입은 젊은이 위로 쏟아져 내렸다.

캄캄한 밤이 무서워도 곧 아침이 오니까
힘든 세상 모두 잊고 눈물도 흘리지 말고
잘 자라고 키스해줄게, 내가 곁에 있어줄게.
행복한 꿈 꾸다 보면 긴 밤도 금방 가니까

영영 볼 수 없을 얼굴이 흙에 덮여 덧없이 사라져갔다. 다 만들어진 무덤에는 봉분도 없었다. 둘이 며칠을 지내는 동안에도 지나가는 사람 한 명 없던 황량한 들판이었다. 소년은 주위를 둘러보았다. 그리고 뭔가 표시를 하는 대신 주위의 모든 것을 가슴속에 새겨넣었다.

떠날 시각이었다.

"잘 자, 형."

한밤이었다. 그러나 더는 지체하지 않았다. 돌아보지 않고 그곳을 떠나는 보리스의 마음은 이미 열두 살 아이의 것이 아니었다.

그 밤으로부터 달빛조차 없는 긴 겨울이 시작되었다.

3

장

BLINDING

로즈니스 아가씨

"아이참! 내가 왜 하녀들이나 입는 이딴 걸 입어야 한다는 거야!"

"하지만 아가씨, 다른 옷이 없는걸요."

화가 난 어린 아가씨의 비위를 맞추는 시종들은 연신 굽실 거렸다. 이토록 까다로운 아가씨를 모시고 먼 외국까지 여행 을 나온 것부터가 무리한 일이었지만 주인님이 허락한 걸 그 들이 감히 어쩌겠는가. 덕택에 여행은 하루도 빠짐없이 무슨 일인가 터져 삐걱거렸다. 그나마 다행이라면 이제 여행의 볼 일이 끝나 본국으로 돌아가는 중이라는 점뿐이었다.

"다른 옷을 가져와! 난 백작 가문의 아가씨라고! 이런 옷을 입고 다니면 아버지의 체면이 서지 않는단 말이야!"

완전히 틀린 말은 아니었다. 이곳이 떠나온 본국 아노마라드의 장원이었다면 말이다. 그러나 여기는 본국의 장원과 무척이나 멀리 떨어진 트라바체스 땅이었고, 백작 가문의 체면을 논할 아노마라드 귀족은 아무데도 없었다.

"아가씨, 아무리 그러셔도 여긴 시골이라 새 옷을 사 올 데가 없는뎁쇼."

나올 대답은 뻔했다.

"뭐 이따위 나라가 다 있어!"

열두 살 먹은 백작 가문의 꼬마 아가씨 로즈니스는 자신이 가는 곳마다 켈티카의 번화한 거리처럼 고급 의상실이 줄을 지어야 한다고 생각하는 모양이었다. 수도인 켈티카에는 정작 가본 적도 없으면서. 허술한 옷을 입을 바엔 평생 밖에 나오지 않는 편이 낫다고 생각하는 그녀에게 하필 이따위 사고라니!

전날 밤에 내렸던 비로 길이 진창이 되어 백작 일행은 호숫가에 마차를 잠시 세웠었다. 그런데 누구의 부주의인지 닫혀 있어야 할 마차의 문이 갑자기 열리는 바람에 아가씨의 드레스 상자가 통째로 물에 빠져버렸던 것이다. 바람 쐰다고 일찌감치 마차에서 내려 돌아다녔던 로즈니스는 제가 입고 있던 드레스 자락을 이미 흙탕물에 다 망쳐버린 뒤였다.

이번 여행에서 아가씨의 시중을 책임진 고참 하녀 윌라는 마차의 문을 제대로 닫지 않은 사람이 누구인지 잡히기만 하면 손목을 분질러버리겠다고 별렀다. 윌라는 뼈대가 굵고 체격도 웬만한 남자보다 월등했기에 결심이 실행에 옮겨질 가능성이 없지만은 않았다.

"싫으면 그 옷을 계속 입고 다니려무나, 로즈."

구원자가 나타났다. 마을에 잠시 나갔던 백작 일행이 돌아온 것이다. 또래 아이 열은 합친 만큼 까다로운 꼬마 아가씨도 고분고분 말을 듣는 상대가 있었다. 벨노어 백작은 딸을 몹시 귀여워해서 로즈라는 애칭으로 부르며 원하는 것이라면 뭐든 구해주었지만, 버릇없이 구는 것만은 용서하지 않았다. 하인들과 얽힌 일도 공정하게 처분해주는 백작을 많은 피고용인들이 존경했다.

"아빠, 이건 흙이 묻었는걸……."

애교를 섞어 항변해보려 했지만 곧 소용없다는 걸 깨닫고 윌라가 내미는 옷을 마지못해 받아들었다. 로즈니스의 말이 아예 틀리지는 않았다. 그건 잔심부름하는 소녀인 캐미아의 옷이었다. 그래도 백작 집안 하녀의 옷이라 그렇게 허름해 보이지도 않았다.

옷을 갈아입고 난 로즈니스는 장식도 없고 심지어 길이조차 무릎 언저리까지밖에 오지 않는 치마 때문에 잔뜩 부아가 났다. 바로 옆에 나이도 똑같은 하녀 캐미아가 있었다. 로즈니스는 화풀이를 그 애에게 했다.

"저리 가! 네가 옆에 있는 걸 보니까 화가 나 죽겠어!"

캐미아는 얼른 종종걸음을 쳐 마차 뒤로 돌아갔다. 아가씨와 똑같이 생긴 옷을 입고 옆에 서 있는 건 좋은 생각이 아니다.

"로즈, 흙탕물에 다시 옷이 더러워질지도 모르니까 마차 안에 들어가 있어라."

아버지가 말할 때만 옳은 말을 옳다고 받아들일 줄 아는 로즈니스였다. 그녀는 고개를 끄덕이고 마차 문을 열었다. 윌라가 아가씨를 번쩍 안아 마차에 들여놓고 문을 닫았다. 그리고 고개를 돌려 휴 하고 한숨을 내쉬었다.

마차만도 세 대나 되는 행렬이었다. 벨노어 백작이 본국 아노마라드를 떠나 트라바체스 공화국까지 온 것은 아내 쪽으로 먼 친척이 되는 유력한 선제후를 만나기 위해서였다. 백작의 장원은 아노마라드의 식민령인 티아를 제외하면 트라바체스와 가장 가까웠으므로 이 나라와의 관계를 소홀히 할 수는 없었다. 하지만 관계 유지는 쉬운 일이 아니다. 정치적으로 늘 불안정한 트라바체스였기에 친분으로 엮어두었던 집안이 어느 날 뒤집혀 박살날지는 아무도 몰랐다.

아노마라드 남부는 예로부터 포도와 아몬드, 그리고 미식가들이 이름만 들어도 입에 침이 고인다는 송로버섯의 산지로 이름났다. 동서로 뻗은 파노자레 산맥의 양 끝자락을 각각 아라종, 그리고 벨크루즈라고 불렀다. 두 지방 모두 천혜의 기후와 아름다운 풍광으로 유명했고, 특산물도 풍부했다. 벨노어 백작의 장원은 바로 벨크루즈에 속해 있었다. 트라바체스에도 돈 많은 부자들이 있는 고로 미식을 탐내지 않을 리 없었다. 그들과의 무역을 위해 길을 뚫어두는 일은 백작의 중요한 업무였다. 수도에는 국왕이 있지만 이 정도의 권한은 영지의 주인인 백작에게 속했다.

백작이 자리를 비운 동안 일행을 지키고 있던 비서 휴가 다가와 고개를 숙였다. 백작이 말했다.

"그래, 문제는 없었겠지?"

"물론입니다. 주인님께서 가신 일은 잘되었습니까?"

"암, 잘되었지."

고개를 끄덕인 휴는 화제를 바꾸었다.

"사람을 보내어 알아보니 티아 국경까지 사흘 정도면 닿을 것 같더군요. 티아 땅에 들어서면 아가씨께서 편히 쉬실 곳 정도는 얼마든지 마련할 수 있을 것입니다."

대국 아노마라드의 비위를 거스를 생각이 없는 티아의 군소 기사나 영주들은 벨노어 백작을 언제나 깍듯하게 모셨다.

"그래, 오랜 여행이라 로즈가 지치기도 했겠지. 늘 집에서만 지내던 아이인데."

"그래도 그만하면 얌전하게 버티셨습니다. 이제 곧 다시 상냥해지시겠지요."

휴의 말은 사실이 아니었다. 로즈니스가 상냥하게 구는 상대는 몇 명으로 한정되어 있었고, 휴는 그 안에 절반 정도만 포함되어 있었다. 그러나 자기 직분에 충실한 그는 개의치 않았다.

진창길이 어느 정도 말랐으므로 마차 행렬이 다시 움직이기 시작했다. 저녁이 되기 전에 인근에서 가장 큰 성인 그와레에 도착할 예정이었다. 친분이 없는 곳이라 번거롭게 성주의 영접을 받을 생각은 없었지만 그래도 좋은 여관은 몇 군데 있을 터였다. 가서 맛있는 음식으로 우울해진 로즈니스를 달래고 불확실한 정보도 좀더 확인할 마음이었다.

"저기 저 녀석 좀 봐라."

"웬 어린놈이 저런 꼴로 혼자 돌아다니지?"

"쟤는 저런 게 어디서 났담?"

그와레는 규모는 커도 도시라기보다 장원에 가까워서, 그곳에 사는 사람들은 이웃과 외지인을 한눈에 구별했다. 외지인의 비율은 항상 일정 수준으로 정해져 있었다. 오늘 들어온 외지인 가운데 가장 눈에 띈 자들은 세 대나 되는 마차에 말 탄 기사가 열둘이나 따라붙은 어느 외국 귀족의 행렬이었다.

일행의 주인인 훤칠한 남자는 훌륭한 백마를 타고 있었는데 그런 사람들은 갈 곳이 뻔했다. 틀림없이 그와레에서 가장 훌륭한 '사프란 대문' 여관일 것이다. 그와레를 비롯한 트라바체스 중부에서는 고급 향료인 사프란이 그나마 괜찮은 수익을 안겨주는 상품이었다. 사프란 대문 여관에서 가장 훌륭한 요리는 사프란을 듬뿍 깔고 나오는 훈제 연어였다. 물론 훈제 연어를 잔뜩 실어 오는 장사꾼이 성에 들어오는 날만.

"많이 지쳐 보이는데."

성 사람들이 수군대며 쳐다보는 대상은 번화한 길거리를 혼자 걷고 있는 외지 소년이었다. 행색이 초라했더라면 떠돌이 거지인가 보다 했겠지만, 괜찮은 집안의 길 잃은 도련님처럼 보이는 행색이 수상쩍었다. 그러나 무엇보다도 눈에 띄는 것은 소년이 질질 끌고 가는 뜻밖의 소지품이었다. 그건 분명 검이었다.

하얀 칼집이 상점들이 내건 불빛만 받아도 수십 가지 빛깔로 희번덕거렸다. 어린 소년이 갖기에는 지나치게 컸고, 지나치게 좋아 보였다. 소년은 검을 매다는 가죽띠를 차고 있긴 했지만 검신이 워낙 길어서 소용이 없었다. 옆구리에 끼고도 칼집 끝이 바닥에 끌릴 정도로 소년의 몸집은 작았다. 눈길을 끈다는 걸 알았더라도 어쩔 수 없었으리라. 어린 소년에게 그만한 검은 가벼운 짐이 아니었다.

소년을 쳐다보는 사람은 평범한 행인들만이 아니었다. 거리 곳곳에서 소년의 행동을 주시하고 있는 또 다른 사람들이 있었다. 벨노어 백작가의 어린 하녀 캐미아는 로즈니스의 성화에 못 이겨 새 드레스를 구할 데가 없을까 하고 거리에 나와 있었다. 거리도 구경할 겸 천천히 걷던 캐미아의 눈에 검을 끌고 가는 소년의 모습이 띄었다.

워낙 희한한 모양새라 캐미아도 한참이나 그 애를 쳐다보았다. 그리고 무심결에 뒤따라 걷기 시작했다. 의상실은 아니었지만 그럭저럭 커 보이는 바느질집을 발견한 캐미아가 걸음을 멈췄을 때, 소년도 멈춰 서서 거리 한쪽을 바라보았다. 캐미아가 돌아보니 허술한 여관이었다. 백작 저택에서 자라 온 캐미아였으므로 저런 여관 안에는 거친 깡패들만 자리잡고 있을 것처럼 생각되었다. 그녀는 저도 모르게 소년에게 말을 걸었다.

"애! 저런 덴 애들이 들어갈 데가 아냐. 위험하다고."

소년은 얼른 돌아보지 않았다. 시선이 느리게, 아주 느리게 캐미아의 얼굴로 옮겨갔다. 소년과 눈이 마주친 캐미아는 움찔했다.

자기 또래로 생각했는데, 눈빛이 어린아이가 아니었다. 캐미아는 십이 년 동안 주위 사람의 눈치만 보며 자라왔기에 사람 보는 눈이 저절로 길러져 있었다.

소년의 눈은 움푹했다. 곯어서 해쓱한 것만이 아니라 검은 그늘이 한 겹 드리워져 있었다. 아직 어린 캐미아는 몰랐지만, 그건 결코 보아선 안 될 장면을 보고도 살아남은 사람만이 갖는 눈이었다.

"괜찮아."

짧은 대답이 떨어졌다. 소년은 몸을 돌려 여관 안으로 들어갔다. 캐미아는 당황해서 멍하니 있다가 곧 정신을 추슬러 바느질집으로 들어갔다.

형의 곁을 떠난 지 닷새째 되는 날이었다.

예프넨이 어머니의 유품을 팔아 남겨준 돈이 아직 약간 있었다. 그러나 그 닷새 동안, 보리스는 그간 형이 얼마나 큰 그늘이 되어주었는지 뼈저리게 깨달았다. 전에도 몰랐던 것만은 아니었다. 그러나 상상을 해보는 것과 형이 없는 현실에 부딪치는 것 사이에는 까마득한 간극이 있었다.

첫날, 보리스는 돈을 아끼기 위해 외딴 인가에서 구걸을 했다. 집을 지키고 있던 아주머니는 의심쩍은 시선을 보냈지만, 정말로 오갈 데 없는 아이라는 것을 알고는 죽 비슷한 것을 한 그릇 주었다. 죽을 허겁지겁 먹어치우고 아주머니가 가리킨 대로 헛간에 들어가 잠을 청하고 있자니 저녁이 되어 아주머니의 남편이 돌아왔다. 그는 이것저것 따져 묻지 않고 마음 놓고 쉬라고만 하더니 안으로 들어갔다.

생각이 많아 잠을 이루지 못하던 보리스의 귀에 벽을 타고 남자의 목소리가 들려왔다. 아무리 봐도 거지는 아닌 것 같은데, 저런 아이를 넘겨주면 부모를 찾아내어 돈을 받고 파는 사람들이 있다는 얘기였다. 물론 아이를 넘길 때 몇 푼의 돈을 받아 쥘 수 있었다. 만일 그자들이 부모를 찾지 못하면? 그러면 노예가 있는 아노마라드에 팔거나 용병단 따위에 넘긴다는 것이다. 어느 쪽이든 그리 손해 보는 장사는 아닌 모양이었다. 실은 대부분 후자겠지만, 부모를 찾아준다는 말을 듣고 넘기면 양심의 가책이 약간 덜해진다. 듣자니 아주머니도 혹하는 눈치였다.

보리스는 부부가 잠들기를 기다려 살그머니 헛간에서 빠져나왔다. 그리고 밤새 걸어 그곳을 벗어났다.

주위에서 큰 새만 푸드덕거리며 날아올라도 깜짝 놀랐다. 저택에서 지낼 때는 형과 함께 자고새 사냥을 나가서 한두 마리 잡아오기도 했던 그가 이렇듯 변해 있었다. 밤이 되자 불을 피워보려 했지만 아무리 애써도 되지 않았다. 형이 시범을 보여주었던 그대로 했건만 불씨는 제대로 붙기도 전에 피시식 꺼져버렸다. 바짝 웅크린 채로 밤을 지새우고 다음날 다시 걸었다.

어디로 가고 있는지, 방향조차 알 길이 없었다. 유일한 유품인 윈터러는 갈수록 무거워졌다. 하루 종일 아무것도 먹지 못했다. 형과 지낼 때 잡곤 했던 토끼 같은 작은 동물이나 심지어 새알조차도 보리스의 눈에는 발견되지 않았다. 무엇인지도 모르고 따먹은 열매는 시고 떫은 맛만 났다. 그래도 그는 고통조차 느끼지 못한 채 그것을 다 먹어치웠다.

다음날, 순전히 운이 좋아 발견한 마을에서 보리스는 다시 인가로 가서 구걸을 해야 할지, 아니면 여관으로 가야 할지 결정이 서지 않았다. 결국 어디로도 가지 못한 채 빵만 조금 사서 사람이 드문 구석을 찾았다. 아직 가을걷이가 본격적으로 시작되지 않아 곡식을 쌓는 창고가 비어 있었다. 하지만 창고에는 짚단조차 없었다. 이제 차고 딱딱한 바닥에는 아무런 감상도 없는 보리스는 빵을 몇 입 뜯어먹은 다음 구석에 누워 눈을 붙였다.

새벽이 밝기도 전에 보리스는 잠에서 깨었다. 갑자기 가슴 한쪽이 아파지면서 눈물이 주르륵 흘렀다. 그러나 그는 애써 눈물을 닦아내고 마른입으로 다시 빵을 씹었다.

고모할머니를 찾아가는 것은 포기했다. 멀기 때문만은 아니었다. 보리스도 트라바체스에서 나고 자랐기 때문에 다른 정파에 속한 친척이란 것이 얼마나 무의미한지, 친척이라기보다 오히려 적에 가까운지 알고 있었다.

어디로 가야 할까?

보리스는 홀로 생각한 끝에 그가 갈 곳이란 없고, 어딘가에서 심부름꾼으로라도 써준다면 몸 붙이고 사는 수밖에 없다는 결론을 내렸다. 출신이니 자존심이니 하는 따위, 이런 상태에 이르면 아무 소용도 없었다. 형의 말대로 살아남는 것, 오직 그것만이 중요할 따름이었다.

일을 얻는다면 그래도 큰 도시 쪽이 낫지 않을까 싶어 있던 마을을 떠나 일전에 들어두었던 그와레 성을 목표로 삼았다. 그리하여 닷새째 되는 날 그와레에 도착한 참이었다.

"방 좀 주십시오."

카운터를 맡아보는 토냐는 여관 주인의 열여덟 살 먹은 딸이었다. 그녀는 조그마한 소년이 혼자 들어와서 어른스러운 말투로 방을 달라고 하자 고개를 갸웃거렸다.

"너 혼자니?"

"그렇습니다."

소년은 작았지만 말투로 보아 철없는 아이 같지는 않았다. 겁먹은 목소리도 아니었고 머뭇거리지도 않았다. 토냐는 잠시 후 어깨를 으쓱하며 뭐 어떠랴, 하는 얼굴이 되었다.

"그래. 싼 방으로 줄까?"

"그렇게 해주세요."

"은화 다섯 닢이란다. 저쪽 부엌 옆에 딸린 방이야. 침대가 좀 작지만 너한테는 상관없을 것 같구나."

보리스는 미리 세어두었던 은화를 호주머니에서 꺼내 건넸다. 돈주머니를 내보이는 것이 좋지 않다는 것은 직감으로도 알고 있었다. 토냐가 돈을 받자 보리스는 약간 낮은 목소리로 말했다.

"저, 그리고……."

서글서글한 토냐는 혼자 여행하는 어린 소년에게 호기심을 느꼈으므로 평소보다 친절한 목소리로 되물었다.

"그리고?"

"혹시, 저기, 저 같은 어린아이라도 써줄 만한…… 곳을 알 수 없을까 하고요. 돈은 주지 않아도 좋으니 먹고 자게만 해주면 되는…… 그런 데요."

보리스도 어느 정도 예프녠과 비슷한 성격이었기에 그런 말을 꺼내는 데는 상당한 용기가 필요했다. 토냐는 눈을 조금 크게 뜨며 소년을 다시 살펴보았다.

"일자리를 구하니?"

이번엔 대답이 쉬웠다.

"네."

"흐음……."

보리스는 토냐의 얼굴을 처음으로 올려다보았다. 그리고 자기가 토냐 정도의 나이만 되었더라도 얼마나 좋을까 생각했다. 토냐도 보리스를 내려다보았다. 여관 카운터를 자주 보아온 그녀는 이 소년이 평민 가정에서 자란 것 같지는 않다고 짐작했다.

"정말로 아무 일이나 상관없어?"

토냐의 입에서 뜻밖의 대답이 나오자 보리스는 저도 모르게 긴장하며 대답했다.

"네. 어떤 일이든지."

"뭐 나도 확답은 못 하겠지만. 저번에 대장간의 부닌 아저씨가 조수가 필요하다고 했던 것 같으니까 일단 물어볼게. 아니라면 이 근처에 드나드는 상인들이 잔심부름꾼을 필요로 할 것 같기도 하고."

눈을 천장으로 굴리며 중얼거리던 토냐가 이어 말했다.

"너처럼 생긴 애는 돈 많은 마나님들도 시종으로 마음에 들어 할 것 같은데."

보리스는 별 감상 없는 얼굴로 눈을 바로 떴다가 다시 내리깔았다. 그런 소년을 내려다보며 토냐는 웃는 것처럼 입가를 실룩거렸다.

"어쨌든 좋은 얘기가 있으면 전해줄 테니까 방에 가서 쉬도록 해."

보리스가 고개를 꾸벅 숙이고 방에 들어가고 나자 토냐는 저 애가 저녁은 먹은 걸까 하고 고개를 갸웃거렸다.

"그래서 없더란 말이야?"

캐미아는 동갑내기 아가씨의 얼굴을 보는 것이 두려웠다. 아직도 아가씨가 자신과 같은 옷을 입고 있었으므로. 게다가 좋은 소식도 없었다.

"그럼 다른 델 찾아보면 되잖아! 이만큼이나 큰 성인데 여기 귀족들은 그럼 뭘 입고 산단 말이야?"

"여긴 시골이라서요. 아가씨 같은 분이 입으시는 옷은 주문을 받아야만 만든대요."

"흥!"

로즈니스는 화가 나서 침대에 벌렁 드러누워버렸다. 그때 문을 두드리는 소리가 들렸다.

"로즈, 아버지다. 들어가도 되겠니?"

어린 딸이지만 숙녀 대접을 해주는 아버지였기에 이런 모습으로 있을 수는 없었다. 로즈니스는 얼른 일어나 치마를 정돈하고 대답했다.

"네, 아버지."

문을 열고 들어온 벨노어 백작의 팔에는 로즈니스가 가장 좋아하는 초록빛 천으로 만든 귀여운 드레스가 걸쳐져 있었다. 새것인데다 만족스러울 정도로 고급이었기에 로즈니스는 깜짝 놀라며 소리쳤다.

"아빠!"

뒤따라 들어온 비서 휴가 문을 닫았다. 벨노어 백작이 말했다.

"우리 꼬마 숙녀님이 옷이 없어서 쩔쩔매는 것을 보고 아버지가 얼른 가서 구해 왔단다. 마음에 드느냐?"

드레스를 받아들자마자 몸에 대어보고 있던 로즈니스는 활짝 웃으면서 대답했다.

"마음에 들고말고요!"

"그럼 얼른 입어라. 아버지와 밤나들이를 가자꾸나. 다른 나라의 풍습도 많이 구경해야 현명한 숙녀가 되는 거란다."

"네!"

백작이 나가자 로즈니스는 캐미아의 도움을 받아 싫었던 옷을 벗어버리고 서둘러 새 드레스로 갈아입었다. 거울에 자신의 모습을 비추어 본 로즈니스의 얼굴에 슬그머니 미소가 피어올랐다. 밝은 레몬색 머리를 곱게 늘어뜨리고 초록색 눈을 빛내는 자신은 스스로도 깜짝 놀랄 만큼 예뻐 보였다. 드레스 때문만이 아니라 반나절 동안 구질구질하던 기분이 맑아졌던 덕택이었지만. 캐미아도 옆에서 손뼉을 치며 아가씨의 비위를 맞춰주었다. 둘은 신이 나서 곧 아래층으로 내려갔다.

백작은 타고 갈 말 준비를 끝내고 기다리고 있었다. 백작이 말에 오르고, 뒤이어 하인의 도움을 받아 아버지 앞에 탄 로즈니스는 궁금하던 것을 물어보았다.

"그런데 아빠, 어디서 옷을 구하셨어요? 캐미아는 바느질

집밖에 못 봤다는데."

"아버지도 그 바느질집에서 샀지."

로즈니스는 눈을 동그랗게 떴다.

"어떻게요?"

"이웃 마을에서 주문받아 만들고 있던 드레스를 두 배 값을 주고 사 왔지."

"아아."

로즈니스는 생긋 웃으며 고개를 끄덕거렸다. 그리고 고삐를 쥔 아버지의 품에 편안하게 기댔다.

말이 출발했다. 백작의 뒤로 비서 휴와 호위 기사 셋이 역시 말을 타고 따랐다. 캐미아는 떠나는 말들을 바라보며 저렇게 좋은 아버지가 있는 아가씨가 부럽다고 생각했다. 그녀의 아버지는 딸이 태어나자마자 귀족에게 몸종으로 팔아먹었고, 돈 몇 푼만 쥐면 하루도 빠짐없이 취해 있는 주정뱅이였다. 그나마도 몇 년 전에 집을 나가 돌아오지 않았다.

"얘, 저기…… 문 좀 열어봐."

토냐는 소년의 이름을 물어두지 않은 자신의 바보스러움을 탓하며 문을 두드렸다. 한창 자고 있을 줄 알았는데 의외로 금방 대답이 들리더니 문이 열렸다.

"이리 나와봐. 대장간 아저씨가 널 보자고 하셔."

보아하니 소년은 잠을 자지도 않은 모양이다. 함께 걸어가는 동안 토냐가 이름이 뭐냐고 물었다.

"보리스……입니다."

"난 토냐라고 불러."

진네만이라는 성은 말해서는 안 될 것 같았다. 토냐도 더 묻지 않고 그를 홀 한쪽 구석의 테이블로 데려갔다. 키가 크고 유난히 팔뚝이 굵은 사십 대 남자가 앉아 맥주를 들이켜고 있었다.

"부닌 아저씨, 애예요."

남자는 곁눈으로 슬쩍 보리스를 훑어보더니 말했다.

"비리비리한 녀석이군. 너, 대장간 일을 견딜 수 있겠냐?"

보리스가 대장간 일이 어떤 것인지 알 리 없었다. 그는 얼결에 고개를 끄덕이려다 마음을 고쳐먹고 말했다.

"솔직히 어떤 일을 하는지 모릅니다."

"허."

부닌이라는 남자는 맥주잔을 내려놓더니 소년을 살피는 눈치였다. 그러더니 말했다.

"거짓말하는 녀석은 아니군. 널 딱 보고서 한눈에 평민 자식은 아니란 걸 짐작했다. 어느 집안이냐? 최근에 항쟁이 있었나?"

"……."

소년의 어두운 눈이 마음에 걸렸다. 부닌은 대장장이였기 때문에 항쟁에 쓰일 무기를 댄 일이 몇 번 있었다. 그래서 그게 어떤 것인지 잘 알고 있었다. 항쟁이란 뭐라도 가진 자들끼리 더 빼앗아보겠답시고 일어나는 일이고, 주인이 바뀌어도 평민들은 그냥 살아가면 되었기 때문에 부닌처럼 대뜸 사태를 짐작하는 사람은 드문 편이었다. 공화국이 되었어도 트라바체스는 변함없이 계급 사회였다. 평민들에겐 선제후나 의원을 뽑을 투표권도 없었다.

"말하기 싫은 게냐?"

대꾸 없이 서 있는 보리스의 얼굴을 들여다보며 부닌이 재차 물었다. 여전히 대답이 없자 맥주를 마저 들이켜더니 말했다.

"내일 아침 일찍 대장간으로 와라. 일을 조금 시켜보고 별볼 일 없으면 쫓아버리겠다."

보리스는 그 말을 곧이곧대로 받아들였지만 토냐는 얼굴이 환해졌다. 그녀는 부닌 아저씨를 예전부터 봐왔기 때문에 이렇게 말하면 허락이나 다름없다는 걸 알고 있었다.

"애, 어서 고맙다고 말씀드리지 않고 뭘 하고 있어?"

보리스는 토냐가 다그치는 바람에 저도 모르게 고개를 꾸벅 숙이고 다시 그녀의 손에 이끌려 방으로 돌아왔다. 토냐는 잠깐 기다리라고 하더니 주방에 가서 따뜻한 수프를 한 그릇 가득 떠가지고 돌아왔다.

"너 저녁 안 먹었지? 이거라도 마셔봐."

수프는 희멀건 물이 아니라 야채니 고기 조각이니 하는 것들이 꽤 충실하게 들어 있었다. 보리스는 토냐를 잠시 쳐다보다가 수프 그릇을 받아들고 한 모금 마셨다. 토냐가 피식 웃더니 말했다.

"얘, 너는 고마울 때 고맙다고 말하는 버릇 좀 들여야겠다."

탓하려고 꺼낸 말이 아니었다. 그녀는 보리스의 눈에서 충분히 고마움을 읽었던 것이다.

"고마워요…… 누나."

좀 창피하게 느껴지긴 했지만 보리스는 주머니에서 말라비틀어진 빵 조각을 꺼내어 수프에 찍어 먹었다. 토냐는 그저 미소만 지었을 따름이었다.

다 먹고 나자 몸이 따뜻해졌다. 토냐가 그릇을 가지고 돌아가자 보리스는 침대에 누워 생각에 잠겼다. 대장간이라는 곳은 농기구나 무기 따위를 만드는 곳이니 분명 고되고 위험한 일일 것이다. 그러나 그런 것은 별로 걱정되지 않았다. 걱정이 되는 것은 최근 겪어온 일들 때문에 보리스의 마음에 생겨난 교훈이었다.

저들을 믿어도 좋을까.

생명의 은인인 양 접근해서 탐내던 검을 빼앗고 용병단에 팔아버리려던 자들도 있었다. 친절하게 재워주는 체하며 돈이나 몇 푼 챙겨볼까 하는 어른들도 보았다. 친한 동료처럼 보였던 자들도 위기가 닥치자 금방 서로를 배신했다. 토냐 누나나 부닌 아저씨가 친절해 보이지만 다른 꿍꿍이가 있을지 모를 일이다. 지금까지 유난히 친절하던 자들일수록 더 악랄한 계획을 갖고 있었던 것이다.

고민하던 보리스는 결국 자리에서 일어나 검을 옆에 끼고 밖으로 나왔다. 늦은 밤이었다. 카운터에서 바쁘게 일하는 토냐의 눈을 피해 여관 밖까지 나왔다. 대장간이 정말로 있는지 찾아볼 셈이었다. 그리고 가능하다면 대장장이가 정직한 사람인지도 알아볼 생각이었다.

거리로 걸어나가던 보리스는 마침 전속력으로 달려오던 네 필이나 되는 말에 그대로 밟힐 뻔했다. 그의 잘못이 아니었다. 기수들이 길거리의 사람들을 무시하고 질주했던 것이다. 그들이 지나온 거리에서 사람들이 개미떼처럼 흩어지고 있었다.

"워엇!"

보리스가 미처 피하지 못해 바닥에 바짝 웅크렸을 때, 그의 등 바로 위에서 말이 멈추었다. 멈추고도 다리를 움직거리던 말이 보리스의 옆구리를 툭 걷어찼다. 옆으로 굴러 길을 빠져나왔지만 통증이 멈추지 않았다.

"뭐냐! 죽고 싶어서 길을 막는 거냐!"

길을 막았다는 것은 순 억지였다. 보리스가 겨우 몸을 일으키고 고개를 들자 기세등등한 네 기수가 푸륵대는 말 위에서 그를 굽어보고 있었다. 그들은 재미난 시빗거리를 찾았다는 것처럼 저들끼리 피식거리며 웃음을 주고받았다.

"어르신의 앞길을 막았으면 얼른 엎드려 빌 것이지, 뭘 그리 쳐다보고 있느냐!"

그자들의 위세가 하도 높아서 주위 사람들은 눈치만 보며 흩어졌다. 보리스는 어떻게 행동해야 할지 판단이 서지 않았다. 그는 아직 고개를 숙이는 데 익숙하지 않았다.

"길을 방해해서 죄송하지만…… 사람이 많은 거리에서 말을 달린 것도 잘못 같습니다."

"허어?"

"저 녀석 말하는 것 봐라. 정신이 덜 든 모양이구나."

기수들이 어이없어하며 헛웃음을 흘렸다. 한 명이 말했다.

"정신 번쩍 나게 형님이 맛을 보여주지 그러오."

"안 그래도 그럴 참이다!"

맨 앞에서 달려왔던 자가 말채찍을 높이 들더니 다짜고짜 보리스를 향해 내리쳤다.

철썩!

채찍은 피할 겨를도 없이 등과 어깨에 감겨 매서운 상처를 냈다. 그런 일격을 맞고 서 있을 어린아이는 없었다. 보리스가 비틀거리며 주저앉자 그들은 히죽거리며 다시 한번 채찍을 휘둘렀다. 살갗이 터져나가는 통증이 뇌리로 파고들었다. 채찍 끝이 얼굴을 스쳐 입가에도 피가 흘렀다.

"형님이 버릇을 가르치니까 저절로 무릎을 꿇는군요."

보리스가 쓰러진 것을 보고 한 남자가 킬킬거리며 말했다. 또 다른 남자가 말했다.

"알겠냐, 꼬마야? 송장 치우게 되기 전에 얼른 무릎 꿇고 빌어라."

토냐는 밖이 소란스럽기에 뭔가 싶어 나왔다가 이 꼴을 목격했다. 화가 치밀어 올랐지만 동시에 어쩔 줄을 몰랐다. 저들처럼 행색 좋은 망나니들에게 함부로 대들었다간 무슨 수모를 당하게 될지 몰랐다. 망설이다가 여관으로 뛰어 들어간 그녀가 소리질렀다.

"아빠! 아빠, 어디 있어요! 부닌 아저씨, 이리 좀 나와보세요!"

보리스는 주위의 모든 것이 벌떼처럼 윙윙거린다고 느꼈다. 통증보다 수치심에 얼굴이 달아올랐다. 그는 저도 모르게 옆구리에 낀 윈터러의 자루를 보았다. 이 검을 휘두를 정도로 자신이 컸더라면, 아니 여기에 형이, 예프넨이 있기만 했어도…….

그러나 소용없는 기원일 뿐이었다. 보리스는 비척거리며 검을 짚고 일어났다. 다리가 후들거려 가누기 힘들었지만 똑바로 섰고, 아무 말도 하지 않았다. 항변하지도 않았지만 굴복하지도 않았다.

"저런 표독스러운 자식을 봤나?"

한 사람이 말에서 내렸다. 넷 가운데 막내였다. 그는 다짜고짜 보리스의 멱살을 움켜쥐더니 여관의 기둥에 힘껏 처박았다. 얼마나 세게 밀쳤는지 기둥이 다 흔들렸다.

"너 같은 놈은 혼쭐을 내서 버릇을 가르쳐야 해. 어딜 거지자식이 귀족 나리한테 대드나, 대들길!"

쾅! 쾅!

두 번 연속해 기둥에 처박더니 왼손으로 얼굴을 움켜쥐고 손가락에 힘을 주었다. 커다란 손이 소년의 얼굴 전체를 덮어 일그러뜨렸다가 옆으로 돌렸다. 목이 꺾어질 지경이 되자 다시 기둥에 밀쳐 처박았다. 충격 때문에 머리가 텅 비는 느낌이었다.

"정신이 번쩍 나냐?"

"……."

대장장이 부닌이 토냐와 함께 밖으로 뛰쳐나와 그 꼴을 보았다. 말보다 행동이 앞서는 우직한 사내인 그가 다짜고짜 달려들려는 순간 뒤에서 낯선 목소리가 울렸다.

"이 무슨 소란이냐!"

사람들의 눈이 그리로 쏠렸다. 오늘은 말 탄 자들이 연이어 들이닥치는 날인 모양이다. 새로운 말 다섯 필이 멈춰 있는데, 그중 백마를 탄 남자가 방금 호통을 친 장본인이었다. 토냐가 보니 저녁 무렵 성으로 들어온 외국 귀족이 분명했다.

"뭐야?"

보리스를 붙잡았던 자가 고개를 돌렸다. 그때 백작 일행 중 두 사람이 말에서 뛰어내려 그쪽으로 달려갔다. 그들은 당장 그자를 붙잡아 밀치더니 보리스를 부축했다. 보리스는 일이 어떻게 돌아가는지 판단할 경황이 없었다. 머리를 심하게 얻어맞아서 사방이 어지럽기만 했다. 그대로 부축하는 자들의 손에 축 늘어졌다.

"넌 뭔데 참견이야!"

말채찍을 휘둘렀던 자가 소리치자 백작의 목소리가 울려 퍼졌다.

"난 이곳 사람은 아니지만, 너희 같은 무뢰배들이 힘없는 어린아이를 때리는 모습을 그냥 보아 넘길 사람은 아니다. 매운맛을 보고 싶지 않거든 썩 물러가거라."

"어쭈, 제법 큰소리치는데?"

결국 칼싸움으로 번질 모양이었다. 여기저기서 무기를 뽑는 소리가 들렸다. 사람들은 슬금슬금 뒷걸음질치면서도 구경할 태세를 취했다. 토냐와 부닌은 손쓰기가 뭣해서 그들이 하는 모습을 지켜보고 있었다.

그러나 구경꾼들이 기대한 싸움은 벌어지지 않았다. 백작이 칼을 뽑고 그 부하들이 말머리를 나란히 하자 무뢰한들은 상대가 되지 못했다. 특히 백작의 칼솜씨는 놀랄 만해서 두 명을 순식간에 말 등에서 떨어뜨리고도 치명상을 입히는 것은 교묘히 피했다. 말에서 떨어진 자는 욕을 퍼부었지만 패거리가 밀리자 얼굴빛이 변하더니 엉금엉금 기어 구석으로 달아났다.

백작이 외쳤다.

"네놈들의 말을 끌고 썩 사라져라!"

더 추궁하지 않는 것만 해도 다행이다 싶었는지 그들은 한마디 대거리도 없이 시킨 대로 달아났다.

"아이를 말에 실어라. 그리고 의사도 수소문해봐라."

백작이 명령하자 부하 하나가 고개를 숙여 보이고 두리번거리다가 토냐에게 다가와 이 근처에 의사가 있느냐고 물었다. 토냐는 대답하면서도 어쩐지 씁쓸했다.

"의사는 아니지만 저쪽 골목을 돌아가면 세 번째 집에 약사 할머니가 살아요."

상황이 마무리되자 백작은 말을 돌려 비서 휴가 안고 있는 로즈니스에게 다가갔다. 갑작스레 칼싸움 장면을 보게 된 로즈니스는 눈이 동그래져서 안절부절못하고 있었다.

"괜찮다, 로즈. 다 끝났단다. 아버지가 늘 말했지? 불의한 상황을 보고 그냥 지나쳐서는 귀족이 될 자격이 없다고. 기억해두어라. 귀족에게는 권리가 있지만 그만큼 의무도 있는 거란다."

로즈니스는 아버지의 기사 한 명이 안아 말에 태운 보리스를 바라보았다. 소년은 정신이 반쯤 혼미한 상태였다. 그래서 나중에도 이날 로즈니스가 내뱉은 말을 기억하지는 못했다.

"난 저렇게 더러운 아이는 싫어!"

로즈니스가 뭐라고 하든 백작 일행은 보리스를 데리고 여관 앞을 떴다.

삶의 갈림길

"으, 으음……."

눈을 뜨자 푸른 샐비어 꽃무늬가 있는 벽지가 보였다. 순간 롱고르드의 저택에 돌아왔는가 싶었다. 늘 비어 있던 어머니의 방에 들어온 듯 착각이 일었다. 더 어렸을 때 기어들었다가 저도 모르게 잠들어버렸던 그 침대인 것만 같았다. 그때 보리스는 자신은 맡지 못했지만 형에게는 늘 느껴진다는 어머니의 냄새를 맡아보려 했었다.

혼수상태에서는 깨어났지만 한쪽 눈이 부어올라 제대로 떠지지 않았다. 여기가 어딘지 깨닫자마자 떠오르는 것이 있었다.

"내 검!"

몸을 일으키려는 보리스를 누군가의 손이 도로 눕히더니 눈가에 시원한 물수건을 얹어주었다. 손의 주인이 말했다.

"검이라고?"

처음 듣는 목소리였다. 마흔쯤 먹은 아주머니인 듯했다.

"여기가…… 어딘가요?"

보리스는 다시 일어나려 했다. 그러나 좀 전의 손이 사정없이 도로 눌러버리더니 이번에는 어깨를 싸고 있던 붕대를 풀었다. 마흔 먹은 아주머니라는 생각은 정정해야 할 것 같았다. 손힘이 웬만한 남자와 맞먹었다.

"가만히 좀 있어. 궁금한 건 차근히 가르쳐줄 테니까."

보리스는 상대가 몸 곳곳의 붕대를 풀어 상처를 닦고 다시 새 붕대를 감을 때까지 기다렸다. 치료가 끝나자 몸이 한결 시원해졌다. 한쪽 눈이나마 뜨고 옆을 바라보니 몸집 큰 아주머니가 더러운 붕대와 대야를 챙기고 있었다. 다른 하인이 들어와 그것들을 치워 가고 나서야 아주머니는 보리스의 얼굴을 보았다.

"집은 어디냐?"

머릿속에서 어머니의 방이 어지러울 정도로 어른거렸다. 보리스는 눈을 감은 채로 답했다.

"없어요."

"떠돌이라고? 그렇게 보이지 않는데? 바른대로 말해봐. 괴롭히려는 게 아니니까."

아주머니의 목소리는 퉁명스러웠지만 악의가 있는 것 같지는 않았다.

"집이 있다 해도 돌아갈 수 없으니까 없는 거나 다름없어요."

"흥, 너도 네가 비극의 주인공인 줄 아는 가출 소년이냐?"

어이없는 반응에 보리스는 뭐라 답해야 할지 몰랐다.

"꼭 살 만한 것들이 제집이 제일 편한 줄 모르고 가출해서 헛소리를 지껄인다니까. 아버지가 동생만 사랑해서 돌아가고 싶지 않다는 둥, 살짝 돌아서 어머니한테 마음 아플 소리를 해버렸으니 돌아갈 면목이 없다는 둥……."

"……."

"솔직히 말해. 어느 집이야? 넌 입은 옷도 재단사가 만든 것이고 손에 박힌 굳은살이라고는 검을 잡았던 흔적밖에 없는데 가난한 집 자식일 리가 없잖니? 백작께서 은혜를 베풀어 널 구해주셨지만 언제까지나 데리고 다닐 거라고 생각해선 안 돼. 얼른 집에 가서 얼토당토않은 오해나 푸는 게 옳지."

보리스는 이 아주머니가 소설을 너무 많이 읽은 것 같다고 생각했다. 그리고 낯선 단어도 있었다.

"백작……요?"

아주머니는 이불을 펴서 덮어주다가 고개를 갸웃했다.

"그래, 백작. 아참, 이 나라엔 백작이 없다고 했던가? 널 구해주신 분은 아노마라드 귀족이신 벨노어 백작이시다. 설마 백작이 무엇인지 모르는 건 아니지?"

보리스가 대답하기도 전에 문이 덜컥 열리더니 한 소녀가 고개를 삐죽 내밀었다.

"월라 아줌마!"

보리스는 알아보지 못했지만 소녀는 그를 기억하고 있었다. 캐미아가 사뿐사뿐 들어오더니 눈을 흘겼다.

"거봐, 그런 여관에 들어가니까 이런 일을 당하잖아."

캐미아는 보리스의 부어오른 눈을 보며 조그맣게 혀를 찼다. 그렇지만 보리스를 다시 만나게 되어 어쩐지 즐거운 기색이었다.

"우리 주인님께서 마침 그곳을 지나셔서 천만다행이었어. 아가씨께선 많이 놀라신 모양이지만 지금은 괜찮으시고, 으음…… 근데 너, 집으로 돌아갈 작정이니?"

아주머니는 어른이었으니 당연히 물을 말이었을지 몰라도 또래가 만나자마자 이렇게 묻는 건 조금 이상했다. 게다가 아주머니와 달리 캐미아는 '아니'라는 대답이 나오길 기대하는 어조였다.

월라가 불쑥 끼어들었다.

"당연한 일이 아니겠느냐, 캐미아. 주인님께선 어서 영지로 돌아가셔야 할 분이신데."

캐미아는 아주머니의 말을 못 들은 체하며 딴전을 피웠다.

"으응, 뭐 돌아갈 곳이 있다면 가야겠지만."

윌라는 로즈니스의 곁에 붙어 있던 캐미아가 주워들은 이야기가 있는 것 같다고 짐작했다. 그러나 호기심이 일어났다.

"주인님께서 무슨 말씀이 있으셨더냐? 응? 로즈니스 아가씨께서 무슨 얘기라도 하셨어?"

"아, 뭐, 아직 확실하지 않은 이야기인걸요."

"이 애…… 아니, 이름도 모르잖아, 하여튼 쟤가 어느 집안 앤지 알아내셨대?"

보리스는 순간적으로 긴장해서 캐미아의 얼굴을 쳐다보았다. 그러나 캐미아는 고개를 내저었다.

"몰라요. 내가 그런 걸 어떻게 알아요? 아이 참, 그만 아가씨한테 가볼래요. 찾는데 없다고 또 꾸중들을지도 몰라."

캐미아는 자리에서 일어나며 보리스에게 미소를 보냈다.

"또 봐."

윈터러는 침대 밑에 놓여 있었다. 검은 보자기로 둘둘 감겨서. 마음이 놓이긴 했지만 결국 윈터러를 꺼내 끌어안고서야 잠을 이룰 수 있었다. 혼란한 꿈을 꾸다가 깨어난 것은 저녁 무렵이었다. 전날 밤부터 하루를 꼬박 잠으로 보낸 셈이었다.

어질어질하던 머릿속에 토냐와의 약속이 떠올랐다. 보리스는 자신을 돌봐주고 있는 이 사람들에게 뭔가 말해야겠다고 결심했다. 때마침 월라가 몸이 나아졌으니 백작 부녀와 함께 저녁을 들도록 하라는 전갈을 가지고 왔다.

눈의 붓기가 가라앉고 붕대로 감았던 상처도 옷으로 덮어 입을 만해졌다. 비교적 멀쩡한 몰골이 된 보리스는 이 여관에서도 특실에만 딸려 있다는 거실 겸 식당으로 안내되었다. 문을 열고 들어가니 백작과 로즈니스가 앉아 이야기를 나누고 있었다. 음식 시중을 들기 위해 월라와 캐미아도 들어와 있었다.

"어서 오너라."

백작이 먼저 말하자 로즈니스도 비교적 상냥한 목소리로 말했다.

"어서 와."

빈 의자가 많아 보리스는 어디에 앉아야 할지 몰랐다. 백작이 로즈니스의 바로 옆자리를 가리켰다.

"저기 앉아라."

음식이 나오기 시작했다. 이렇게 적은 사람이 즐기는 만찬 치고는 상당히 푸짐했다. 얇게 자른 햄과 흰 치즈를 얹은 빵, 올리브기름을 뿌린 샐러드 접시가 놓이고 곧 요리가 나오기 시작했다.

테이블 가운데에 커다란 빵 덩어리가 놓여 있었다. 보리스는 그것이 왜 있는지 몰랐으나 백작 부녀가 하는 것을 보고 곧 알게 되었다. 접시에 남은 부스러기를 닦아내는 꽤나 사치스러운 용도의 빵이었다. 이어 토끼 고기를 잘게 썰어 양념한 질그릇 요리와 통후추 열매를 드문드문 뿌린 큼직한 벨크루즈 소시지, 그리고 자색이 도는 얇게 썬 양고기 등이 붉은 포도주와 함께 나왔다.

보리스는 웬만한 일에는 놀라지 않을 만큼 무뎌져 있었다. 그는 간단하게 감사 인사만 한 뒤 두 사람을 기다려 식사를 시작했다. 조금 늦게 오믈렛이 하나 나왔는데 그걸 보며 아버지와 딸이 의미심장한 미소를 주고받았다.

백작이 말했다.

"이걸 먹어보면 벨크루즈의 진짜 맛을 알게 되지."

벨크루즈가 어딘지도 몰랐지만, 어쨌든 보리스는 오믈렛을 한 조각 잘라 입에 넣었다. 그리고 표정이 이상해졌다. 두툼하게 자른 버섯 같은 게 씹혔는데 맛이 희한했다. 부드럽고 촉촉하면서 뭐라 말할 수 없는 독특한 향미가 입안에 퍼졌다. 소년의 표정을 보며 로즈니스가 자랑스럽게 말했다.

"송로야. 우리 가문의 영지에서 나는 것은 아주 유명하거든."

처음 먹어보는 음식이었지만 금방 진미라는 것이 느껴졌다. 보리스는 설명에 감사하듯 로즈니스에게 고개를 가볍게 숙여 보였다. 로즈니스의 등뒤에 서 있던 캐미아가 살짝 입술을 비죽거렸다.

로즈니스는 그 뒤로도 보리스가 식사하는 모양을 슬쩍슬쩍 곁눈질했다. 정확히는 식사 도구를 다루는 손놀림과 식사 예법을 보고 있었다. 그러면서 그녀는 차츰 안심하기 시작했다. 이 낯선 소년이 곤란한 일을 저질러 자신을 불쾌하게 만들 가능성은 많지 않겠다고 느낀 까닭이었다.

식사가 끝나자 오랜만에 잘 먹은 덕택에 보리스의 마음도 약간은 풀렸다. 그렇다고 경계심을 완전히 내려놓지는 않은 채로 후식으로 나온 과일 타르트와 차를 약간씩 맛보았다.

브랜디를 마시던 백작이 하녀들을 나가게 하더니 드디어 입을 열었다.

"정식으로 소개를 해야겠군. 나는 아노마라드 남부 벨크루즈에 위치한 벨노어의 백작 가니미드 다 벨노어다. 이 아이는 내 외동딸이자 상속녀인 로즈니스 다 벨노어라고 하지."

보리스는 순간 당황했다. 상대방이 이렇듯 정식으로 소개하면 자신의 신분도 밝히지 않을 수가 없었다. 보리스는 입속으로 망설이다가 상대는 외국인이니 설마 그리 크지도 않은 자신의 가문을 모르겠지, 하고 생각하며 말했다.

"보리스 진네만입니다."

그러나 예상을 깨고 백작이 되물었다.

"롱고르드의 진네만 가문인가?"

거짓말을 할 수도 없게 되었다. 보리스는 결국 고개를 끄덕이고 말았다. 백작은 의아한 표정이었다.

"그곳이라면 트라바체스에서도 이름 있는 무인 가문이라고 언뜻 들었는데……. 집안에 변고라도 생긴 것인가?"

백작은 앞서 소설 좋아하는 아주머니처럼 얼토당토않은 지레짐작은 하지 않았다. 이쯤 되니 솔직하게 털어놓는 도리밖에 없었다. 보리스는 짧게 말했다.

"아버지께서 돌아가셨고, 삼촌께서 집안을 관리하게 됐습니다."

"흐음……."

로즈니스의 상식으로는 보리스의 말이 무슨 상황을 뜻하는지 금방 그려지지가 않았다. 아버지가 돌아가셔서 삼촌이 집안을 맡게 되었다면 그 밑에서 계속 보호를 받으면 되지 않는가?

하지만 그랬다면 '아버지께서 돌아가셔서, 삼촌께서 집안을 관리하게 됐다'가 되었어야 했다. 그러나 보리스의 말 속에 인과관계는 보이지 않았다. 반면 백작은 곧 고개를 끄덕였다. 그는 자주 트라바체스에 드나들었던 만큼 이 나라의 고질적인 문제도 어느 정도 들어 알고 있었다.

"정치적인 견해가 달라서인가? 그런 이유였군."

"……."

문득 자기 나라의 치부가 드러나는 듯해 보리스는 얼굴이 붉어졌다. 분열과 파괴만 반복하는 공화국의 추한 모습이 못 견디게 싫었다. 아직 정치 문제에 판단을 내리기에는 이른 나이였지만, 배우기도 전부터 그는 이미 희생자였다. 아노마라드는 왕정이라고 들었는데 그 나라는 이런 문제가 없을까?

"어디에 몸을 의탁할 생각인가?"

보리스는 솔직하게 말하기로 작정했다.

"딱히 정해진 곳은 없습니다. 다만 이 성의 대장장이 어르신이 도제로 거둬주실지도 모른다고 해서 그곳에 찾아가볼 생각입니다."

로즈니스는 대장장이를 어르신이라고 말하는 보리스의 말을 들으며 푸훗 하고 웃었다. 이 희한한 대화가 즐겁게 느껴지는 모양이었다. 약간의 우월감이 또한 그녀를 기분 좋게 했다.

"그래, 그럼 대장간 조수가 되겠군. 전에도 그런 일에 관심이 있었나? 그 일이 마음에 들 것 같나?"

그럴 리가 없었다. 보리스는 고개를 저으며 아니라고 대답했다. 그러나 두 번째 질문에 대해서만은 달리 말했다.

"이제부터 좋아하도록 노력해야겠지요."

웃고만 있던 로즈니스가 불쑥 끼어들었다.

"아빠, 아까 얘는 귀족이랬잖아요? 귀족이 대장간 일을 하게 되나요?"

"아니다, 로즈. 이 나라에는 귀족이 없단다. 다만 오랫동안 세습되어온 선제후와 의원이라는 사람들이 있어서 그들이 나라의 중요한 일을 책임질 사람들을 뽑지."

로즈니스는 장차 영지를 상속할 후계자였기에 아버지로부터 여러 가지 들은 것이 있었다. 그래서 반문했다.

"그러면 나라 안의 영지들은 어쩌고요? 귀족이 없다면 누가 그것들을 관리하나요?"

"영지에는 대대로 내려온 주인이 있지. 그러나 영주이긴 해도 귀족은 아니란다. 영주는 앞서 말한 선제후나 의원 가운데 뜻이 같은 사람을 찾아서 그들에게 힘을 제공하고 반대로 도움을 받기도 한단다. 영주들의 투표가 선제후와 의원을 결정하는 만큼 지지를 얻는 것은 매우 중요한 일이지. 그렇다 보니 자기가 따르는 가문이 흥하느냐 망하느냐에 따라서 영주들은 때때로 지지하던 가문과 운명을 같이하게 되고, 그 과정에서 영지의 주인이 바뀌는 일도 벌어지는 게다."

백작이 길게 설명하는 동안 대장간 이야기는 어쩐지 뒤로 밀려버린 것 같았다. 보리스는 외국인인 백작이 우리나라에 대해 상당히 잘 아는구나 하고 생각하며 말했다.

"그런 까닭에 오랫동안 염치없이 신세를 졌습니다만, 이만 대장간으로 가볼까 합니다. 본래는 아침에 가기로 약속했는데 이렇게 늦어졌으니 면목이 없어서 더 지체할 수가 없을 것 같아요."

백작은 말없이 조용한 눈길로 보리스를 바라보았다. 아버지의 설명을 듣고 이것저것 생각하던 로즈니스도 아버지의 분위기에 동요되어 같이 보리스를 쳐다봤다. 보리스가 두 사람의 시선에 불편해질 무렵, 백작이 단도직입적으로 말을 꺼냈다.

"보리스 진네만이라고 했지? 자네, 대장간으로 가기보다 우리와 함께 아노마라드로 가는 것이 어떻겠는가?"

보리스도 놀랐지만 로즈니스도 금시초문이었던 모양이었다. 로즈니스는 깜짝 놀란 얼굴로 아버지를 바라봤다.

"아빠! 얘랑 같이 간다고요? 우리집으로요?"

백작은 빙그레 웃었다.

"그건 진네만 군이 결정할 문제지. 난 제안을 했을 뿐이니까."

아버지와 딸이 묻고 답하는 사이 갑작스러운 제안에 놀랐던 보리스도 겨우 정신을 차렸다. 바로 질문이 튀어나왔다.

"죄송합니다만, 어째서입니까?"

"어째서라, 이유를 듣고 싶은가? 두 가지 선택이 있다. 원한다면 진짜 이유를 들려주겠지만 난 듣지 않는 쪽을 권하고 싶군."

보리스는 테이블 아래로 눈을 내리깔았다. 그러나 곧 단호하게 고개를 들며 말했다.

"전 듣겠습니다."

그러자 백작도 단숨에 말했다.

"자네를 이용하고 싶어서다."

보리스는 숨을 짧게 들이켰다. 그리고 되물었다.

"이용……이라고 하셨습니까?"

보리스는 낯선 귀족이 뜻밖의 친절을 베풀 때부터 의심을 품고 있었다. 심지어 함께 가자는 이야기까지 꺼냈을 때는 더 망설임 없이 이자가 자신을 이용하려 한다고 판단했다. 그래서 어떻게 이용하려는 것인지, 상대방의 변명으로부터 추론해볼 생각이었다. 그러나 다짜고짜 직설적인 대답이 튀어나오니 헷갈리지 않을 수가 없었다.

백작의 눈이 묘한 빛으로 반짝거렸다. 아직 어린 보리스가 속내를 알아보기에는 너무 다의적인 눈빛이었다.

"여기까지 말했는데 그 뒤를 말하지 않을 순 없겠지. 그래, 난 본래 자네가 필요 없다. 내게는 무엇 하나 부족한 것이 없고, 사랑스러운 딸애가 있으니 더이상의 자식도 원치 않아. 그런데 뜻밖으로 딱 자네 나이의 남자아이가 필요한 일이 생겼다. 실은 남자가 아니라 여자라도 상관은 없지. 자네가 좋은 검을 갖고 있는 걸 봤다."

보리스의 눈동자도 그즈음에는 어린아이답지 않은 빛을 발하고 있었다. 그는 주도면밀한 태도로 상대의 말을 들었다.

"난 오래전, 로즈가 태어나기도 훨씬 전에 여러 친구들 앞에서 한 친구와 내기를 했다. 언젠가 결혼하여 각각 자식을 낳으면, 그 아이가 열세 살이 되었을 때 서로 검을 겨루게 해서 이기는 쪽에게 진 쪽이 무슨 소원이든 하나 들어주기로 말이지. 세월이 흘러 로즈가 태어났고 난 오랫동안 그런 내기는 잊고 있었다."

이야기가 길어질 조짐이 들자 보리스는 더욱 정신을 차리고 집중하려 애썼다. 너무 긴 이야기를 듣다 보면 처음의 직감이 흐려지기 마련이다.

"그리고 작년에, 오랜만에 그 친구의 소식을 다시 들었지. 그자는 두 아들을 낳았는데 맏아들 쪽은 불행하게도 백치라고 하더군. 그는 내가 딸을 가졌다는 것을 알고는 동생 쪽을 맹렬하게 교육시켜서 그 나이에 보기 드문 소년 검사로 키워냈다. 그자가 원하는 것은 단 하나, 바로 내 딸 로즈였지. 그는 백치인 아들과 내 딸을 혼인시키기를 바라고 있는 거다."

"어머나!"

로즈니스가 깜짝 놀라 컵을 떨어뜨리고 말았다. 엎질러진 음료수를 치울 하녀들은 이미 밖으로 나간 뒤였다. 로즈니스는 얼굴이 새파래져서 아버지를 다그쳤다.

"아빠, 그게 정말이에요? 제가 백치하고 결혼하게 된다고요?"

백작은 진지한 표정으로 딸을 바라보며 고개를 저었다.

"내 모든 명예를 걸고 그런 일은 없다. 안심해라, 로즈."

아버지의 단호한 대답에 로즈니스는 조금 안심했지만 그래도 다소 불안한 표정으로 보리스를 쳐다보았다. 보리스가 물었다.

"그러면 그 아들과 싸울 소년으로 저를 택하시려는 것인가요? 하지만 저는 백작님의 아들이 아니니 그 소년과 싸울 자격이 없지 않습니까?"

백작이 말했다.

"그런 건 문제가 안 돼. 오래전에 양자로 들여 다른 지방에서 키우던 아이를 이번에 데려왔다고 하면 되는 일이야. 그 외에도 수많은 방법이 있으나 모두 내가 신경쓸 일이고 자네가 고민할 문제는 아니네. 다만 자네는 내 제안에 동의 또는 반대를 표해주기만 하면 된다."

거기까지 말한 백작은 보리스를 정면으로 쏘아보았다. 혼란에 빠진 보리스가 즉각 대답하지 못하자 백작이 다시 말을 이었다.

"만일 내 뜻을 따라준다면 나와 함께 아노마라드의 내 성으로 가서 내 아들과 다름없는 대접을 받으며 지내게 되겠지만 검술 훈련만은 혹독할 걸세. 오랫동안 수련했을 상대 소년을 반드시 이겨야만 하니까. 남은 시간이 많지도 않아. 내년 봄, 꽃이 지기 전이니 4월에서 5월 사이가 되겠지. 만일 성공하면 나는 자네에게 큰 사례를 하고, 혼자 자유롭게 살아갈 수 있도록 충분한 지원을 해주겠네."

"만일 진다면?"

백작이 무표정한 눈동자로 내려다보더니 내뱉듯 말했다.

"벌써 그런 것이 걱정되나? 내가 사람을 잘못 본 게 아닌가 염려되는군. 걱정 말게. 실패한다고 자네를 벌주지는 않아. 다만 조용히 내 집에서 나가주면 되는 것이지. 그러면 나는 로즈를 그자에게 내주지 않기 위해 좀더 부자연스러운 술책을 쓰지 않으면 안 되겠지. 나는 여러 사람 앞에서 한 내기 약속을 지키는 차원에서 이 불미스러운 일을 마무리짓고 싶네."

보리스의 얼굴도 굳어졌다. 백작은 아직 어린아이인 보리스에게 대등한 입장에서 거래할 것을 제안했다. 그건, 어른에게 친절을 받았으니 보답을 해야 예의 바른 아이라는 수준의 선택지가 아니었다. 그런 것은 보호자가 있는 아이에게만 주어지는 특권이기에.

약간의 서글픔이 느껴졌다. 로즈니스에게는 아버지가 있어서 그녀에게 닥친 위기를 해결해주려고 협상의 전면에 나섰지만, 자신은 혼자뿐이었다. 아무도 조언해주지 않았고, 결정을 대신해줄 사람은 더욱 없었다. 압도적인 부와 권력을 지닌 외국 귀족 앞에서 자신은 돌아갈 집조차 없는 어린아이에 불과한데, 모든 것을 혼자 생각하고 대처해야 했다.

하지만 곧 보리스는 의기소침한 생각을 떨쳐냈다. 아무도 자신을 돌봐주지 않는다면, 스스로 돌보는 수밖에 없다. 내 편이 나뿐이라면 나라도 냉철하게 생각하는 수밖에 없다.

"왜 하필 저를 택하신 건가요? 저는 어제 우연히 백작님의 은혜를 입었을 뿐 저에 대해서 잘 모르시지 않습니까?"

백작이 얼굴을 약간 누그러뜨렸다.

"진네만 가문이 윗대부터 검으로 유명하다는 이야기를 들은 적이 있네. 자넨 아직 어려서 많은 훈련을 받지 못했겠지만 틀림없이 물려받은 재능이 있겠지? 그리고 솔직히 말하자면 자네가 가진 검, 그걸 봤을 때 처음 이 계획을 구체적으로 생각하게 됐네. 그만한 검을 지닌 집안이라면 분명 자질 있는 자손을 가졌을 테니 말일세."

보리스는 냉랭한 어조로 말했다.

"전 제게 재능이 있는지 없는지 모릅니다."

"그래? 그럼 시험해보고, 아니라면 다시 내치면 그만이다. 계약 종료가 몇 달 당겨질 뿐이지."

그 말이 맞는다. 백작이 말을 이었다.

"내가 자네를 택한 것에는 한 가지 이유가 더 있는데, 바로 자네가 귀족 출신이면서 돌아갈 곳이 없다는 점이 그것이야. 평민 소년이라면 열 명도, 스무 명도 쉽게 구할 수 있다. 하지만 자네 또래에 어려서부터 귀족답게 교육받은 소년을 구하기란 쉽지 않아. 아노마라드로 가면 자네는 내 양아들로 행동해야 할 텐데 명예도 예법도 모르는 평민에게 그런 것까지 가르칠 여유는 없네."

백작은 말을 끊었다가 강조하듯 다시 말했다.

"그러므로 실수를 저질러 나나 로즈를 무안하게 만드는 일 따위도 없기를 바라고."

반쯤은 경고에 가까운 말이었다. 그것으로 백작은 설명을 마친 셈이 되었다.

보리스는 생각에 잠겼다. 수많은 생각이 떠올랐다가 사라졌다. 그 가운데는 토냐와 대장장이 부닌 씨에게 한 약속에 대한 부담감도 분명히 있었다. 어제까지만 해도 미래를 계획하기는커녕 당장 몸담을 곳조차 없는 처지였는데 이제는 갈림길에서 선택해야 할 상황에 처했다. 한편으로는 우습다는 생각도 들었다. 삶이 이런 형편인데도 인간이 미래를 준비할 수 있단 말인가? 그런 것이 가능하기나 한가?

아노마라드는 보리스에게 까마득히 먼 땅이다. 물리적 거리뿐 아니라 지금까지 그의 삶에서 아무런 의미를 갖지 못했던 곳이었다. 백작이 제안한 새로운 삶은 도전과 시험으로 가득차 있었다. 해낸다면 그만큼 보답이 있을 테고, 실패한다면 스스로 능력이 없음을 탓할 수밖에 없다. 그에 비해 대장장이 조수로서의 삶은 더이상의 격랑과 거리가 먼, 조용한 생활을 가져다줄 듯했다. 최근 너무나 많은 원치 않는 일들을 겪었기에, 그런 삶에도 어느 정도는 끌렸다. 그런 곳에 숨어 지낸다면 어떤 새로운 아픔도 없겠지. 어떤 새로운 희생도 없을 것이다.

보리스는 겨우 열두 살이었다. 그런 식으로 삶의 가능성을 묻어버리기에는 너무 어린 나이였다. 그러나 보리스의 성격은 본래 새로운 것에 대한 호기심이나 먼 땅에 대한 동경 등과는 거리가 먼 편이었기에 그의 마음을 끈 것은 그런 것들이 아니었다. 오직 한 가지 사실이었다.

트라바체스를 떠난다는 것.

이 땅을 떠나, 한동안 돌아오지 않아도 좋다는 것.

"데려가……주십시오."

우선은 블라도 삼촌의 추격을 피할 수 있을 것이다. 그다음으로는 마음의 독립을 얻고 싶었다. 여긴 아버지를 죽이고, 형을 죽인 땅이었다. 그런 죽음이 대지 곳곳에 만연한 땅이었다. 지금도, 그리고 앞으로도. 그 땅을 등지고 싶었다.

아버지와 형의 죽음을 잊을 생각은 없었다. 하지만 그들처럼, 너도 결국 그렇게 되리라는 암시가 한 발짝 뒤에서 따라오는 듯해 두렵고 치가 떨렸다. 그것은 일종의 분노였다. 답답함과 억울함이었다. 트라바체스 사람은 정말 그렇게 살아갈 수밖에 없나? 이 땅에 태어났다는 이유만으로 휘말려 잃은 것이 얼마인가. 얼굴도 모르는 고모로부터, 보리스가 태어나서 지금까지 가장 사랑한 사람, 예프녠 진네만에 이르기까지.

벗어나고 싶다.

하지만 나중에 이 결정을 잘했다고, 후회하지 않을 수 있을까?

"잘 결정해주었다. 그만 돌아가 쉬고……."

백작은 말을 약간 끌다가 덧붙였다.

"원한다면 대장간에 가서 인사를 하고 와도 좋네."

보리스는 일어나 백작 부녀에게 깊이 절하고 밖으로 나갔다.

아노마라드

푸른 구릉이 소박한 굴곡을 이루며 끊임없이 따라왔다. 이곳은 아노마라드다.

조개 반도를 휘감은 카투나 산맥은 트라바체스의 기후를 정했고, 살아가는 방식을 정했다. 카투나의 축축한 손길에서 벗어나, 축복받은 녹색 대지를 가로지르는 파노자레 산맥 아래로 들어온 것이다.

샘과 계곡을 많이 품은 파노자레 산맥 밑에는 여러 영지들이 산재해 있었다. 모두 화창한 남부 기후의 혜택을 받는 곳들이었다. 그중에서도 가장 아름다운 곳이 어디냐고 물으면 의견이 딱 둘로 갈렸다. 그림 같은 강을 끼고 탁 트인 평원이 펼쳐지는 백포도주의 아라종. 동쪽의 가파른 능선을 싸고 돌며 천 가지 풍경을 숨기고 있다는 송로의 벨크루즈.

최고가 둘이라는 것은 언제나 문제였다. 두 지방 사람들의 자부심은 대단해서 그들 앞에서 섣불리 이 화제를 꺼냈다가는 본전도 건지지 못하기가 쉬웠다. 그러나 손님 입장에서 어느 쪽도 빠지지 않는 경치란 즐거움일 뿐이다. 그리고 주민들 역시 방문객들이 입을 딱 벌리며 감탄사를 내뱉어야 흡족해지는 법이었다.

그런 의미에서 보리스는 손님으로 실격이었다. 마차가 벨크루즈로 들어설 무렵부터 로즈니스는 보리스가 언제 감탄하나 하고 줄곧 쳐다봤지만 소득이 없었다. 소년의 무심한 눈동자는 연신 창밖을 향해 있었지만 얼굴에는 아무런 놀란 기색도 보이지 않았고, 입에서도 칭찬의 말 한마디 나오지 않았다.

"치잇."

재미없었다. 차라리 캐미아를 놀리는 편이 훨씬 재미있을 듯했다. 비록 잠깐이라 해도 아직껏 가져본 일이 없었던 동생, 또는 오빠가 생기게 됐는데 도대체 재미있을 기미라고는 보이지 않았다.

"얘, 나 좀 봐."

보리스는 눈동자만 로즈니스에게 돌렸다. 로즈니스는 어깨와 허리, 끝단에 분홍색 띠가 들어간 아이보리색 드레스를 입고 스무 살 먹은 아가씨처럼 새침하게 앉아 있었는데 캐미아만이 아가씨가 심심해서 어쩔 줄 몰라 하는 것을 눈치채고 있었다.

"너 열두 살이랬지? 그런데 나도 열두 살이거든. 그럼 우리 중에 누가 동생이 되는 거야?"

로즈니스는 이 문제가 재미있는 논쟁이 될 줄 알았다. 저쪽에서도 오빠가 되겠다고 우길 테니까 그러면 태어난 달을 따져보자고 하고, 그래도 안 되면 내가 먼저 이 집에 있었다고 우길 참이었다. 만일 말도 안 된다고 나오면? 그러면 넌 양자고 난 친딸이니까, 라고 주장하면 된다!

그러나 보리스는 짧게 말했다.

"좋을 대로 해. 누나가 되고 싶으면 그렇게 부를게."

"에……."

로즈니스는 혼자 추측으로 이것저것 계획을 세워서 그게 하나씩 맞아떨어지는 것을 몹시 좋아했다. 아가씨의 취미를 아는 하인이나 하녀 들은 일부러 아가씨가 원하는 답을 차례대로 늘어놓아 비위를 맞추곤 했다. 로즈니스 자신은 그런 사실을 몰랐지만. 어쨌든 이렇게 허무한 결론은 조금도 취향에 맞지 않았다. 로즈니스는 이마를 살짝 찡그렸다가 펴고는 어떻게든 계획을 이어가기로 작정했다.

"네 생일은 언젠데? 난 4월 8일이야."

"7월 12일."

이게 어찌된 일이지? 또다시 로즈니스가 세워놓은 계획은 쓸모없어져버렸다. 캐미아는 아가씨의 얼굴을 슬쩍 건너다보고 들리지 않을 정도로 킥킥거렸다. 이건 원하던 진행이 아닌데, 하는 생각이 표정에 고스란히 드러났던 것이다.

끄응, 하는 소리를 낸 로즈니스는 참지 못하고 다시 말했다.

"어차피 생일 같은 건 의미 없잖아? 우리가 진짜 남매도 아닌데. 중요한 건 우리가……"

그때 차창 너머로 나타난 아름다운 아몬드 나무들을 보고 있던 보리스가 고개를 돌리더니 말했다.

"그래, 알았어. 그럼 오빠와 여동생으로 해줘."

로즈니스의 얼굴빛이 싹 바뀌었다. 자기가 무슨 일을 저질렀는지 깨달았던 것이다.

"그게……"

"푸흐하하하……"

캐미아가 참지 못하고 폭소를 터뜨렸다. 물론 그다음에는 아가씨에게 수도 없이 팔을 꼬집혀야 했지만. 기사들과 함께 말을 타고 가고 있던 벨노어 백작이 마차 안에서 나는 웃음소리를 듣고 비서에게 말했다.

"아이들이 잘 어울리는 모양이군."

"그런가 봅니다."

"다행이로군."

백작과 비서의 오해와 함께 마차는 계속 달려 이윽고 작은 돌다리를 건넜다. 벨노어 가문의 문장인 마르그리트Marguerite 꽃이 돌다리 난간에 새겨져 있었다. 다리를 건너고부터 시냇물은 길과 나란히 흘렀다. 가을 물이 반쯤 든 나뭇잎이 뱅뱅 돌며 따라왔다. 햇빛에 젖은 물결은 금빛이었다. 시내뿐 아니라 두텁고 매끈한 후박나무잎에도, 갸름한 월계수잎에도 빛이 너울거리며 춤을 췄다. 창틈으로 숲의 냄새가 흘러들었다.

"먼저 달려가 도착을 알려라!"

휴가 명령하자 기사 둘이 성을 향해 달려갔다.

로즈니스를 태운 사두마차 외에 두 필씩의 말이 끄는 나머지 마차에는 트라바체스에서 사 온 특산물과 선물이 가득 실려 있었다. 마차가 마지막 모퉁이를 돌자 등나무 덩굴이 한쪽 벽을 덮은 벨노어 성이 전면에 나타났다.

아이보리빛을 띤 벽에 네 개의 원형 탑이 동서남북으로 자리잡았다. 원뿔형 지붕은 진한 갈색이었다. 백스물다섯 개나 되는 방, 천장이 높게 뚫린 대형 홀 세 곳, 이백여 필의 말이 들어갈 수 있는 마구간이 딸린 거대한 성이다. 이만한 규모의 성은 수도까지 가지 않고서는 쉽게 찾기 힘들다고 했다. 검은 황금이라고도 불리는 송로의 주산지 벨크루즈가 가진 부의 증거물인 셈이었다.

기사가 미리 달려가 알렸기 때문인지 정문 앞에 십여 명의 하인들이 시립하고 있었다. 성의 안주인도 하녀 둘을 거느리고 서 있었다. 백작이 말에 내리고 하인들이 마차의 문을 열었다. 로즈니스는 마차에서 내리자마자 어머니에게 달려갔다.

뒤따라 내린 보리스는 성의 위용을 채 느끼기도 전에 좁다란 드레스에 녹색 숄을 걸친 귀부인을 먼저 보게 되었다. 그녀는 마침 남편에게 이렇게 말하는 중이었다.

"그러니까 저 아이가……?"

백작이 작은 목소리로 뭐라 대답하자 부인은 보리스를 뚫어져라 쳐다보았다. 당혹스러울 정도로 거리낌없는 시선이었다. 이 자리에서 당장 인사를 하는 불편함은 다행히 겪지 않았다. 백작 부인은 아직까지 드레스를 입고 뛴다고 로즈니스를 꾸짖었다. 로즈니스도 어머니 앞에서는 응석이 통하지 않는다는 것을 아는지 가만히 고개를 숙였다.

이윽고 일행은 성안으로 들어갔다.

벨노어 백작 부인은 첫인상대로 대하기 힘든 사람이었다. 마른 체구에 유난히 미간이 좁고 입술이 얇았다. 목소리는 딱딱했고 잘 웃지도 않았다. 하녀들 역시 부인 앞에서 특히 행동을 조심하는 기색이 느껴졌다. 이런 백작 부인이 천방지축으로 쾌활한 로즈니스와 닮은 곳은 환한 레몬색 머리카락밖에 없었다.

하인에게 안내받아 어느 방으로 들어간 보리스는 마음놓고 쉬기도 전에 다시 부름을 받았다. 안내를 받아 간 곳은 널찍하고 화려한 응접실이었다. 백작과 백작 부인, 그리고 로즈니스가 모두 실내복으로 갈아입고 앉아 기다리고 있었다. 외출복 차림은 자신밖에 없었다. 처음부터 위화감이 느껴졌다. 하인이나 하녀는 한 명도 없었다. 일단 의자에 앉긴 했으나 딱히 뭐라 말할 수 없는 어색함이 감돌았다. 테이블에서 차와 과자가 식고 있었다.

백작 부인이 입을 열었다.

"미리 전갈을 받기도 했고, 대강의 이야기는 들었다. 여기 있는 동안은 내 집인 양 생각하고 편히 지내도록 해라."

그러나 말투에서는 그런 의사가 전혀 느껴지지 않았다. 형식적으로 한 말이라기보다 처음부터 감정이 결여된 느낌이었다. 로즈니스가 오히려 생긋 웃으며 분위기를 풀어보려 했다.

"어머니, 전 오래전부터 오빠를 갖고 싶었거든요. 그래서 제가 여동생이 되기로 했어요."

"그러니?"

딸에게 하는 대답에도 아버지인 백작처럼 넘치는 애정이 느껴지지는 않았다. 보리스는 문득 이 부인이 아주 대단한 집안 출신이 아닐까 하는 생각이 들었다.

백작이 말했다.

"여기서 지내는 동안은 나를 아버지, 그리고 여기 있는 이 자보를 어머니라고 부르도록 해라. 너는 트라바체스 서부 그반스크 땅의 몰락한 영주인 캄브리스 엘굴덴의 막내아들이다. 가문 간의 인연으로 다섯 살 때 내 양자가 되었지만, 지금까지는 재정적 지원만을 받으며 친아버지와 함께 자랐다. 어머니는 일찍 돌아가셔서 얼굴을 모른다. 그러나 올해 갑자기 아버지도 돌아가시는 바람에 이곳으로 옮겨와 살게 된 것이다."

소설처럼 술술 써지는 자신의 과거에 귀를 기울이는 기분은 참 이상했다. 우연인지 모르지만 보리스의 진짜 과거와 조금씩 일치하는 부분도 있었다.

백작이 이어 말했다.

"이 성의 사람들 가운데 네가 이곳에 오게 된 사연을 조금이라도 아는 사람은 지금 내가 거명하는 자들뿐이다. 내 비서인 휴, 너를 간호했던 하녀 윌라, 로즈니스의 하녀인 캐미아, 그리고 트라바체스에 갔던 기사들 가운데 너를 구할 때 옆에 있었던 게리보, 델레메르, 그로미어스."

보리스는 그들의 이름을 기억하려고 집중했다.

"그러나 이들도 네가 어떤 목적으로 언제까지 있을지는 모른다. 그걸 아는 사람은 이 자리에 있는 우리 부부와 로즈니스뿐이다. 다른 사람들에게는 어떤 상황일지라도 지금 내가 말한 과거에 맞춰 이야기하도록 해라."

로즈니스는 고개를 갸웃거렸다. 정말로 비밀이 지켜질까 의아해하는 모습이었다. 철저하게 지키기에는 어렴풋한 단서라도 알고 있는 사람이 너무 많았다. 보리스도 백작의 말이 단지 외부에 소문나지 않도록 주의하라는 뜻이라고 짐작했다.

"내가 지금 말한 것을 다 기억할 수 있겠느냐?"

보리스는 낮게 대답했다.

"예."

백작 부인이 말했다.

"아이가 잊을지도 모르니까 정확히 써서 넘겨주도록 해요."

"안 그래도 그럴 참이오. 휴가 준비해두었을 거요."

"잘됐네요."

차를 마시거나 과자에 손을 대는 사람은 아무도 없었다. 예상했던 일이지만 보리스는 저들 가족에게서 소외된 존재인 자신이 씁쓸하게 느껴졌다. 그러나 선택을 한 이상 제대로 해내겠다는 결심은 서 있었다.

"당신은 보리스의 방을 준비해주도록 하시오. 로즈의 방과 그리 멀지 않은 곳으로, 아, 거기가 좋겠군. 문샤인 탑 2층의 그 방."

백작 부인은 조금 놀란 표정이었지만 곧 말했다.

"알겠어요. 당신 말대로 하죠."

로즈니스조차 눈을 동그랗게 뜨고 부모님을 번갈아 쳐다봤다. 하지만 보리스는 문샤인 탑 2층의 방이 어떤 곳인지 알지도 못했고 궁금하지도 않았다.

백작이 다시 보리스에게 말했다.

"며칠 안으로 네게 검술을 가르칠 스승을 구하마. 그전까지는 여독도 풀 겸 푹 쉬도록 해라. 오늘밤은 일단 쉬고 내일 로즈가 오빠에게 성을 구경시켜주는 것이 좋겠다. 성이 넓어서 자칫하면 길을 잃어버리기 쉽단다."

마지막 말투는 딸에게 하듯 자상함을 띠어서 보리스는 오히려 흠칫했다. 사실 보리스는 친아버지에게도 자상한 말 같은 것은 들어본 일이 없었다. 비록 백작이 무심코 사용한 말버릇이라 해도 보리스는 갑자기 가슴이 크게 뛰는 것을 느끼고 스스로도 놀랐다.

로즈니스가 문득 말했다.

"아빠…… 아버지, 오빠에게도 시종이 필요하지 않겠어요?"

어머니 곁에서는 로즈니스도 말을 조심했다. 보리스가 앞에 있어서인지 백작 부인은 딱히 꾸짖지는 않았다. 백작이 고개를 끄덕이며 미소 지었다.

"로즈가 벌써부터 오빠를 챙기는구나. 나도 생각하고 있었으니 걱정하지 마라. 내일 오전에 하인들을 모아놓고 보리스를 소개할 생각이다. 그 자리에서 오빠를 시중들 하인을 고르도록 하자."

이야기는 끝났다. 백작 부인이 종을 울리자 문이 열리고 대기하고 있던 하녀가 들어와 아무도 마시지 않은 차 테이블을 정리했다. 보리스는 새 부모에게 고개 숙여 인사하고, 하인을 따라 방으로 돌아왔다.

문을 닫고 혼자가 되자 갑자기 맥이 탁 풀렸다. 이 방에서는 이날 하루만 지내고 내일이면 새 방으로 옮겨갈 터였다. 그러나 이 방도 진네만 저택에서 쓰던 방보다 나았다. 이런 방들은 언제라도 손님이 오면 내줄 수 있도록 정리해두는 걸까? 침대에는 시트와 홑이불, 겨울용 담비털 이불이 깔려 있었다. 모두 주름 하나 없이 깨끗했다. 침대 머리맡이나 작은 탁자는 테두리도 다리도 우아한 곡선이었다. 의자 커버조차 정교한 프티푸앵petit point 자수로 장식되어 있었다. 금색 실과 흰 실로 수놓은 마르그리트꽃 세 송이였다.

장롱을 열어보니 잠옷과 실내복 한 벌만 달랑 들어 있었다. 외출복이 불편했고 어차피 저녁 식사도 하게 되리란 생각에 보리스는 옷을 갈아입었다. 그리고 침대에 앉았다가, 가슴이 두근거리는 것을 참지 못하고 일어나서 방을 몇 바퀴 돌았다.

그제야 덧창이 닫힌 창문이 눈에 띄었다. 이유는 몰랐지만 그 창의 존재가 말할 수 없이 반가웠다. 창가로 다가간 보리스는 창의 고리를 풀고 활짝 열어젖혔다. 바람이 들어오자 방안에 오래된 냄새가 감돌고 있었음을 알았다. 그는 창가에 의자를 끌어다 놓고 앉아 멍하니 창밖을 내다보았다.

마차를 타고 오던 구부러진 길과 작은 숲, 먼 데서 반짝거리는 시냇물까지 한눈에 보였다. 성 근처의 정원은 말끔하게 정리되어 있었지만 그 너머는 생생한 초록빛 숲이었다. 방금 마차로 지나온 곳인데도 다시 가보고 싶어졌다. 마음대로 돌아다닐 수 있게 되면 꼭 가서 천천히 산책해보리라.

그곳에도 형과 뒹굴던 언덕 같은 곳이 있을까?

"……."

그럴 리 없었다. 트라바체스의 자연은 웃자란 풀이 물결치는 황야다. 여기에 그런 곳은 없었다. 훨씬 다정다감하고 매력적인 자연이 구석구석을 채웠다. 그러나 그의 것이 아니었다. 낯선 아름다움일 뿐이었다. 예쁘긴 하지만 결국 그와 관계없는 소녀, 로즈니스처럼.

창문 밑을 내려다보자 좌우로 웅장하게 뻗은 성벽의 위용이 눈에 들어왔다. 2층인데도 바닥까지 까마득해 보였다. 멀리서 보았을 때 느낀 것과는 또 다른 견고함과 거대함이었다. 보리스는 저 숲에서 이 성을 바라보면 자신이 서 있는 창문이 보일까 상상해보았다. 작디작아 눈에 띄지도 않을 것 같았다. 불필요한 작은 점처럼 묻혀 있으리라.

벨노어 성의 인상은 보리스가 이곳에서 겪을 생활에 대한 인상과 정확히 일치했다. 그는 너무 작았고, 그가 헤아릴 수 없는 세계는 너무 컸다. 이렇게 위압적인 곳에 파묻혀 살면서 참았던 숨을 내쉴 작은 창을 발견할 수 있을지 궁금해졌다.

이곳은 이방의 땅이다.

다음날 아침, 백작이 부르기도 전에 로즈니스가 먼저 방을 찾아왔다. 로즈니스는 재미있는 일이라도 있는 것처럼 뺨이 발그레해져서 들떠 있었다.

"아침 맛있게 먹었어, 오빠?"

식사는 하녀가 방으로 가지고 왔었다. 로즈니스는 처음으로 하는 오빠라는 말이 약간 어색한지 쑥스럽게 씩 웃었다. 어쩐지 머쓱해진 보리스도 겨우 대답을 찾아냈다.

"……그래."

"아빠가 나하고 성 구경하라고 하셨지? 가자! 오빠가 머물 방부터 보여줄게. 다른 데도 보여줄 것이 아주 많아. 깜짝 놀랄걸?"

물론 로즈니스가 친절한 말만 할 리 없었다. 턱을 쳐들며 한마디 덧붙였는데 그 모습도 나름대로 귀여웠다.

"한눈팔지 말고 내 뒤만 따라와. 그러면 길을 잃지 않을 거야."

둘은 높은 천장에 꽃봉오리처럼 생긴 등이 달린 회랑을 따라 걸어갔다. 줄지어 난 창으로 아침 햇빛이 새어 들었다. 길쭉한 창들은 나무 덧문이 달린 것이 아니라 보기만 해도 황홀한 진짜 유리였다. 갓 남매가 된 둘이 지나가는 융단 위로 창틀 그림자가 그물처럼 너울졌다.

벨노어 성의 네 귀퉁이에 자리한 탑은 회랑을 통해 이어져 있어서 내부에서는 탑이라는 느낌이 들지 않았다. 문샤인 탑은 남쪽으로 튀어나온 귀퉁이였다. 로즈니스가 먼저 달려가 손수 높다란 두짝문을 열어젖혔다. 전날 보았던 응접실만큼이나 근사한 거실이 나타났다. 크기만 절반 정도로 작을 뿐이었다. 벽은 잔무늬가 든 연갈색이고 군데군데 굴곡이 져 있었다. 그런 곳마다 금빛 줄이 선명하게 박혀 있었다. 수십 개의 크리스털이 달린 샹들리에 아래로 차 테이블, 접이식 책상, 자수를 놓은 의자들, 묵직한 책이 꽂힌 책꽂이 등등이 보였다. 바닥에는 두 빛깔 백합이 둥글게 배열된 융단이 깔려 있었다.

지금까지 벨크루즈의 풍경이나 벨노어 성의 아름다움에 감탄한 기색을 보이지 않던 보리스도 자신이 쓸 방이란 점 때문인지 마음이 조금 움직였다. 그는 안으로 들어가 주위를 둘러보다가 로즈니스를 돌아보았다. 로즈니스는 보리스의 기색을 살피고 있었던 모양이다. 뭔가 눈치챈 듯 씩 웃어 보였다.

그때 캐미아가 허겁지겁 들어와 로즈니스 앞에 고개를 숙였다.

"아가씨, 용서해주세요. 벌써 나가신 줄도 모르고 제가 이렇게 정신이 없어서……."

옛날 보리스의 집에도 하인들이 있었지만 이보다는 가족 같은 존재였다. 키조차 비슷한 동갑내기 소녀들의 뚜렷한 주종 관계가 그리 달갑게 보이진 않았다. 그러나 끼어들 입장이 아니라는 것도 알고 있었다. 다행히 오늘 로즈니스는 기분이 좋았다.

"됐어. 난 오빠하고 다닐 테니까 넌 뒤에서 떨어져서 따라와."

이어 로즈니스는 거실 안쪽에 있던 두 문 가운데 하나를 열었다. 짐작했다시피 침실이었다. 실내 장식이나 가구의 훌륭함은 전날 잤던 방에 비할 바가 아니었다. 로즈니스는 앞장서서 장롱 문을 열더니 안에 가득찬 고급 옷들을 보여주었다. 비록 순수한 호의만은 아니라 해도 로즈니스는 보리스에게 이것저것 베풀며 즐거워하고 있었다.

"멋지지? 하인이 생기면 이런 옷들을 언제 입어야 하는지 가르쳐줄 거야."

보리스는 옷에 큰 관심이 없었으므로 고개만 끄덕였다. 침실도 얼마나 넓은지 침대 다섯 개를 나란히 놓아도 남을 정도였다. 로즈니스는 드레스 차림에 어울리지 않게 발끝을 까딱거리면서 말했다.

"여긴 부모님이 쓰시는 방을 제외하면 성에서 제일 좋은 방이야. 나도 이 방이 갖고 싶었는데 아빠가 나한테는 너무 크다고 그러셨어. 내가 열다섯 살이 되면 준다고 하셨거든? 그때쯤엔 오빠가 없을 테니까 분명히 나한테 주실 거야. 그러니까 그동안 방 깨끗이 써?"

로즈니스는 그새 오빠라는 말이 입에 붙은 듯 연달아 편하게 불러댔다. 그러나 말의 내용은 묘했다. 이렇듯 친근하게 말하면서도 곧 떠날 것을 간단하게도 전제하고 있었다.

지금은 사이좋은 남매, 하지만 내년이 되면 남남.

방에서 나온 둘은 다리가 아플 정도로 많은 곳을 돌아다녔다. 로즈니스는 순서에 기준이 없어서 전망 좋은 창을 소개했다가 손님방을 하나씩 열어 보여주기도 하고, 심지어 거대한 부엌까지 데려갔다. 조리를 하는 하녀들이 완곡하게 말해 그들을 쫓아냈다.

식당은 감탄할 만했다. 서른 명쯤은 함께 앉을 수 있는 긴 테이블이 세 개나 있었다. 그리고 훨씬 잘 꾸며진 둥근 테이블이 따로 놓여 있었다. 그러나 평소에는 이곳을 쓰지 않는 모양이었다. 로즈니스와 백작 부부는 더 작고 아늑한 식당에서 식사한다고 했다.

"이제 다 구경한 건가?"

로즈니스가 고개를 갸웃거리자 캐미아가 말했다.

"서재 구경을 안 하셨어요. 지금쯤은 주인님께서 비워두셨던 영지를 돌아보러 가셨을 테니까 가봐도 괜찮지 않을까요?"

로즈니스가 고개를 끄덕끄덕하며 손뼉을 쳤다.

"정말 그렇겠네! 서재로 가자, 오빠. 음, 서재는 책이 무지무지 많은 곳이야."

보리스도 서재가 무엇인지는 알았다. 아버지가 생전에 서재에 앉아 계시던 모습이 문득 떠올랐다. 롱고르드의 저택에서도 서재는 아버지가 안에 계시는 한 쉽게 들어갈 수 없는 곳이었다. 그곳에서 아버지는 집사 튤크를 불러 어린 그가 알아들을 수 없는 지시들을 내리곤 하셨다…….

의아한 일이었다. 보리스는 엄격하고 차갑기만 했던 아버지가 그립게 느껴지는 자신이 이상했다. 형에 대한 향수와는 또 달랐다. 아버지의 존재는 자신의 옛 삶 자체를 상징하고 있었다.

서재는 3층에 있었다. 문을 열고 들어가 책의 바다를 감상하기도 전에 뜻밖의 사건이 터졌다. 로즈니스가 갑자기 화난 걸음걸이로 뛰어들더니 손가락을 쳐들며 언성을 높였다.

"란지에! 너 또 아버지 책 멋대로 읽는 거야?"

소년 하나가 책꽂이 앞에 서 있었다. 옷차림으로 보아 피고용인임이 분명했다. 그런데 손에는 두꺼운 책 한 권을 펼쳐 들고 있었다. 나이는 그들과 또래인 듯했다. 연한 하늘빛 머리카락이 흐트러진 이마는 희고 곧았다. 왜일까, 그 소년은 지금까지 아노마라드에서 보았던 어떤 것들과도 닮지 않은 느낌이었다. 이 풍요로운 고장과 근본적으로 이질적이었다.

서늘하고, 맑았다.

그러나 분위기를 떠나 어디서든 눈에 띌 정도로 수려한 외모를 가진 소년이었다. 그는 화를 내는 로즈니스 앞에서 당황하지도 않고 단지 책을 접었을 뿐이다. 그러더니 어깨 너머로 슬쩍 보리스를 쳐다보았다.

눈이 마주친 보리스는 약간 놀랐다. 햇빛을 받아 색깔이 다르게 보이는 것이 아니라면, 상대의 눈동자는 진홍색이었다. 이런 빛깔의 눈이 세상에 있다는 사실을 처음 알았다. 루비 같은 눈은 무척 아름다웠다.

"아버지 서재에 몰래 숨어 들어와서 책을 훔쳐보다니!"

로즈니스는 란지에가 책을 다시 꽂기 전에 재빨리 빼앗더니 바닥에 내동댕이쳤다. 캐미아가 깜짝 놀라 얼른 떨어진 책을 주웠다. 책 커버 한쪽이 이지러진 듯 보이자 안절부절못하며 바르게 펴려고 애썼다. 그러나 책을 던진 당사자인 로즈니스는 신경도 쓰지 않고 손가락을 들더니 란지에의 이마를 쿡쿡 찔렀다.

"네 분수를 알아! 아버지께 말씀드려서 내쫓을까 보다!"

보리스는 하인에 불과하지만 고상한 자태를 가진 소년이

뭐라고 대꾸할까 궁금해졌다. 그러나 보리스의 기대는 어긋났다.

"죄송합니다, 아가씨. 제가 잘못했어요."

그 외의 대답을 기대한다는 것이 무리가 아닌가?

그러나 어조는 고분고분한 것과 조금 달랐다. 로즈니스도 오랫동안 아가씨로 떠받들어지며 살아온 만큼 그런 눈치는 빨랐다. 여전히 불만스러운 눈치였지만 한 발짝 물러서더니 보리스를 힐끗 보며 쏘아붙였다.

"오늘은 오빠가 옆에 있어서 참는 거야. 다음에 한 번만 더 이런 짓하다가 걸리면 아버지한테 일러바칠 테다!"

오빠라는 단어가 낯설 텐데 란지에는 궁금한 기색 없이 허리를 굽혀 인사하고 밖으로 나갔다. 캐미아가 얼른 책을 책꽂이에 꽂았다. 그제야 로즈니스도 책이 상하지는 않았나 살펴보는 기색이었다.

"뭐, 괜찮겠지. 이 정도는."

로즈니스도 나름대로 하인들을 다루는 방법 정도는 알고 있다고 생각해왔다. 그런데 작년에 아버지가 켈티카에 갔다오며 데려온 저 시종만은 간단치가 않았다. 소리지르면 겉으로는 고개 숙이고 무리한 일을 시켜도 고분고분 받아들인다. 하지만 속내로는 자기처럼 조그마한 아가씨 따위는 안중에도 없다는 것이 점점 더 강하게 느껴졌다. 처지가 이렇다 보니 원하는 만큼 굽혀주겠지만 내 마음만은 네가 어쩌겠느냐, 라고 말하는 듯한 눈빛이 불쾌했다.

주인이 오늘 우울하지는 않은지, 화가 나는 일은 없는지, 조심조심 눈치를 살피다가 어떻게든 기분 좋게 만들어드려서 운 좋으면 칭찬이나 보답을 받고, 아니라 해도 어쩔 수 없는 관계. 주인이 이기고 싶어 하면 져주고, 잘난 체하고 싶어 하면 멍청한 체해주는 것이 로즈니스가 원하는 하인이었다. 비록 같은 또래지만 나는 주인 아가씨고 너는 하인인데, 그런 식으로 수평 관계를 유지하려 하는 것은 가증스러운 시도로밖에 보이지 않았다.

다만 란지에게는 약점이 있었다. 여동생이었다.

란즈미, 10세, 자폐아

"다 봤지? 그만 가자."

들떴던 기분이 갑자기 식어버린 로즈니스는 서재 따위 언제 구경시켜주려 했느냐는 것처럼 쌀쌀맞게 돌아서서 나가버렸다.

보리스는 본래 책에 큰 관심이 없었다. 다만 나가기 전에 휘둘러본 **빽빽한** 책꽂이들은 백작처럼 필요한 지식만 얻어 갈 사람보다 몰래 숨어 한 권 한 권 읽어나가는 란지에 같은 소년에게 더 어울리지 않을까 하는 생각을 떠올렸다.

"너희가 보고 있는 사람은 내가 칠 년 전에 양자로 들인 보리스 다 벨노어다. 이제부터 성에서 함께 지내게 되었으니 로즈니스와 마찬가지로 정성을 다해 모셔야 한다."

"알겠습니다, 주인님."

늙은 집사 말쿠가 대표로 대답했다. 보리스는 이 노인이 트라바체스 출신이라는 이야기를 들어서 벌써부터 크게 경계하고 있었지만 상대방은 그리 신경쓰는 눈치가 아니었다.

성안에서 두 번째로 큰 홀에 모인 피고용인들의 눈은 모두 보리스에게 쏠려 있었다. 백작은 보리스의 어깨에 손을 얹고 있었는데 정말로 아버지와 아들인 양 친근해 보였다. 아내와 딸의 환한 머리색과 대조적으로 검은 머리를 가진 백작이었기에 검푸른 머리의 보리스와 더더욱 비슷한 인상을 주었다. 몇몇은 양아들이 아니라 다른 여자와의 사이에서 난 아이를 데려온 것은 아닐까 생각하며 고개를 갸웃거리기까지 했다.

보리스는 수많은 사람들이 온갖 상상을 섞어가며 자신을 훑어보는 것이 불편했지만 이만한 일쯤은 아무것도 아니라고 생각했다. 이제부터 시작될 외줄타기를 생각하면 이런 걸로 기가 죽을 순 없었다. 태연하게, 대담하게, 그리고 신중하게.

"자, 이 중에서 마음에 드는 시종을 골라보아라. 아니면 네가 원하는 점을 말하면 내가 적당한 사람을 골라주마."

나이 많은 하인 앞에서 행동거지 하나하나를 조심해야 하는 상황은 피하고 싶었다. 또 언제 어떤 실수를 저지를지 모른다면 비슷한 또래일수록 슬쩍 넘어가기 좋을 거라고 생각했다.

"저와 비슷한 나이라면 좋을 것 같습니다."

그렇게 말하던 보리스의 시선이 끝줄에 서 있는 란지에를 발견했다. 꼭 그가 아니라도 상관없었을 것이다. 너무 영리한 시종보다 조금 멍청해서 속여넘기기 좋은 편이 나을지도 모른다. 그런데 보리스는 란지에가 어떤 사람일지 자꾸만 궁금했다. 호감과는 조금 다르고, 호기심에 더 가까웠다. 란지에는 아노마라드 사람들과도 달랐지만 자신과도 다른 사람이었다. 그 차이가 마음을 끌었다.

백작은 조금 곤란한 표정이었지만 곧 말했다.

"저 맨 끝에 선 아이는 란지에다. 그 애를 네 시종으로 삼고 싶으냐?"

"예."

결정이 나던 순간까지도 란지에는 보리스의 얼굴을 관심 있게 쳐다보지 않았다. 백작이 손짓하자 걸어나와 허리를 굽혔을 뿐이었다.

"란지에 로젠크란츠입니다, 도련님."

그 목소리를 들었을 때, 보리스는 로즈니스가 란지에를 어떻게 느끼는지 알 듯했다. 그도 그 순간 느꼈던 것이다. 굴복하는 것 같지만, 실제로는 가벼운 존중조차도 보이지 않았다는 것을.

"보리스 도련님이다. 정성을 다해 모셔라. 이제부터 보리스를 시중드는 일이 네 첫째 임무다. 그동안 맡고 있던 일은 그만두어도 좋다."

"예, 주인님."

백작에게 답하는 목소리 역시 다르지 않았다. 그러나 백작은 어른이었기 때문에 어린 시종의 사소한 감정 상태에는 유념하지 않았다. 하인들이 흩어지자 백작은 집사인 말쿠와 할 이야기가 있는 듯 둘에게 가보라는 손짓을 했다.

둘은 나란히 복도로 나왔다. 란지에가 입을 열었다.

"도련님의 방으로 가시지요. 성에서 편히 지내시기 위해 아셔야 할 것들을 이야기해드리겠습니다."

이번에는 차갑기까지 한 목소리를 들으며 보리스는 고개만 끄덕였다.

탁, 탁, 탁, 탁.

방으로 걸어가는 도중 우연히 발소리가 맞았다. 잠시 후 란지에 쪽에서 의식적으로 걸음을 조정했다. 보리스는 무엇인가를 느끼고 란지에의 걸음에 맞춰보았다. 다시 발소리가 같아지자 란지에의 걸음은 더 느려졌다. 그런 일이 몇 번 더 지속된 후 보리스가 불쑥 말했다.

"불편하다면 내가 먼저 가 있겠어."

대답도 듣지 않고 보리스는 앞질러 나아가 방문을 열고 들어갔다. 그리고 돌아서서 란지에가 따라 들어오는 것을 지켜보았다. 문을 닫고 화려한 거실의 중앙까지 온 란지에는 보리스를 똑바로 보며 말했다.

"먼저 앉으시지요."

마주앉은 둘은 잠시 말이 없었다. 보리스가 입을 열었다.

"목이 마른데."

란지에가 일어섰다. 차 테이블에 놓인 은주전자에서 물 한 잔을 따르더니 쟁반에 받쳐들고 왔다. 보리스의 앞에 물이 찰랑거리는 잔이 놓여졌다.

"드시지요."

마치 장난감 극장에서 하는 인형놀이 같기도 했다. 너도 나도 연극을 망칠 수는 없으니 또박또박 당연한 대화를 주고받는다. 보리스는 어쩐지 완벽하게 절도 있는 동작으로 잔을 들어 물을 마시고는 고개를 끄덕였다.

"하겠다던 이야기를 해줘."

"먼저 주인님 가족의 생활에 대해 말씀드리지요."

란지에의 붉은 눈동자를 보고 있으면 기분이 이상해졌다. 차분한 말소리가 이어졌다.

"주인어른께서는 열흘에 한 번 정도 영지를 시찰하시고 두 달에 한 번 꼴로 타지 여행을 떠나십니다. 목적지는 켈티카가 가장 많고 나머지는 특산물 거래로 관계를 맺어온 인근 영지

들입니다. 여행은 짧으면 닷새 정도지만 길어지면 한 달 이상 걸릴 때도 있습니다."

백작은 꽤 자주 영지를 비우는 듯했다.

"성에 계실 때는 오전 중에 주로 서재에 계시고 오후에는 마님과 담소를 나누시거나 로즈니스 아가씨와 산책을 하시며 지내십니다. 사냥을 좋아하셔서 기사분들을 이끌고 떠나 며칠씩 돌아오지 않으시는 일도 있습니다. 주인님은 주변 사람들에게 너그러우시지만 경우에 어긋나면 쉽게 용서하지 않는 분이시기도 합니다."

미묘하게 감정이 결여된 설명이었다. 외운 대사를 나열하는 것처럼. 보리스는 별 반응을 하지 않고 계속 말하기를 기다렸다.

"주인마님께서는 바깥출입이 거의 없으십니다. 주로 성안의 살롱에서 자수를 놓으시거나 볕을 쐬며 편지를 쓰시거나 합니다. 아침에는 몹시 일찍 일어나시고 주무실 때도 일찍 주무십니다. 마님은 건강이 좋지 않으셔서 작은 잘못에도 크게 마음을 상할 수 있는 분이니 심기를 잘 살펴 헤아려드리십시오."

보리스는 란지에가 완곡하게 돌려 말한 것을 알았다. 백작 부인은 하인들에게 매우 까다로운 마님일 것이다. 잠깐이나마 자식 노릇을 해야 하는 자신에게도 마찬가지이리라.

"로즈니스 아가씨는……."

란즈미, 10세, 자폐아

란지에는 말꼬리를 살짝 끌다가 멈췄다. 아침의 사건을 기억하는 보리스는 그가 뭐라고 말할지 궁금했다.

"어떤 분인지 이미 잘 아시겠지요."

란지에라는 소년은 곤란한 상황을 빠져나가는 데 재주가 있었다.

란지에의 설명은 이어졌다. 성에서 자주 드나들게 될 방이나 홀의 용도에 대해서, 이 방 안의 물품들을 사용하는 방법에 대해서, 하인들의 성품에 관해서, 영지의 구성에 관해서, 특별한 행사들에 관해서.

"……다음달에 마님의 생신이 돌아오면 수도를 비롯한 각지에서 많은 손님들이 오십니다. 중요한 손님은 마님의 친정인 크레산느 후작 가문의 친지들과 그 가문을 섬기는 집안의 부인들이십니다. 이틀 정도 파티가 열리고 저녁에는 무도회도 열립니다. 도련님께서는 춤을 잘 추십니까?"

갑작스러운 질문에 보리스는 망설였다. 트라바체스에는 귀족이 있지도 않고, 영주를 비롯한 가문들도 서로 경계하고 파멸시키기에 급급한지라 우의를 다지기 위한 여흥 모임은 그리 발달하지 않았다. 더구나 진네만 가문에는 오래전부터 안주인이 없었다. 보리스가 그런 것을 배울 기회가 있었을 리없었다. 그러나 무작정 모른다고 말하기도 불안했다. 망설이는 동안 란지에가 말했다.

"익숙하지 않으신 모양이군요. 원하신다면 제가 가르쳐드릴 수도 있습니다."

더더욱 뜻밖의 말에 보리스는 무슨 표정을 지어야 할지 몰랐다. 란지에는 태연히 다음 설명을 이어갔다. 몇 가지 더 언급한 뒤 란지에의 이야기는 끝났다. 그러자 두 소년은 더이상 할말이 없었다.

보리스는 무슨 대화든 하는 편이 좋겠다고 생각했지만 섣불리 화제를 꺼냈다가 실수로라도 자신의 정체를 암시하게 될까 봐 이것저것 가늠해보고 있었다. 그때 문득, 상대방의 이야기를 물으면 되겠다는 생각이 머리를 스쳤다.

"넌 내가 오기 전엔 이 성에서 어떤 일을 했어?"

"백작님을 가까이에서 시중드는 임무를 맡고 있었습니다."

"여긴 언제 왔지?"

"작년입니다. 일 년 정도 되었습니다."

"그전에는?"

"켈티카에서 살았습니다."

약간 의아해졌다. 보리스는 켈티카에 가본 일이 없지만 그곳이 까마득히 멀다는 것만은 알고 있었다. 아노마라드의 수도였지만 상당히 북부에 치우친 도시였다. 그곳에서 여기까지 오게 된 이유가 뭐란 말인가. 가난한 집안들의 이야기가 떠올랐다. 그런 곳에서는 아이들을 부잣집 하인으로 팔기도 한다고 했던가.

"부모님은 살아 계셔?"

란지에는 보리스의 질문을 거부할 권리가 없었다. 주인이 묻고 있는 것이다. 그러나 보리스는 질문을 마치는 순간 란지에의 얼굴을 보며, 이런 질문을 다른 사람이 했더라면 결코 답하지 않았으리라는 직감이 들었다.

"잘 모릅니다. 저와 헤어질 때는 살아 계셨으나 지금은 어떻게 되셨는지 모르겠습니다."

보리스는 이 화제를 계속 이어가면 란지에가 즐거워하지 않으리라는 것을 직감했다. 그래서 마무리하려는 의도로 물어보았다.

"그럼 지금은 혼자뿐이군?"

란지에의 눈동자는 따뜻한 진홍빛인데 지금은 너무도 차가웠다. 그가 한 톤 낮아진 목소리로 답했다.

"여동생이 있습니다. 주인님께서 은혜를 베풀어주셔서 이 성 안에 함께 살고 있습니다."

이야기를 더 끌었다간 심한 감정적 대립이 일어날 것 같아 보리스는 질문을 중단했다. 이미 점심시간이었다.

나흘이 흘렀다. 보리스도 점차 성안의 생활을 배워나갔다. 작정을 하고 배운 덕에 진전도 빨랐다. 성안의 웬만한 곳에서는 길을 잃지 않게 되었고, 하인들을 대하는 것도 자연스러워졌다.

로즈니스와는 그럭저럭 잘 지냈다. 시시각각으로 기분이 변하고 작은 공작새처럼 거만해서 그렇지, 본성이 못된 아이는 아니었다. 적당한 선만 유지하면 얼굴 붉힐 일은 없었다. 보리스는 로즈니스의 비위를 건드려봤자 시끄러운 일만 벌어진다는 것을 일찌감치 터득했다. 또한 로즈니스도 보리스가 이 성에 와 있는 것이 자신을 위해서라고 생각해서인지 하녀들이 뜻밖이라고 쑥덕거릴 정도로 살갑게 대해주었다. 백작부인은 란지에의 말대로 방안에서만 지내는지 그다지 마주칠 일이 없어서 다행이었다.

남는 시간에는 거실에 꽂힌 책을 이것저것 꺼내보며 지냈다. 사실 책은 그다지 재미가 없었다. 그보다 약속한 임무에 대한 책임감 때문에 빨리 검을 연습하지 않으면 안 된다는 불안감이 있었다. 하지만 백작이 아직 적당한 선생을 고르지 못한 터라 교육은 미루어지고 있었다.

윈터러는 여전히 검은 천에 싸서 침대 밑에 보관해놓았다. 어느 날 밤 보리스는 그것을 꺼내보았다. 자신에게는 아직도 무거운 검이었다. 그런 그것을 능숙하게 다루던 형의 모습이 희미하게 떠올랐다. 여러 가지 의미로, 그것은 아득히 멀어 보였다. 보리스는 검을 도로 넣어두고 한동안 꺼내보지 않았다.

"보리스 도련님."

점심을 먹고 여전히 재미없는 책을 뒤적거리고 있는데 란지에가 다가왔다.

"허락하신다면 잠시 여동생에게 갔다 오겠습니다."

보리스는 시종이 항상 붙어 있어야 하는 성격이 아니었다. 그리고 이런 청이 오늘 처음도 아니었다. 선선히 고개를 끄덕이려다가 갑자기 흥미가 일어났다.

"나도 같이 갔으면 좋겠는데."

란지에의 얼굴에 감정이 나타나는 것을 보는 것은 재미있었다. 이번에는 특히 오래 망설였다. 마치 숨겨놓은 보물을 구경시켜달라고 부탁받은 사람의 표정과 비슷했다. 이번 역시 거절할 수 있다면 거절했을 것이다. 그러나 란지에에겐 그런 힘이 없었다. 보리스가 그럴 사람이 아니긴 했지만, 만약 백작이나 백작 부인에게 거절하더라는 이야기를 해버리기라도 하면 뒷일이 어떻게 될지 누가 알겠는가?

그런 판단을 금세 마쳤을 텐데도 란지에는 좀더 망설였다. 결국 대답이 들려왔다.

"……알겠습니다."

여동생이 있다는 방으로 걸어가던 도중 란지에가 갑자기 말했다.

"도련님, 당신은 신사이십니까?"

"뭐?"

무슨 소리를 하려는 것인지 짐작이 가지 않았다. 그러나 란지에는 이어 스스로 답해버렸다.

"그렇다고 믿겠습니다."

자그마한 방은 깨끗하게 치워져 있었다. 보리스가 쓰는 침실의 절반도 되지 않을 크기에 한쪽에 놓인 침대, 탁자와 의자 두 개가 가구의 전부였다. 그중 의자 하나를 창가에 끌어다 놓고 돌아앉은 소녀가 눈에 들어왔다.

오빠와 판이한 황금빛 머리가 햇빛을 받아 찬란했다. 그러나 귓가에서 싹둑 잘려 있었다. 그렇게 잘려 나풀거리는 머리카락은 왠지 가슴 아픈 느낌이었다. 사람이 들어오는 기척에도 불구하고 소녀는 고개를 돌리지 않았다.

"란즈미."

오빠의 목소리를 듣자 반응이 왔다. 왜소한 어깨가 움찔거리더니 힘겹게 몸을 돌렸다. 란지에가 다가가 소녀의 자그마한 머리를 쓰다듬었다.

보리스는 소녀의 얼굴을 보고 충격을 받았다. 란지에의 동생이니 짐작은 했었다. 갸름하고 창백한, 덜 자란 흰 튤립의 봉오리처럼 연약한 미모의 소녀였다. 그러나 놀란 이유는 그것 때문이 아니었다.

얼굴에 표정이 없었다. 흡사 영혼이 없는 밀랍인형처럼,

란즈미, 10세, 자폐아

그린 듯 섬세한 눈썹과 눈, 뺨과 입술 모두가 까딱도 하지 않았다. 더구나 눈에는 초점이 없었다. 오빠를 보고 있는지 아닌지도 알 수 없었다.

"도련님, 그쪽 의자에 앉으십시오."

보지 말아야 할 것을 보고 만 기분이었지만, 이제 와서 나가겠다고 할 수도 없었기에 보리스는 의자를 당겨 앉았다. 그가 앉은 곳과 남매가 있는 곳 사이에는 세 걸음 정도 거리가 있었다. 란지에는 바닥에 무릎을 반쯤 꿇고 누이동생의 손을 감싸쥔 채 또박또박 느리게 말을 걸었다.

그것은 자신이 아니라 누구라 해도 쉬이 침범할 수 없을 광경이었다. 바로 옆인데도 건드리지 못할 먼 곳에 있는 것 같았다. 란지에는 누이의 손을 쓰다듬으며 날씨 이야기, 성에서 일어난 이야기, 오늘은 무엇을 먹었고 무엇이 즐거웠는지, 란즈미는 오늘 어때 보이는지를 말했다. 그리고 오늘 본 아름다운 것들에 대해 이야기해나갔다. 도중에 질문 같은 말을 던지기도 했지만 동생은 대답하는 일이 없었다. 란지에도 예상한 듯 조금 기다리다가 곧 다른 이야기를 꺼냈다.

그건 가만히 앉아서 남의 내면을 들여다보는 경험이었다. 란지에가 오늘 무엇을 어떻게 보고 듣고 느꼈는지, 직접 설명하는 나직한 목소리가 계속해서 들려왔다. 그 모두가 진실은 아닐지 몰라도 보리스는 내심 놀랐다. 차갑고 딱딱한 녀석이라고만 생각했던 란지에의 눈에 아름다운 것들이 얼마나 자주 비치는지 상상조차 못 했다. 보리스에 대한 이야기도 몇 마디 나왔다. 좋은 이야기뿐이었다. 나쁘거나 슬펐던 일은 이야기하지 않는 모양이었다.

"란즈미, 기분이 좋아 보이는구나. 오늘 보니 머리도 많이 자란 것 같다. 이대로라면 금방 다시 길어질 거야. 햇볕을 쬐는 것도 너무 오래하면 건강에 좋지 않으니까 이제 낮잠을 한숨 자는 게 어때? 푹 자면서 밀로 아즈체나를 마저 모으는 꿈을 꾸는 거야. 저번에 아이린과 크리스티나를 찾아냈다고 했지? 그럼 이번에는 질리언을 찾을 차례구나?"

밀로…… 뭐라는 것이 무엇인지 짐작도 가지 않았다. 남매에게만 의미 있는 비밀이리라는 생각이 들었다. 그것도 어린 소녀들이 좋아할 법한 비밀.

란즈미가 살짝 고개를 끄덕인 것 같았다. 그러자 란지에는 일어나 누이동생을 번쩍 안아 들더니 침대로 데려갔다. 그 나이 소년에게 쉬운 일은 아니었지만 란즈미가 워낙 빈약하고 가볍기 때문에 가능했다. 동생을 눕힌 란지에는 이불을 끌어당겨 덮어주고 휘장을 내렸다. 그리고 그제야 보리스를 돌아보며 말했다.

"그만 가시지요, 도련님."

보리스는 꿈에서 깨어난 사람처럼 움찔하며 자리에서 일어나 먼저 문밖으로 나갔다.

란즈미는 란지에보다 두 살 아래였다. 란지에가 성에서 시종으로 일하는 반면 란즈미는 보살핌만 받고 있었다. 어려서 겪은 소아마비의 후유증으로 절름발이인데다 자폐 증세까지 있어서 하녀가 되기는커녕 누군가의 도움 없이는 살아갈 수도 없는 상태였다.

오갈 데 없는 처지였다던 남매를 벨노어 백작이 받아들였을 때, 란지에는 급료를 받지 않는 대신 동생을 돌보아달라고 청했다. 그 청이 받아들여져서 란지에는 백작을 모시는 시동이 되었고, 란즈미는 방 하나를 얻어 다른 하녀들의 보살핌을 받으며 살게 되었다.

란지에는 동생을 지극히 아꼈다. 뭘 해도 반응이 거의 없다시피 한 동생을 무한한 인내심으로 돌봤다. 로즈니스가 오빠를 갖는 것도 괜찮겠다고 생각한 것은 란지에가 동생에게 하는 것을 보아온 영향도 있었다.

"그 애 봤어? 아휴, 난 걔가 싫어. 정말 짜증스러워."

로즈니스가 가정교사와 공부하다가 기분이 많이 나빠진 모양이었다. 공부가 끝나자마자 캐미아를 끌고 오빠의 방으로 쳐들어온 그녀는 란지에가 아버지의 부름을 받아 잠시 나간 것을 알자 온갖 얘기를 망설임 없이 내뱉었다. 할 얘기도 없고 해서 말을 꺼낸 보리스가 무안할 지경이었다.

"왜 싫은데?"

"바보 같잖아! 하루 종일 우두커니 앉아서 창밖이나 내다보고 있고, 남한테 폐나 끼치면서 백치처럼……."

갑자기 로즈니스는 말을 중단했다. 백치라는 말에서 자신이 자칫하면 결혼하게 될지도 모른다는 상대가 연상된 모양이었다. 그러고도 그녀는 고개를 젓거나 미간을 찌푸려가며 불쾌감을 다양하게 표현했다.

"그런 애야말로 질색이야. 말할 줄 모르는 것도 아니면서 말은 왜 안 해? 초점 없는 눈을 보면 한 대 때려주고 싶다니까."

보리스는 그때까지 란즈미가 벙어리는 아닌가 생각하고 있었기에 로즈니스의 말이 다소 의외였다.

"어디 아픈 것 아닌가? 환자처럼 보이던데."

"환자는 환자겠지! 어쩌면 지독히 게을러서일지도 모르지만 말이야. 그 애가 진짜 아픈 데라고는 약간 저는 다리밖에 없어. 다른 덴 다 멀쩡하단 말이야. 그런데도 방안에서 꼼짝도 안 하잖아! 책을 읽거나 수를 놓는 것도 아니고 무엇 하나 배우는 것도 없어. 게다가 오빠라는 애도 걔가 무슨 금덩어리나 되는 것처럼 숨겨놓고 누가 보자고 하면 끔찍이 싫어한다니까!"

그때 그 오빠라는 자가 문을 두드리고 안으로 들어왔다. 보리스는 계속해서 로즈니스가 험담을 늘어놓을까 봐 긴장했는데 놀랍게도 로즈니스는 하던 이야기를 뚝 그쳤다. 그리고 일부러 그러는 것처럼 다른 얘기를 꺼냈다.

"아참, 아빠가 드디어 오빠의 검술 사범을 구하셨대. 오늘 아침을 먹고 나서 아빠한테 가니까 그렇게 얘기해주셨어."

"그래?"

듣던 중 반가운 얘기였다. 보리스가 더 묻기도 전에 로즈니스는 줄줄 아는 것들을 늘어놓았다.

"내일 오전쯤 오기로 했다나 봐! 그런데 조금 특이한 사람이어서 오빠가 고생할지도 모른대. 실력은 최고인데 성격이 괴팍하다나, 뭐 그래."

"음⋯⋯."

평판에 진실이 있기도 하지만, 직접 만나보기 전에는 모르는 일이다. 예전에 형을 가르쳤던 검술 선생이 두 명 있었는데 나중에 형이 이런 이야기를 해주었다. 스승과 제자의 관계란 묘한 것이어서 누군가에게는 최악의 스승인데 다른 사람에게는 최고일 수도 있고, 그 반대일 수도 있다고.

예프넨을 처음 가르쳤던 사람은 최악의 스승 쪽이었다. 아버지가 몹시 신경써서 고른 이름난 선생이었는데 형과는 성격이 맞지 않아서 늘 티격태격하느라 실력은 제자리걸음이었다. 그 사람을 내보내고 두 번째로 불러온 사람은 그리 큰 명성은 없었지만 놀랍게도 예프넨에게는 적격이었다. 형이 일취월장하게 된 것은 모두 그 선생 덕택이었다.

어이없는 일이었지만 형은 얼마 가지 않아 그 선생의 실력을 뛰어넘었다. 그러고도 그들은 꽤 오랫동안 스승과 제자 관계를 유지했다. 그와 헤어지고 나자 형에게는 더이상 스승이 필요 없었다.

갑자기 로즈니스가 뜻밖의 소리를 했다.

"아빠한테 졸라서 나도 검술을 배운다고 해야지!"

"······."

말릴 수야 없는 노릇이지만 로즈니스의 성격으로 얼마나 배울 수 있을지 자못 우려가 됐다.

호두 선생

그날, 보리스는 아침 식사를 마치고 성문 밖으로 나갔다. 며칠 동안 집안에만 박혀 지내다 보니 몸이 굳어진 느낌이었다. 검술 선생이 오면 시작부터 고생하겠다는 생각이 들어서 뭘 하든 몸을 움직여봐야겠다 싶었다.

첫날 보았던 숲까지 천천히 걸어갔다. 마차로는 금방 지나왔지만 걸어보니 꽤 멀었다. 아침 공기가 산뜻해서 산책은 쾌적했다. 일부러 란지에도 데리고 나오지 않았다. 시종이 곁에 있으면 편하기도 하지만 혼자 있는 시간을 갖기 힘들었다. 보리스는 사람들과 함께 있는 것을 편안히 즐기는 성격이 아니었다.

숲이 가까워지자 덜 익은 열매가 잔뜩 달린 나무가 줄지어 나타났다. 호두나무였다. 어느새 날씨가 서늘해서 익은 열매가 없지는 않을 것 같았는데 얼른 눈에 띄지 않았다. 낙엽이 푹신해 보여서 보리스는 잠시 나무에 기대어 앉았다. 그리고 나무에 올라가보는 것은 어떨까 궁리하기 시작했다. 예전 같으면 형에게 무등 태워달래서 얼른 올라갔겠지만, 지금은 혹시라도 해서는 안 되는 행동일까 걱정스러웠다. 호두가 꼭 먹고 싶은 것도 아니었다. 다만 보리스도 소년이라서 가지마다 그득그득 달린 열매를 보니 따고 싶은 충동이 들었던 것이다.

후둑, 후두두둑…….

머리 위에서 호두가 후드득 떨어져 내리는 바람에 보리스는 놀라 일어섰다. 얼른 자리를 피하며 위를 올려다보았다. 처음에는 아무것도 보이지 않았다. 그러나 곧 뭔가가 나무 위를 왔다갔다하며 빠르게 움직이는 것을 발견했다. 모습은 정확치 않았다. 문득 두려워졌다. 정체 모를 짐승은 아닐까? 그것도 에메라 호수에 있던 것처럼 위험한!

조금 생각해보니 지금은 환한 아침이고, 여긴 대여섯 걸음만 나가면 마차가 지나가는 길가다. 괴물 따위가 있을 리 없다. 쓸데없이 예민해진 자신이 어처구니없어 피식 웃는데 위에서 목소리가 들렸다.

"호두 좋아하냐?"

사람이었다. 당연한 일이 아닌가. 보리스는 참지 못하고 키득키득 웃기 시작했다. 그는 깨닫지 못했지만 형이 죽은 후 소리 내어 웃은 것은 그때가 처음이었다.

"거기 호두 좀 모아놔라!"

이번엔 명령조였다. 대꾸도 하기 전에 머리 위에서 호두들이 천둥 치듯 쏟아지기 시작했다. 한 그루만이 아니라 사방의 나무에서 떨어졌다. 호두를 줍기는커녕 머리를 감싸쥐고 피해야 할 판이었다.

후두둑, 툭.

호두 소나기가 그쳤다. 잠시 후 수상한 기척이 나무줄기를 몇 번 디디며 순식간에 내려왔다. 보리스는 몇 걸음 뒤로 물러섰다. 척, 하는 소리와 함께 녹색 그림자가 눈앞에 섰다.

"하, 참. 좀 모아놓으라니까. 되게 많이 떨어졌네. 야, 좀 도와봐라. 자칫하다간 하루 종일 걸리겠다."

얼토당토않게 나타나 멋대로 지껄이고 있는 상대는 삼십 대쯤 된 남자였다. 생전의 예프넨보다 한 뼘은 커 보이는 후리후리한 키에 길게 기른 갈색 머리를 올려 묶었다. 등뒤에는 긴 검이 붙들어 매어져 있었다. 비 올 때나 들쓰고 다닐 법한 헐렁한 로브를 보니 나무 위에 있을 때 모습이 잘 보이지 않았던 이유가 짐작이 갔다. 로브는 나뭇잎과 똑같은 녹색이었다. 이런 색깔 로브를 입고 다니는 사람은 처음 보았다.

보리스가 쳐다보자 남자는 짤막한 수염투성이인 턱을 실룩이며 씨익 웃어 보였다. 그러더니 주섬주섬 로브를 벗었다.

"뭐 이상한 거라도 있냐? 여기에 호두나 담자."

바닥을 보고 다시 한번 놀랐다. 머리 위에는 여전히 덜 익은 호두가 잔뜩 달렸는데, 떨어진 호두는 발끝으로 툭툭 건드리면 껍질이 벌어질 정도로 튼실하게 여문 것들뿐이었다. 의아한 나머지 호두 열매 하나를 집어 들자 남자가 소리를 질렀다.

"인마! 껍질 안 깐 호두 건드리면 부스럼 생긴다!"

비슷한 이야기를 형에게 들은 것도 같은데. 보리스는 얼른 호두를 놓고 손을 감췄다. 그리고 다시 사내를 쳐다봤다.

우여곡절 끝에 백 개는 넘어 보이는 호두를 로브에 주워 담았다. 남자는 로브를 둘둘 말아 자루처럼 어깨에 둘러메더니 앞장서서 성큼성큼 걷기 시작했다. 보리스는 볼수록 이 남자가 재미있었다. 그래서 뒤따라가며 물었다.

"어디로 가시는지요?"

"저기 보이는 성."

"왜 가시는데요?"

"그건 네가 알아서 뭘 해."

"저기가 어딘지는 아시나요?"

"뭐? 저기가 벨크루즈에서 둘째가라면 서러운, 아니지, 아무도 둘째가란 소리를 하지도 않는 성이란 걸 모르는 자도 있느냐? 음, 그런데 성 이름이 뭐랬더라."

보리스는 이 사람이 자신이 누구인지 아직 모르나 보다 싶었다. 생각건대 오늘 아침에 오기로 했다는 검술 선생 같은데, 길 가다 만난 소년을 대하듯 말투도 행동도 천연덕스러웠다. 물론 보리스는 그쪽이 더 좋았다. 진짜 백작의 아들도 아닌데 도련님 어쩌고 하며 굽실거리는 것이 오히려 불편했다. 이자가 진짜로 선생이라면 조금쯤 친해놓는 것도 좋지 않을까? 보리스는 그와 비슷한 수준으로 대화를 하기로 마음먹고 물어보았다.

"호두는 선물이군요?"

"으흠, 남의 집에 방문하면서 변변한 선물 하나 없이 갈 수는 없는 법이지."

"집주인이 선물을 마음에 들어 할까요?"

"손님이 가져온 선물이 마음에 안 든다고 내색하는 자라면 주인 자격이 없는 놈이야. 그런 놈은 집 없는 비렁뱅이 노릇이 알맞지."

"그럼 선물은 아무거나 가져가도 되는군요?"

"그건 손님의 예의가 아니지. 자고로 선물이란 말이야……."

선물의 유래와 주고받는 방식과 주의할 점과 사례 따위에 대한 강좌 아닌 강좌가 끝날 무렵, 그들은 성 입구에 도착했다. 보리스는 은근히 이자를 놀리고 싶은 생각이 들어서 문지기를 불렀다.

"아버지께 손님 오셨다고 알려라."

"아, 예, 도련님."

문지기 병사가 안으로 들어가고 나자 보리스는 고개를 모로 꼬며 상대방의 얼굴을 살폈다. 워낙 키 차이가 많이 나서 웬만큼 고개를 들어서는 얼굴이 보이지도 않았다.

"뭘 쳐다봐."

조금도 바뀐 말투가 아니었다. 그제야 보리스는 이 사람이 처음부터 자신의 정체를 알고 있었음을 깨달았다.

"도련님, 손님을 모시고 응접실로 드시랍니다. 주인님께서 아가씨와 함께 기다리고 계십니다."

두 사람은 하인을 뒤따라 복도를 걸어갔다. 이자는 로브 안쪽으로도 닳아빠진 옷가지만 걸치고 있어서 벨노어 성의 화려한 복도와 도무지 어울리지 않았다. 보리스는 예전에 형이 검을 잘 쓰는 자들 가운데는 괴짜도 많다고 얘기했던 것을 떠올리고 일단 그렇게 생각하기로 했다.

점잖게 모르는 체하는 것도 쉽지만은 않았다. 자루처럼 짊어진 로브에서는 호두 열매가 잊을 만하면 하나씩 떨어졌다. 발에 채여 껍질이 톡 벌어지기도 하고, 복도 구석에 처박히기도 하고, 사방팔방 굴러 계단을 내려가거나, 융단 틈에 끼거나, 엉뚱한 방에 쏙 들어가버리기도 했다. 그러나 남자는 주울 생각은커녕 떨어졌다는 것조차 모르는 것처럼 계속 걸어갔다.

지나가던 하녀들이 입을 막고 킥킥 웃는 소리가 들려왔다.

더 지나니까 호두를 주워 가는 사람들까지 생겨났다. 보리스가 슬쩍 돌아보니 하녀 하나가 앞치마에 몇 개 담아 소르륵 사라지고, 또 다른 어린 하녀가 고개를 내밀더니 하나 주워 쪼르르 사라지는 일이 되풀이됐다. 먹을 것이 부족해서 그런 것은 아니었다. 먹을 수 있는 열매가 한 개도 아니고 잔뜩 내버려져 있는 것이 눈에 밟혔을 뿐이었다.

응접실에 도착해보니 로브 안의 호두는 절반으로 줄어들어 있었다. 걷는 내내 로브에 든 호두들이 서로 바시락거려서 보리스는 난감한 미소를 감출 수가 없었다.

"어서 오시오."

백작이 일어나 선생을 맞이했다. 백작 부인은 어제부터 몸이 불편해 식사 시간에도 나타나지 않더니 오늘도 보이지 않았다. 로즈니스는 호기심 가득한 눈으로 호두를 짊어진 남자를 쳐다보고 있었다. 뒤이어 우려하던 일이 벌어졌다. 남자는 어깨에서 호두 더미를 내리더니 백작을 향해 불쑥 내밀었다.

"초대해주셔서 감사합니다. 미흡하나마 선물로 가져왔습니다."

말투만은 그럴싸했다. 하지만 백작은 역시 비렁뱅이가 될 체질이 아니었다. 무엇인지 들춰보지도 않은 채 정중하게 감사를 표하더니 하인을 불러 가져가도록 했다. 그런데 건네주는 과정에서 짓궂은 호두 한 개가 탁자 위로 뚝 떨어지고 말았다.

"어머!"

로즈니스의 눈이 동그래졌다. 남자가 흘끔 눈길을 주더니 보리스에게 쓰던 것과는 사뭇 다른 어조로 말했다.

"이건 비밀의 열매랍니다. 아가씨 같은 사람이 한 개 먹을 때마다 나이를 한 살씩 먹는 거죠. 여덟 개를 먹고 하룻밤만 자고 일어나면 스무 살 처녀가 될 수 있답니다."

로즈니스는 더더욱 놀라 테이블 위에서 시치미떼고 있는 호두를 빤히 보았다. 로즈니스도 호두를 모르지는 않았다. 그러나 이 호두는 겉껍질에 싸여 익숙한 갈색 껍질이 드러나지 않았으므로 숲 같은 데 나다니지 않는 그녀가 알아보지 못한 것도 무리가 아니었다. 더구나 훌륭한 검술 선생이라고 모셔 온 자가 그런 소리를 하니 어린 마음에 혹시나 싶어진 모양이었다.

보리스가 보고 있자니 로즈니스의 눈은 점점 더 호두 열매에 집중되어서 나중에는 두 눈동자가 가운데로 붙을 지경이었다. 보리스는 웃음을 참기가 힘들었다. 방금 전에 숲에서 따온 호두를 놓고 비밀의 열매라니, 게다가 그런 소릴 하면서 저렇게 능청스러운 얼굴이라니.

문득 보리스는 한 가지 사실에 생각이 미쳤다.

"선생님께선 로즈니스가 열두 살인지 어떻게 아셨죠?"

"그거야 딱 보면 알 수 있는 법. 너도 열두 살이지?"

보리스는 고개를 조금 끄덕이면서 백작한테 미리 들었던 거겠지, 하고 생각했다. 심지어 백작도 딸의 반응을 보더니 은근슬쩍 그 남자의 장난에 동참하여 아무 말도 하지 않았다. 그렇게 갑자기 비밀의 열매로 둔갑한 호두들은 하인의 손으로 정중히 운반되어 갔다.

로즈니스는 눈치를 보다가 테이블 위에 혼자 남은 열매를 향해 손을 뻗었다. 그때 보리스가 점잖게 주의를 주었다.

"맨손으로 만지면 부스럼이 생겨."

닿기 직전의 손가락이 움찔, 하며 떨어졌다. 그러더니 한결 신기한 눈으로 호두 녀석을 살펴봤다. 보리스가 거짓말을 한 것은 아니었다. 호두 겉껍질을 만지면 안 되는 것은 사실이었으니까.

하녀가 다과를 내오고 나서 백작이 입을 열었다.

"휘틀러 선생, 이쪽은 내 아들 보리스, 그리고 이쪽은 딸 로즈니스……"

남자가 갑자기 고개를 내저었다.

"아, 휘틀러는 진짜 이름이 아닙니다. 그쪽 지방에서 쓰던 가명일 뿐이죠."

"그렇다면 본명은 어떻게 되시는지……"

백작은 아름다운 응접실에 어울리지 않는 행색의 남자를 매우 점잖게 대했다. 그러나 남자는 또다시 엉뚱한 대답을 했다.

"죄송하군요. 저는 신념상의 이유가 있어서 다른 사람에게 이름을 밝히지 않습니다."

"그러면 휘틀러라는 이름으로 다시 부르면 되겠소?"

"그건 안 됩니다. 생활하는 곳이 바뀌면 가명도 바뀌어야 합니다. 음, 그렇지. 월넛walnut 선생은 어떨까요. 그거 괜찮은데."

이쯤 되면 로즈니스도 상황을 알아챘어야 했다. 하지만 그녀는 여전히 비밀의 열매의 효능이 잔뜩 궁금한 나머지 자기 생각에 빠져 이들의 말을 주의깊게 듣고 있지 않았다.

"원하시는 대로 그렇게 부르도록 하겠소. 어쨌든 초청을 받아들여주어서 고맙소이다. 앞으로 아이들을 잘 지도해주시길 바라오."

"아니, 따님도 함께입니까?"

백작이 곤란한 미소를 지으며 로즈니스를 돌아보았다.

"그렇게 되었소. 그냥 같이 연습이나 할 정도면 되겠소이다."

백작의 어조를 듣고 월넛 선생도 무슨 뜻인지 알아챈 모양이었다. 로즈니스는 고운 손에 굳은살이 박이고 근육이 쑤시고 하는 것을 견뎌낼 아이가 아니었다. 아마 여기 앉아서 내내 아버지를 졸라댔을 것이다. 호기심이 왕성한 것만은 누구에게도 지지 않으니까.

"오늘부터 시작하시겠다면 하인에게 연습장으로 안내하라고 하겠소만……."

"아니, 뭐 그렇게 바쁜 일이 있다고. 공부는 내일부터 하고 오늘은 얼굴이나 익히지요. 참, 한 가지 양해를 구할 것이 있군요. 개인적인 방침에 따라 교육을 하는 동안 아이들에게 존칭은 쓰지 않겠습니다."

백작은 선선히 그러라고 허락했다. 몇 마디 더 오간 후 월넛 선생은 자리에서 일어났다. 그가 보리스에게 말했다.

"따로 얘기나 하자. 여자애는 조금 있다가 보기로 하고."

로즈니스는 여자애라는 소리를 평생 처음 들어보았다. 어이가 없는 동시에 화가 났지만 아버지가 허락한 터라 항변할 수도 없었다. 월넛은 백작에게 인사하더니 보리스에게 손가락을 휘휘 저으며 방으로 안내하라고 일렀다.

"너, 머리가 그게 뭐냐? 길렀으면 좀 깔끔하게 묶어봐라."

문샤인 탑의 방으로 와 자리에 앉자마자 나온 첫마디가 그것이었다. 월넛의 머리는 높이 올려 묶었는데도 허리 언저리까지 닿았지만 보리스의 머리는 기껏 어깨를 조금 넘을 정도였다. 그러나 선생은 주머니에서 리본을 하나 꺼내더니 다짜고짜 보리스의 머리를 질끈 올려 묶어버렸다. 그러자 작은 월넛 선생이 하나 생겨난 모양새가 되었다.

"하, 이제 보기 좋군그래."

란지에가 차를 드시겠느냐고 물었지만 월넛은 "이 집은 밤낮 차만 준단 말이냐, 난 헛배 부른 것은 질색"이라는 둥 불평하더니 뭔가 입맛 다실 것을 가져오라고 일렀다. 란지에는 밖으로 나갔다가 깨끗하게 까서 먹기 좋게 만든 호두를 한 접시 가져왔다.

"주방에서 드리는 선물이랍니다."

보리스는 뒤따라오며 호두를 줍던 하녀들을 떠올리고 피식 웃음을 터뜨렸다. 란지에는 지금껏 소리 내어 웃는 법이 없던 보리스만을 기억하고 있었기에 뜻밖이라는 표정을 지었지만 다른 말은 하지 않았다.

월넛 선생이 란지에를 보더니 말했다.

"시종이라면서 꼭 도련님이나 되는 것처럼 생긴 녀석이구나. 너도 검이나 배워볼래?"

갈수록 보리스의 상식과 어긋나는 행동만 하는 선생이었다. 아무나 붙들고 "검이나 배워볼래"라니? 훌륭한 검술은 아무한테나 전수하지 않는다지 않았던가?

란지에가 예의 바르게 답했다.

"저는 그런 임무는 받고 있지 않습니다."

"허."

월넛은 자기 복을 스스로 차버린다는 둥, 각자 타고난 복이

있어서 어쩔 수 없다는·둥 혼자서 중얼대다가 의자 등받이에
풀썩 기대며 말했다.

"문샤인 탑이라, 이름 한번 좋구나."

또다시 이상한 생각이 들었다.

"탑 이름은 어떻게 아셨지요?"

"선생을 뭐로 보냐, 넌? 선생은 본래 모르는 게 없는 거야."

"……."

이자가 제대로 된 교육을 해줄 것인지 점차 의심쩍어졌다.
그때 월넛이 불쑥 말했다.

"너, 아까 그 애하고 친남매 아니지?"

보리스는 물론 란지에도 미심쩍은 표정이 되었다. 성에서
도 다들 아는 일인지라 보리스는 솔직하게 말했다.

"예, 말씀대롭니다."

"그 애가 백작의 친딸이지? 넌 그럼 양자냐?"

더더욱 놀랄 일이었다. 단순히 눈치가 빠른 건가?

"그렇습니다."

"보리스, 보리스라…… 혹시 트라바체스 출신이냐?"

그것까지도 백작이 만들어준 과거에 속해 있었다. 보리스는
고개를 끄덕였다. 그러자 월넛은 더더욱 황당한 소리를 했다.

"내가 어떻게 알았게?"

이거야 정말, 장난을 치자는 것도 아니고…….

보리스가 입을 다물고 있는데 뜻밖에 란지에가 대답했다.

"도련님과 아가씨는 나이가 같으시니까요."

월넛은 란지에를 보며 고개를 끄덕끄덕했다.

"그래, 넌 역시 보기만큼 똑똑하구나. 그러면 내가 둘이 나이가 같다는 것은 어떻게 알았게?"

"그건⋯⋯."

란지에도 마땅한 대답을 하지 못했다. 백작님께 들은 것 아닙니까, 라고 하면 가장 그럴듯한 답이었지만 그런 답을 원하는 것 같지는 않아서였다.

"말해주지. 그건 내 초능력이야."

"네?"

"초능력 몰라? 특별하고 신비롭고 비밀스러운 능력이라니까. 남의 나이 맞히기."

"그럼 란지에는 몇 살인지 아십니까?"

월넛은 란지에를 잠시 쳐다봤다.

"역시 열두 살. 달수로는 너보다 많다."

보리스는 란지에를 돌아보며 물었다.

"란지에, 몇 월생이지?"

란지에도 놀란 얼굴이었다.

"2월입니다."

역시 맞았다. 이번만은 놀라움을 금할 길이 없었다. 보리스가 물었다.

"어떻게 알아보시는 겁니까? 보기만 하면 저절로 압니까? 아니면 오랜 경험으로……."

"경험은 무슨 얼어 죽을 놈의 경험이야. 난 사람을 보면 나무의 나이테를 보는 것처럼 얼마나 살아왔는지 딱 보인다."

보리스가 슬쩍 물었다.

"그럼 로즈가 저보다 어리다는 것도 아셨겠군요?"

떠보는 말이었다. 로즈니스는 보리스를 오빠라고 부르고 있었으니까. 그러나 월넛은 얼굴을 찌푸리며 큰 소리를 쳤다.

"선생을 놀리려 들어! 그 아이가 너보다 석 달은 일찍 태어났다!"

더 반론을 펼 여지도 없었다. 보리스는 7월생, 로즈니스는 4월생. 정확히 석 달 차이였다. 잠시 후 월넛 선생은 얼굴을 풀더니 눈을 가늘게 뜨며 말했다.

"흥, 너도 소질이 전혀 없진 않구나. 잘하면 훌륭한 검사가 되겠어."

이번엔 뭘 보고 하는 소리일까?

"그런 것도 딱 보면 아는 건가요?"

"무슨 소리야! 네가 거짓말하는 걸 보고 한 소리다."

이자와 대화할 때는 넘겨짚어봤자 아무 소용이 없었다. 그야말로 말이 어디로 튈지 예상할 수 없었다.

보리스가 항변했다.

"거짓말과 검술은 도대체 무슨 상관입니까?"

"넌 대륙에 이름난 용사라는 작자들이 하루 종일 검만 휘둘러서 그렇게 된 줄 알았냐? 아니지! 아참, 검이 아니고 도끼를 쓰는 놈도 있군. 하여간에 무기만 잘 휘두른다고 훌륭한 용사가 되는 게 아냐. 빠른 직감, 그리고 상대보다 앞서 생각하는 머리가 필요해. 그게 없는 놈은 재주가 있더라도, 앞서 말한 게 갖춰진 놈을 만나면 바로 패해. 똑바른 길만 걷던 놈을 꼬불꼬불한 길에 갖다 놓으면 어디로 가야 할지를 몰라. 평지에서만 싸움하던 놈이 비탈진 곳이나 발을 물에 담그고 싸워야 되는 데 가면 어어 소리만 지르다가 끝장나는 거야."

알쏭달쏭한 소리만 하는 주제에 말은 무진장 빨랐다. 어쨌든 처음으로 검에 대해 늘어놓기 시작한 장광설이라 끝까지 들어볼 마음이 생겼다. 월넛은 호두를 한줌 집어서 입안에 털어 넣더니 우물우물 씹으면서 계속 말했다.

"머리가 좋은 놈이 응용도 잘한다. 남의 동작을 읽어야 선제공격이 되니까. 한 수 앞질러 생각하는 놈들이 가장 잘하는 게 뭘까? 바로 거짓말이지! 남을 속이는 건 아무나 하는 줄 아냐? 속이고 싶어도 못 속이는 놈들이 세상에 깔렸어. 예를 들면 아까 그 여자애처럼 말이야, 하루바삐 어른이 되고 싶어 하는 애한테 그런 거짓말을 하니까 바로 먹히지 않던?"

보리스는 어안이 벙벙해졌다. 로즈니스가 얼른 어른이 되고 싶어 하는 애였나? 란지에는 다른 이유로 희한한 표정이 되었다. 로즈니스 아가씨더러 여자애라니?

그러나 계속 '훌륭한' 이야기가 진행될 줄 알았던 두 소년은 곧 또 한 번 반전을 맞았다. 윌넛은 입에 넣은 호두를 다 씹어 삼키고 남은 호두들까지 두 줌으로 끝장을 내더니 갑자기 기지개를 켰다.

"아, 쓰, 말을 많이 했더니 피곤해서 졸리는군. 남은 얘기는 언제 생각날 때 다시 하자. 저 안이 침실이지? 선생님 한숨 자련다."

"……."

방 주인의 대답에는 관심도 없었다. 윌넛은 성큼성큼 침실로 가더니 깨끗한 침대에 벌렁 드러누워 눈을 감아버렸다.

남은 얘기는 생각날 때 다시 한다고? 좀 전에 난데없이 열변을 토하기 시작했을 때도 순서도 없이 아무데나 뚝 잘라 말하는 것 같다고 생각했다. 그러나 이제는 확실해졌다. 저자의 교육에는 아무런 체계도 없었다. 교육 전체의 질이야 어쨌든.

"도련님, 호두 더 가져다드릴까요?"

저만치 누워 있는 윌넛의 큼직한 발바닥, 그것도 개구리처럼 발가락 사이가 벌어진 모양을 바라보던 보리스는 얼떨결에 고개를 끄덕였다. 접시를 들고 밖으로 나가는 란지에의 입가에 까닭을 알 수 없는 미소가 머물렀다.

아노마라드의 호두를 익게 한 가을은 트라바체스에도 어김
없이 찾아왔다. 적황색으로 변한 창밖을 바라보며 블라도가
말했다.

"여름이 끝났군."

누군가 다가와 탁자 위의 세 갈래 촛대에 불을 붙였다. 어
둠 속에서 동그란 빛이 차례로 떠올랐다.

"그래서 성과가 있었다고?"

"예, 주인님."

진네만 저택의 서재는 벨노어 성에 있는 굉장한 규모의 서
재와 비교도 되지 않았다. 그리고 몹시 어두웠다. 또한 벨노
어 성의 서재에는 창문이 많았고, 모두 유리였다. 그러나 이
곳의 창문은 단 하나뿐이었다.

블라도는 그 창문을 닫았다. 그리고 이 서재에서 지난여름
과 유일하게 달라진 것이 있다면 바로 자신이라는 생각을 하
고는 피식 웃었다. 테이블에 놓인 종이를 집어 촛불에 비추어
가며 읽었다. 모두 읽고 내려놓은 그는 그것을 가져온 자를
바라보았다.

진네만 가문의 집사 튤크가 앞에서 고개를 숙이고 있었다.

"흥……."

저자에게는 진네만 가문의 주인이 형인가 동생인가는 별로 중요하지 않은 건가. 그럴지도 모른다. 하긴 블라도 자신과 아주 잘 어울리는 집사일지도 모른다. 블라도 역시 제 주인을 배신하고 지금의 주인인 칸 선제후를 섬기게 되었으니까.

"그래, 꼬마 녀석이 아노마라드로 갔단 말이지."

"예. 그 귀족은 아노마라드 출신이 분명했다고 합니다. 다만 여관에서 가명을 썼기 때문에 정확한 정체는 알 수 없었습니다. 조만간 수소문하여 알아내겠습니다."

블라도가 보리스를 찾을 이유는 하나뿐이었다. 바로 질문이 나왔다.

"윈터바텀 킷도 함께?"

튤크는 여전히 눈을 내리깐 채 대답했다.

"그건 아직 모릅니다. 예프넨의 행방이 불분명하기 때문입니다. 그러나 보리스로 추정되는 소년이 흰 칼집의 검을 갖고 있었다는 것만은 확인했습니다."

튤크는 이제 율켄의 두 아들을 도련님이라고 부르지도 않았다.

"적어도 윈터러는 갖고 있다는 말이군."

아내도 없고 자식도 없는 블라도는 저택을 고치라거나 율켄의 물건을 버리라거나 하는 지시는 내리지 않았다. 그런 것에 관심조차 없어 보였다. 형이 쓰던 서재를 그대로 사용하고 형이 앉았던 책상에 앉아 형이 만지던 펜으로 글을 썼다. 그리고 형이 쓰던 침대에 누워서 잤다. 튤크를 데려와 쓰게 되면서 집안의 하인들도 갈아치우지 않았다. 다만 율켄이 키운 병사들만은 모조리 죽였다.

하인들과 하녀들은 싸움이 일어나던 밤에 대부분 도망쳐버려서 율켄이 있던 때의 절반도 되지 않았다. 블라도는 그것조차 개의치 않았다. 저택을 수시로 청소하고 다듬고 할 사람들은 그에게 애당초 관심 밖이었다. 그랬기에 수백의 병사가 삼엄하게 지키고 있는 진네만 저택의 모습은 황량했다.

칸 선제후가 빌려준 마법사 종그날은 선제후의 성으로 돌아갔지만 그가 소환했던 크리갈이 부순 지붕은 수리되지 않았다. 그나마 종그날이 며칠 동안 최대한의 마력을 쏟아부어 강력한 정화를 하고 나서야 들어갈 수 있게 된 집이었다. 지붕이 뚫려 2층 일부에 비가 새는 상태에서 겨울이 닥치면 지내기가 고약하리라는 것은 보지 않아도 뻔했다.

그러나 블라도는 저택에서의 안락한 삶 따위는 생각도 않는 것처럼, 아니 어쩌면 이 저택이 서서히 부서져 사라지기를 기대하는 사람처럼 저택의 어떤 곳에도 손대지 않았다. 한번 크리갈의 독액에 부식된 돌들은 시시각각 헐어갔다. 이대로 계속 지내기에도 위험한 저택이었다.

"좋다. 녀석을 추적해라. 그리고 예프넨의 행방도 계속 알아봐라. 그놈이 나머지 반쪽을 가졌을지도 모르는 일이니까."

"알겠습니다, 주인님."

튤크는 다시 고개를 숙여 보이고 물러갔다. 문이 닫히는 소리를 들으며 블라도는 천천히 턱을 괴었다.

촛불이 무엇엔가 흔들렸다. 바람이 들어올 곳이 없는데도. 돌이 삭아가고 있으니 벽 어딘가에 구멍이 뚫렸을지도 모른다. 그러나 블라도는 촛불을 바라보며 입술 끝을 차츰차츰 올렸다. 좀더, 좀더 올려서 마침내 미소와 비슷한 것을 만들어냈다.

"형님, 아직도 여길 뺏긴 게 분하우?"

촛불이 약간 부풀어 오르더니 일시에 왼쪽으로 흔들렸다.

주름진 얼굴에 박힌 노란 눈동자가 꼼짝 않고 촛불을 주시했다. 긴 그림자가 등뒤로 날개처럼 일렁였다.

"원한다면 한번 자리에 앉아보슈. 내 몸 위에 그냥 앉을 수 있을 거 아니우? 유령이란 본래 그런 거 아닌가?"

실재하는지도 알 수 없는 유령을 향해 말을 걸며 블라도는 묘하게 씁쓸한 얼굴이었다.

실은 승리의 가을이라 불러야 할 것이다. 블라도는 오랫동안 별러오던 숙원을 모조리 이뤘다. 자신을 핍박하던 율켄 형은 죽었고, 형의 자식들은 뿔뿔이 흩어졌다. 누이의 망령도 더는 꿈에 나타나지 않았다.

비록 형을 자기 칼로 죽이지는 못했지만 저 배신한 집사 놈이 대신 깔끔하게 처리해주었다. 생각해보면 저 집사 놈도 참 의리를 모르는 놈이다. 그런 상황에서 섬겨오던 주인을 등뒤에서 찔러 늪에 내던지다니, 제 놈도 트라바체스 사내인 주제에.

그러나 결국 튤크의 마법 덕택에 블라도는 그 자리에서 벗어날 수 있었다. 붉은 눈의 악마가 나타날 것을 놈은 벌써 알고 있었던 거다. 조금만 더 지체했더라면 몰살이었겠지. 그날 종그날조차 저자에게 은혜를 입고 말았다. 단지 혼란중에 말을 빼앗겨 두 조카를 놓친 것만이 분할 뿐이었다.

속을 알 수 없는 놈이긴 해도 튤크를 곁에 두는 것은 편리했다. 오랫동안 형에게 충성하던 자를 손에 넣었다는 자긍심도 약간 있었다. 복수심 역시 만족시켜주었다.

그런데도 가슴속이 싸늘했다.

무언가가 부족했다. 충족되지 못한 곳에 바람구멍이 뚫린 듯 추웠다. 새로운 목표도 의욕도 생기지 않았다. 분명 큰 승리를 했는데.

칸 선제후는 곧 닥쳐올 선거 준비로 한창 바쁠 텐데도 승리를 축하한다는 친필 서신과 함께 순금을 입힌 커다란 괘종시계를 보내왔다. 빠른 시일 내에 윈터바텀 킷을 되찾길 바란다는 내용을 덧붙여서.

블라도가 차지한 진네만 저택에서 바뀐 것이 있다면 입구로 들어오자마자 보이는 장소에 놓인 그 시계뿐이었다. 시계의 휘황찬란한 금빛 기둥은 과거 율켄이 관리하던 진네만 저택에도 어울리지 않았을 텐데, 내버린 집이나 다름없이 쓰는 지금은 거슬릴 정도로 이질적이었다. 더 나쁜 것은 시계의 종소리였다.

뎅, 뎅, 뎅······.

종소리가 고요한 저택을 구석구석 울렸다. 아홉 번 울릴 것이다. 블라도는 마음속으로 세었다. 저녁을 먹었는지는 잘 기억이 나지 않아도 좀 전에 여덟 번 울렸던 것만은 기억했다. 삶이 저 시계의 종소리로만 흘러가는 기분이었다.

뎅······.

마지막 음향이 잦아들 즈음 촛불이 다시 몸을 비틀었다. 하나가 훅 꺼졌다.

"형님도 저 시계가 싫수?"

블라도의 목소리도 메아리를 품고 서재를 울렸다. 대답은 없었다.

12시.

설핏 들었던 잠에서 깨어난 보리스는 이상한 한기를 느꼈다. 이불을 끌어당겨 덮고 다시 잠을 청하려 했지만 쉽지 않았다.

별난 선생은 이 방 침대에서 무려 네 시간이나 퍼져 자다가 란지에가 깨워서야 간신히 일어났다. 그러더니 세수도 안 한 채 로즈니스를 보러 가겠다고 수선을 떨어서 또다시 붙들어 말려야 했다. 보리스는 월넛 선생이 재미있는 사람이긴 해도 검을 제대로 가르칠지는 모르겠다고 생각했다. 선생이 잘해주지 않는다면 로즈니스를 위해 맞서 싸워야 할 상대를 꺾지 못할 것이다.

자신이 꼭 이겨야 하는가?

모호한 질문이었다. 백작 일가의 도움이 아니고서는 누리지 못했을 안락한 생활, 추적자나 도둑의 손아귀에서 벗어나게 해준 것, 두 가지만으로도 백작에게 큰 신세를 졌다. 은혜를 갚고 싶은 마음은 분명히 있었다. 그러나 냉정하게 말하자면 거래를 한 것에 불과했다. 은혜를 입은 신세가 아니었다. 백작은 이기면 좋고, 지더라도 할 수 없다고 말했다. 지나치게 조건 좋은 거래인 것 같지만 어쨌든 주어진 목표가 있으니, 그 안에서 노력하는 것만이 보리스가 할 수 있는 최선이었다. 검 실력이 부족한 보리스를 데려오기로 결정한 것은 백작이었다.

고작 몇 개월 검을 배워 수년간 단련한 상대를 이긴다는 건 어쩌면 무리한 계획일 것이다. 그러나 보리스가 그런 문제까지 고민해야 하는가? 자신은 생존을 위해 길 하나를 택한 것뿐이었다. 중요한 것은, 형의 주문대로 살아남는 것이었다. 만일 백작이 약속과는 달리 실패한 보리스를 벌주려 한다면 '책임을 지고 무슨 벌이라도 달게 받겠습니다'라고 할 것이 아니라 재빨리 달아나야 한다. 보리스는 백작의 목적을 위해 태어나지 않았다. 자신의 삶을 위해 태어났다.

하지만 일단은 노력하자.

검을 잘 쓰게 되면 자신에게도 이익이 된다. 그리고 저 검, 형의 분신과도 같은 윈터러를 제대로 잡을 만한 실력을 꼭 갖고 싶었다. 삶에 욕망이 거의 없는 보리스가 유일하게 품은 욕망이었다. 누구에게도 빼앗기지 않을 만큼 강해져서 누구의 손도 빌리지 않고 살아가고 싶다.

보리스는 침대에서 일어났다. 내려와 침대 밑에 두었던 검을 찾았다. 손을 넣어 더듬었는데 검을 싼 천 자락이 얼른 잡히지 않았다. 더 깊이 휘저어봤지만 역시 없었다. 침대가 너무 커서 반대편까지 팔이 닿는 건 무리였다. 저쪽으로 넣었던가?

반대쪽으로 넘어가 더듬어보던 보리스는 차츰 긴장했다. 어느새 뺨과 코에 차가운 것이 흘렀다. 이마와 등에서 식은땀이 줄줄 흐른다는 것이 어떤 기분인지, 지금까지는 알지도 못했다.

"……."

드디어 손에 잡힌 천이 질질 끌려 나왔다. 그뿐이었다. 침대 밑까지 기어 들어가봤지만 소용없었다.

없었다. 아무데도 없었다.

윈터러는 온데간데없이 사라져버렸다!

(2권에 계속)

룬의 아이들 – 윈터러 1 : 겨울의 검

1판 1쇄 2019년 6월 21일
1판 14쇄 2024년 9월 11일

지은이 전민희

책임편집 임지호 | **편집** 지혜림 이송 | **일러스트** UK Nakagawa
표지디자인 이혜경디자인 | **본문디자인** 이원경
저작권 박지영 형소진 최은진 오서영
마케팅 정민호 서지화 한민아 이민경 안남영 왕지경 정경주 김수인 김혜원 김하연 김예진
브랜딩 함유지 함근아 박민재 김희숙 이송이 박다솔 조다현 정승민 배진성
제작 강신은 김동욱 이순호 | **제작처** 한영문화사(인쇄) 경일제책(제본)

펴낸곳 (주)문학동네 | **펴낸이** 김소영
출판등록 1993년 10월 22일 제2003-000045호

주소 10881 경기도 파주시 회동길 210
문의 031-955-8892(편집) 031-955-2696(마케팅) 031-955-8855(팩스)
전자우편 elixir@munhak.com | **홈페이지** www.elmys.co.kr
인스타그램 @elixir_mystery | **X(트위터)** @elixir_mystery

ISBN 978-89-546-5623-8 04810
       978-89-546-5622-1 (세트)